네임미스 Name Miss

김윤하 퓨전 판타지 장편 소설
FUSION FANTASTIC STORY

네임미스 4

김윤하 퓨전 판타지 장편 소설

초판 1쇄 찍은 날 § 2007년 10월 2일
초판 1쇄 펴낸 날 § 2007년 10월 10일

지은이 § 김윤하
펴낸이 § 서경석

편집장 § 문혜영
편집책임 § 김동화
편집 § 유경화 · 심재영 · 김규진

펴낸곳 § 도서출판 청어람
등록번호 § 제1081-1-89호
등록일자 § 1999. 5. 31
어람번호 § 제1-0889호

주소 § 경기도 부천시 원미구 심곡1동 350-1 남성B/D 3F (우) 420-011
전화 § 032-656-4452 팩스 § 032-656-4453
http://www.chungeoram.com
E-mail § eoram99@chollian.net

© 김윤하, 2007

ISBN 978-89-251-0926-8 04810
ISBN 978-89-251-0812-4 (세트)

[완결]

4

김윤하 퓨전 판타지 장편 소설
FUSION FANTASTIC STORY

네임미스

마쉬드르. 가상의 세계 속에서 도적을 선택한 스노드롭. 단순히 멋있어 보여서 선택했다가
온갖 제한과 고생을 다 하게 되었지만, 난 여기서 포기하지 않고 도적의 길을 가겠다!
"…이제는, 아까워서라도 절대 포기 못해." …그 이유야 어쨌든.

도서출판
청어람

Contents

Part 19 아라크네 | 7

Part 20 축제 | 37

Part 21 무투 대회 | 79

Part 22 길드 | 131

Part 23 복수전 | 231

Part 24 최후 | 257

에필로그 | 307

작가 후기 | 311

Part 19
아라크네

　그것은 마치 빨려 들어갈 것만 같은 검은 구슬이었다. 대리석 기둥 위에 올려진 것은 그것뿐이었다. 그림자가 있다고 했는데 저건가? 색이 묘하긴 하지만 그냥 평범한 구슬같이 보이는데……. 고민하던 나는 조심스럽게 그 구슬에 가까이 걸어갔다. 함정 같은 것은 보이지 않지만 조심해서 나쁠 건 없겠지.

　그 구슬은 가까이서 보니 특이한 것이 한 가지 있었다.

　'그림자가… 없네.'

　구슬 주위에는 아무런 명암 없이, 달랑 구슬만 그려놓은 것처럼 이질적이게 홀로 자리 잡고 있었다. 흠, 그림자라고 했으면서 그림자도 없다니. 이름을 잘못 붙인 거 아니야? 뭐, 일단 그림자를 가지고 오라고는 했으니까 챙겨야 되겠지? 그렇게 생각하며 손으로 그 구슬을 집어 인벤토리에 넣으려다가 넣을 수 없는 물품이라는 말에 가방에 넣었다.

"이제 나가기만 하면 되나?"

근데 어떻게 나가지? 설마 다시 아래로 차근차근 내려가야 하는 건가. 정말 그렇다면 차라리 이 높이에서 밖으로 뛰어내릴까, 생각하고 있는데 구슬이 놓여 있던 바로 그곳에 녹색으로 빛나는 글자가 생겨났다.

'응?'

그림자의 밖으로.

그와 동시에 그 녹색 빛이 한층 강렬해지더니 내 몸을 휘감았고 그 모습에 눈을 감았다. 파아아앗― 하는 효과음이 잠시 들렸다가 사라졌고, 눈을 뜬 다음 보이는 것은 탑 입구였다.

'아… 탑 입구로 보내주는 장치였나?'

나는 탑의 꼭대기를 힐끗 보다가 순간 눈을 치켜떴다. 이상하게 흐려 보이긴 했지만 주변의 안개 때문인 줄 알았는데… 탑이 사라지고 있잖아?

그림자의 탑은 그대로 모습이 점차 흐려지더니 마지막에는 일렁이다가 사라졌다.

그렇군. 탑의 꼭대기에 있는 그림자라고 하는, 이 구슬이 사라지면 탑도 사라지는 거였나……. 뭐, 이 탑에 나 전에도 여러 번 사람들이 그림자를 가져왔다고 했으니 다시 생기겠지만.

결국 어슴푸레한 새벽빛이 도는 하늘 아래서 사라져 버린 탑의 마지막까지 보게 된 나는 머리를 긁적였다. 안개만 살짝 낀 공터를 본 나는 몸을 돌렸다.

이걸로 그림자의 탑에 볼일은 끝났군. 개인적으로는 다시는 오고 싶지 않은 탑이었다고 생각하며 홀가분한 마음으로, 퀘스트 남은 시간도 3일 정도니 여유있게 걸었다.

그렇게 몇 걸음 걸었을 때, 갑자기 허리 뒤쪽에서 이상한 떨림이 느껴졌다. 마치 핸드폰 진동 같은… 뭐지?

고개를 갸웃거리며 망토를 들추고 보자 스파이더 에그가 가늘게 떨고 있었다. 이 녀석은 또 왜 이래? 살짝 눈을 찡그리며 스파이더 에그의 상태창을 열었다.

이름 : 스파이더 에그
종족 : 아라크네의 혼혈
상태 : 흥분, 알(부화 직전)

레벨:199

칭호:고블린 슬레이어

HP:100% MP:100% EXP:99% 호감도:98%

레벨이야 이제 그러려니 하지만… 부화 직전이라고? 거기에 흥분 상태? 의아함과 당황함을 함께 느끼며 머뭇거리는데 스파이더 에그로부터 정말 뭔가 흥분된 듯한 울음소리—라고 해야 할지—가 들렸다.

"캬아아아…….."

아, 어쩌지? 이제는 몸을 감싼 실들까지 조금씩 꿈틀거리면서 꽤나 격하게 움직이고 있었다. 거기에 가벼운 진동이 아니라 내 몸이 떨릴 정도로 움직이고 있고… 일단 스파이더 에그를 땅에 놓아야겠다는 마음에 스파이더 에그가 내 몸에 두른 끈을 벗고 나무 둥치 근처에 조심스럽게 내려놓았다.

그리고 그 순간, 무감정한 기계음이 귓가에 들려왔다.

―스노드롭님의 펫, 스파이더 에그가 레벨 200을 달성하였습니다.

―종족 특성으로 진화가 시작됩니다.

―온전한 진화를 하기 위해서는 거미의 여왕 아라크네의 '진화의 의식'이 필요합니다. 10분 안에 그녀가 의식을 진행하지 않으면 스파이더 에그는 진화하지 못한 채 영원히

잠들게 됩니다.

"허, 헉?"

진화가 시작된다는 것은 넘기더라도, 아라크네가 의식을 진행하지 않으면 영원히 잠들게 된다고? 나는 당황해서 눈을 깜빡였다. 거미의 여왕 아라크네라는 이름을 지금 처음 듣는데, 10분 안에 어떻게 그 아라크네를 데려와?

당황하는 사이 스파이더 에그는 가지고 있던 실을 점점 내뿜더니 주위를 실로 칭칭 감고는 스스로의 크기를 크게 늘렸다. 순식간에 내 키 정도의 고치가 만들어지는 모습을 보면서 마음이 급해졌다. 어떻게 하지? 이 상태로 있다가는… 제길, 뜬금없이 진화는 왜 하고 난리냐고! 아니면 그전에 진화하려면 아라크네의 의식이 필요하다고 말을 하던지…….

"카아아아아……."

다시 한 번 스파이더 에그의 울음소리 비슷한 것이 들렸다. 이번에는 흥분이라기보다는 어쩐지 고통도 가미된 듯한 소리라서 입술을 깨물었다. 어떻게 할 도리가 없다. 이 근처에 아라크네가 있을 리 만무하잖아. 비록 가뭄에 콩 나듯이 날 도와주고 이 녀석 덕분에 위기에도 처했었지만 이렇게 스파이더 에그를 영원히 잠만 자게 하는 것은 절대로 원치 않았다. 평소 존재감이 없어도 어느 정도 정도 든 녀석인데… 아, 젠장!

욕이 나오는 상황이라서 입술만 깨물면서 불안한 눈으로 스파이더 에그—이제 알이라기보다는 고치인—그 녀석을 쳐다보았다.

—1분 남으셨습니다. 그 안에 아라크네의 도움이 없다면 스파이더 에그는 영원히 잠들게 되오니, 주의하시기 바랍니다.

'아… 틀렸나?

안타까운 마음에 가슴까지 답답해졌다. 고치는 가늘게, 고통스러운 듯 떨기 시작했다. 아마 아라크네의 도움이라는 것이 없어서 그런 것 같은데… 크윽, 아라크네든 뭐든 자기 자식—이 맞을지는 모르지만—이 고통스러워하고 있는데 뭐 하는 거야?

괜한 아라크네까지 속으로 욕하며 고치를 바라보는 순간, 기묘한 언어가 들렸다.

"아두누스, 타니스아루."

"……?!"

뭐지? 이 근처는 유저도 별로 안 온다고 들었는데? 그보다, 방금 그 말이 무슨 뜻이지? 목소리가 들린 쪽으로 고개를 돌리자, 그곳에는 하얀 머리카락을 바닥에 끌며 오는 한 여인이 있었다. 창백한 얼굴에 붉은 눈동자, 거기에 옷은 검은색으로 된 미묘한 디자인이었다. 특이하게도 끌려지는 새하얀 머리카락은 조금의 흙도 묻어 있지 않은 순백을 자랑하고 있었다.

"누, 누구죠?"

내 말에 고치에 고정되었던 시선을 내게로 돌리더니 무언가 나른한 붉은 눈으로 나를 쳐다보며 말했다.

"네가 나의 아이를 반하게 만든 인간이구나."

예? 반하게 만들어? 누가 누굴? 알 수 없는 말에 멍하게 그녀를 쳐다보자 그녀는 고혹스럽게 붉은 입술을 끌어 올려 웃었다.

"일단… 내 아이에게 힘을 주고 말하자꾸나."

그렇게 말한 그녀는 내가 뭐라고 할 새도 없이 다시 기묘한 언어를 내뱉었다.

"아두누스 아리옴, 고헤미아르… 뮤덴."

스스슥.

샤샤샤샥.

그와 동시에 위에서 나뭇잎이 스르륵 몇 잎 떨어짐과 동시에 거대하거나 작은 거미들이 실을 타고 내려섰다. 그것뿐만이 아니라 나무 사이사이 청보랏빛의 거미들이 등장하며 이 주변을 에워쌌다.

적어도 20마리는 되어 보이는 그 거미의 모습에 공격하거나 방어할 생각도 잊고 멍하게 있는데 다시 기묘한 목소리가 들렸다.

"…타나투스벤."

촤아악—!

그러자 일제히 거미들이 거미줄을 내뿜으며 나와 그 여인, 그리고 스파이더 에그를 중심으로 둥글게 거미줄의 벽을 쌓기 시작했다. 얼마 지나지 않아 거미줄로 된 거대한 원형의—굳이 말하자면 돔 형식의—건물이 되어 밖과 격리되어 버렸다.

아직까지도 멍하게 있는 날 보더니 그녀가 눈웃음을 치며 말했다.

"원래 진화의 의식은 여왕인 나 말고는 그 누구도 보면 안 되는 신성한 것. 하나 그대는 '약속' 으로 맺어진 이 아이의 인연의 주인이니 지켜보는 것을 허락하겠노라."

여왕?

다른 말은 이해하지 못했지만 단 한 가지는 이해했다. 이 상황에서 스스로를 여왕이라고 할 존재는 거미 여왕 아라크네뿐이니까. 거미의 모습이 아닌 인간 형태의 모습이라서 처음에는 NPC인 줄 알았지만—유저는 저런 모습일 리가 없으니까 일단 제외했다—어쨌든 다행이다. 아라크네의 의식을 받는다면 진화할 수 있다는 거니까.

아라크네는 손을 뻗어 고치에 손을 대고 다시 입을 열었다.

이번에도 내가 알아들을 수 없는 기묘한 언어여야 정상인데, 이상하게 이중으로 내가 알아들을 수 있는 말과 같이 들렸다.

나의 아이여, 여기 그대의 어머니이자 거미의 여왕, 운명의 실을 잣는 여신의 피를 이은 아라크네의 이름 아래 **너의 실을 잣는 것**을 허락하노라. 그대는 앞으로 그대의 실로 운명을 묶고 인연을 묶어 그대가 원하는 곳으로 가리라. 나의 피를 이은 후계의 하나여, 너의 명칭은 '약속을 묶는 자'이니, 너의 이름 아래 모든 약속의 끈이 이어질 것이다.

처음 시작은 아두누스— 어쩌고였지만 내가 기억나는 것은 그녀가 말한 기묘한 언어가 내게 한글로 번역되어서 들린 이 말밖에 없었다. 그렇게 그녀가 말을 끝내자 그녀의 손이 닿은 고치가 은은하게 빛나기 시작하더니, 곧 그 고치 전부를 감쌌다.

빠직, 빠지직.

무언가 부서지는 듯한 소리가 들려오며 고치가 갈라지기 시작했다. 금이 점점 커지면서 이윽고, 앙증맞은 어린아이 손 하나가 삐죽 튀어나왔다.

'어라?

어린아이 손?

분위기에 밀려 찍소리도 못한 채 구경하고 있던 나는 고개를 갸웃거렸다. 거미 다리도 아니고 어린아이의 손이라니?

　그러나 내 의문에는 답해주지 않은 채 다른 한 손마저 삐죽 튀어나오더니 곧 투두둑, 소리와 함께 얼굴까지 나타났다. 하늘빛의 머리카락에 까만 눈을 깜빡이던 그 아이는 잠시 바둥거리더니 곧 고치를 모두 뜯어내고 아장아장 아라크네에게로 걸어갔다. 얇은 거미줄을 몸에 감싸 치마처럼 입고 있던, 하늘빛 머리카락이 비정상적으로 긴―약 1m 7, 80㎝는 되어 보이는―머리카락을 끌며 간 그 아이는 아라크네 앞에서 공손히 고개를 숙였다.

　"제 이름은 스파이더 에그, 여왕께서 주신 명칭은 '약속을 묶는 자', 새로운 거미 일족의 아이가 여왕께 인사드립니다."

　조그마한 입을 오물거리며 말하는 그 모습은 무척 귀여웠지만, 그 아이의 말에 나는 사레들린 듯 쿨럭거렸다. 이, 이름이 스파이더 에그라고? 서, 설마… 나는 조용히 중얼거렸다.

　"펫 상태창."

이름 : 스파이더 에그

종족 : 아라크네 아이―거미 일족

속성 : 어둠

상태 : 부화, 진화, 양호

레벨:200 칭호:고블린 슬레이어, 약속을 묶는 자
HP:100% MP:100% EXP:0 % 호감도:100%

　호감도가 100%로 됐고, 칭호 중에 약속을 묶는 자 추가에… 속성이란 것도 생기고 종족도 좀 더 세부화되었다.
　으으음. 나는 스파이더 에그란 이름을 착잡한 눈길로 바라보았다. 저 귀여운 아이가 '제 이름은 스파이더 에그' 라고 말하다니… 뭔가 언밸런스하다.
　이럴 줄 알았으면 사람 이름 같은 걸로 지을 걸 그랬나?
　다행히 여왕은 스파이더 에그의 이름을 듣고도 빙그레 웃을 뿐이었다.
　"네가 나의 정식 일족이 된 것을 환영한다, 아이야."
　"감사합니다, 여왕님."
　"후후후. 그래, 너는 이미 스스로 '약속으로 맺어진 자' 를 만들었더구나."
　아라크네가 힐끗 날 보면서 말하자 스파이더 에그도 방긋 웃더니 타다닷, 내 쪽으로 오더니 내 한쪽 다리를 꼬옥 껴안았다. 밀어내지도 못하고 그렇다고 감싸주지도 못한 채 엉거주춤 있는 내 모습을 보며 갸웃거린 아라크네는 아, 하더니 가벼운 어조로 설명해 주었다.
　"아아, 그대는 이런 모습일 줄 몰랐겠구나. 하긴, 나도 이 아이가 '의식'을 받을 만한 아이인지는 예상하지 못했으니까."

"예?"

무슨 말인지 알 수 없어 되묻자 아라크네는 친절히 대답해 주었다.

"원래 이 아이는 단순한 나의 피가 이어진 수백, 수천의 아이들 중 하나. 그렇기에 나는 간단히 한 숲을 맡길 예정으로 이 아이를 보냈었지. 그런데 뜻밖에도 고블린의 습격을 받아 숲으로 가는 도중 홉고블린에게 강제로 '귀속' 될 뻔했더구나. 그런데 그 아이를 구해주며 '강제 귀속'의 흔적을 지워준 것이 그대라고 들었다. 그리고 이 아이는 그 보답으로 그대에게 자신의 인연을 묶었지. 사실, 이 아이는 인연을 묶기에는 턱없이 부족한 아이였는데… 거기에 의식을 할 정도로 자라남에 따라 피가 진해진 것을 보니, 몹시 기쁘더구나. 아마, 그대가 계기가 되어서 그랬겠지?"

시선을 내 눈과 정면으로 마주치며 아라크네는 싱긋 웃더니 나른한 목소리로 말하며 내게 다가왔다.

"…그렇기에, 의식 후 강제로 그대의 인연을 끊으려고 했던 나의 마음이 바뀌었다."

여왕의 말에 순간적으로 내 다리를 잡은 스파이더 에그가 움찔했으나 마음이 바뀌었다는 말에 조심스럽게 아라크네를 올려다보았다.

"네가 얽은 인연은 끊지 않으마. 하지만 그래도 너는 지금은 그와 함께할 수 없다. 내 말의 뜻을 알겠지?"

"…예, 여왕님. 지금 저는 막 의식을 마친 불안정한 상태. 이 상태로 그와 함께한다면 저는 본능을 이기지 못하고 스노드롭님을 공격하겠지요. 스노드롭님이 저보다 강하다면 괜찮겠지만……."

나, 날 공격한다고? 슬쩍 시선을 내려 스파이더 에그를 쳐다보자 스파이더 에그는 시무룩한 표정으로 내 다리에 매달려 있었다. 스파이더 에그의 대답에 아라크네는 고개를 끄덕이더니 우아한 미소를 지으며 말했다.

"잘 알고 있구나. 그래, 너는 나와 함께 가야 한다. 그리고 내가 머무르는 거미의 궁에서 본능을 완벽하게 제어할 수 있을 때까지 그에게 가는 것을 허락하지 않겠다."

"잠깐만요. 그럼 저는 스파이더 에그를 잃는 건가요?"

나는 그 말에 재빨리 끼어들어 물었다. 끼어들어서 화낼까, 약간 걱정됐지만 그녀는 별말없이 고개를 살짝 저었다.

"아니다. 말했듯이, 그대의 인연을 끊으려고 했던 나의 마음이 바뀌었다. 하나 마음이 바뀌었다고 해도 내 아이와 그대가 지금 함께하는 것은 폭주와 죽음으로 이어지는 길. 그러므로 나는 그저 내 아이를 데려가, 그 아이가 본능을 완벽히 제어할 때까지만 나의 보호 아래에 두겠다. 그대는 이 아이가 본능을 제어할 수 있을 때까지 기다리면, 이 아이가 다시 너에게 갈 것이다."

─스파이더 에그의 주인이 임시로 거미의 여왕 아라크네가 되었습니다. 스파이더 에그가 본능을 완벽히 조절할 수 있을 때까지 그녀의 보호 아래에 있게 되었습니다.

─스파이더 에그와 떨어져 있는 시간이 길어도 임시 양도 상태이므로 호감도가 떨어지지 않습니다.

"아……."

연이어 들리는 말에 나는 아쉬움을 약간 느끼며 고개를 끄덕였다. 메시지로까지 들리는 것을 보면 확실히 스파이더 에그와 헤어지게 되겠군.

스파이더 에그는 시무룩한 얼굴로 날 보다가 입을 열었다.

"스노드롭님, 이제야 진화의 의식을 받아 말을 할 수 있게 되었는데, 정말 도움을 드릴 수 있게 되었는데 슬프게도 이별을 해야 하는군요."

"아, 그래… 나도 아쉬워."

반말을 써도 될까, 했지만 일단 내 펫이고 모습도 어리니 마음 편히 반말을 사용했다. 확실히 이제야 말도 통하고, 본격적으로 도움을 줄 만한 상황이 됐는데 아쉽다. 물론, 들었던 정이 있어서 아쉽기도 하고. 하기야 레벨 200의 펫을 내가 마음대로 다룰 수 있다면 그건 문제가 있으니까. 스파이더 에그는 잠시 날 보더니 결심한 듯 검은 눈을 빛내며 말했다.

"스노드롭님, 반드시 다시 돌아와 그대와 함께하겠습니다. 절 기다려 주세요."

"그래, 꼭 기다릴게."

레벨 200이라는 것을 떠나서 진심으로 다시 만나고 싶었기에 나도 싱긋 웃으며 스파이더 에그에게 말했다. 스파이더 에그는 방긋 웃더니 아라크네에게 다가갔다. 아라크네는 그 모습을 보더니 스파이더 에그의 머리를 쓰다듬은 후 내게 걸어왔다.

"인간이여, 나의 아이를 지금껏 보살핀 대가를 주마."

그렇게 말한 후 아라크네는 붉은 입술을 들어 웃더니,

쪽.

─거미의 여왕 아라크네의 축복을 받았습니다.

─거미형 몬스터에게 선제공격을 받지 않습니다.

나는 살짝 붉어진 얼굴로 머리를 긁적였다. 입맞춤이라니, 이마라지만 좀 부끄러운걸. 그것도 미인이니까(비록 몬스터이긴 하지만). 입을 맞춘 여왕은 한 걸음 물러난 뒤 한 손으로 자신의 머리카락을 잡고 잡아당겼다. 머리카락은 투둑─ 소리와 함께 가볍게 끊어졌고 아라크네는 자신의 머리카락을 잠시 바라보며 아까 들었던 기묘한 언어로 입을 열었다.

"아도— 루메드."

그러자 머리카락에 빛이 서리더니 손목 밴드로 변했다. 색은 아라크네의 머리카락 색과 같은 새하얀 색이었는데 손목 밴드의 중앙에는 붉은 거미가, 안에는 작게 검은 거미 하나가 그려져 있었다.

그녀는 그 손목 밴드를 내게 주었다.

"이건……?"

"이것은 내가 그대에게 주는, 내 아이와의 인연을 소중히 여겨준 것에 대한 선물이다."

약간 얼떨떨한 표정으로 손목 밴드를 받아 오른쪽 팔목에 착용한 후 아이템을 살폈다.

[스노드롭에게 주는 아라크네의 선물]
방어력:200
웹—거미줄 그물 형태 사용 가능(하루 세 번).
제한:스노드롭

자신의 아이와 진심으로 '다시 만날 것'을 약속한 스노드롭에게 주는 거미의 여왕 아라크네의 선물이다. 이 손목 밴드를 착용하면 특수한 능력을 사용할 수 있다.

"……!"

바, 방어력 200에 하루 세 번 거미줄 사용이 가능하다고?
비록 거미줄의 형태가 그물로만 정해져 있다지만! 기뻐하는
나를 본 아라크네는 빙그레 웃더니 한 손으로 스파이더 에그
의 손을 잡고는 그대로 몸을 돌려 거미줄로 만든 돔의 한쪽
면을 향해 가며 흘리듯 말했다.

"사실 더 좋은 것을 주고 싶다만, 그 이상의 것은 그대가 사
용하기에는 무리가 있으니 어쩔 수 없지. 그럼 나는 가지, 나
의 아이와 약속으로 맺어진 인연을 가진 인간이여."

여왕의 걸음에 따라 거미줄 돔은 스르륵 갈라지더니 곧 거
미줄이 풀어지며 사라지기 시작했다.

천천히 보여지는 주변의 풍경에 나는 흠, 소리를 내며 주변
을 두리번거렸다.

순식간에 거미줄도, 20여 마리의 거미도, 여왕도, 스파이더
에그도 모두 사라졌다. 그야말로 바람같이 사라진 현상에 머
리를 긁적였다. 빠르기도 해라. 그리고 거미줄까지 전부 회수
해서 가다니… 도대체 어떻게 가져간 건지.

'그나저나 스파이더 에그, 정말 갔구나.'

허전한 허리 뒤쪽을 매만졌다.

정말 워낙에 평소 존재감이 없어 나도 가끔 깜빡하지만 아
주 결정적인 순간에 가끔 등장해서 도와주거나 날 위기로 모
는 스파이더 에그. 뭐, 본능을 완벽히 제어할 줄 알면 만나게

될 수 있다니까…….

다시 만날 것을 기대하며 나는 다시 수도가 있는 쪽으로 방향을 틀고 걸었다. 올 때도 별로 멀리 떨어진 것이 아니라서 약 1시간 정도가 지나자 다시 보랏빛의 성벽이 보였다. 다시금 간단한 신분 확인과 경비병의 으름장을 들으며 들어간 후 곧장 도적 길드로 향했다. 어쩐 일인지 여기저기 들떠 있는 수도의 분위기가 궁금했지만 일단 할 일부터 하고 노는 성격이라 먼저 퀘스트를 해결하고 확인하기로 마음먹으며 도적 길드의 문을 열고 들어갔다.

들어오자마자 보이는 것은 1층의 바텐더. 그녀는 날 보며 싱긋 웃더니 손가락 4개를 폈다. 4층으로 올라가라는 뜻이었다.

꽤나 바빠 보이기에 인사는 고개를 끄덕이는 것으로 생략한 나는 계단을 올라갔다. 4층에 도착한 나는 조심스럽게 문 손잡이를 잡고 힘을 주어 열었다. 작게 달칵, 소리를 내며 열린 다음 내 눈에 보이는 것은…….

"악! 정말 죄송! 진짜 실수예요!"

"실수? 그 빌어먹을 실수가 도대체 몇 번째야!"

"지, 진짜로 실수… 악!"

변한 것이 없군.

처음 왔었을 때도 저 두 남녀의 치열한 추격전이 벌어졌었던 것을 생각하며 속으로 헛웃음을 지었다. 거기에 5명의 남녀는 이번에는 구경하며 한숨을 쉬는 것보다는 카드 게임을 하거나 책을 읽는 것을 채택하기로 했는지 아예 신경도 쓰지 않고 있었다. 어쨌든 그 두 명의 남녀 중 여자, 길드장 모드리네는 분노로 머리카락까지 꿈틀거리며 일렁이고 있었다. 손에 든 채찍을 차악 하고 잡은 그녀의 모습은 무언가 여왕님스럽다는 것을 보여주고 있으나 곧 그 생각을 지워 버리고 조심스럽게 입을 열었다.

"저기요~"

"이번에야말로… 음?"

내 말에 몇몇 이들의 시선―몇몇 이들은 무시한 채 자신의 할 일을 하고 있다―이 내게로 향했다. 모드리네는 잠시 날 보며 깜빡거리더니 아, 하고 짙게 미소 지으며 반갑다는 듯 손을 흔들었다. 분명 날 순간적으로 못 알아본 것 같았는데.

처음에 마주쳤을 때 쟨 누구지라는 눈빛으로 날 본 것을 보며 떨떠름한 표정을 지었다. 그녀는 내 표정은 무시한 채 채찍을 탁자 위에 던져 올려놓고 부들거리며 어느새 내 뒤쪽으로 이동해 모드리네의 눈치를 보고 있는 남자를 향해 말했다.

"너 일로 안 와?"

"가면 죽이실 거잖아요."

"빌어먹을 놈. 안 죽여, 안 패, 안 때려. 그러니까 오라고!"

"넵."

짜증스럽다는 듯 머리카락을 거칠게 넘기는 모습에 남자는 두말 않고 그녀 곁으로 가 바르게 시립했다. 그 모습을 마음에 안 든다는 눈초리로 보던 그녀는 다시 내게 입을 열었다.

"그림자는 가져왔나?"

"아, 예. 그림자가… 이거 맞죠?"

나는 가방에서 검은 구슬을 꺼내며 확인하듯 물었고, 그녀는 고개를 끄덕이며 맞다는 제스처를 취했다. 다행이군, 여기까지 오고 아니었으면 곤란했을 거야.

그녀는 설렁거리는 걸음으로 내게 오더니 내 손바닥 위에 있던 검은 구슬을 들어 올렸다.

"오랜만에 보는군."

─수도 도적 길드의 장, 모드리네의 퀘스트 [그림자의 탑으로 가 꼭대기에 있는 그림자를 가져오라]를 완료하셨습니다.

─레벨이 올랐습니다.

─레벨이 올랐습니다.

2레벨 업인가? 확실히 그 정도 난이도는 됐지. 레벨 업을 한 것에 기분 좋게 미소 지었다. 이걸로 레벨은 131… 응?

나는 포인트를 분배하려던 것을 멈추고 말똥말똥 모드리

네를 쳐다보았다. 모드리네는 그림자를 손에 들고 우아한 걸음으로 내 뒤로 걸어갔다.

"어, 저기 뭐 하시는……?"

"가만히 있어. 이제 그림자를 넣어야 되니까."

그림자를 넣어? 어디에?

움직이지 말라는 말에 눈동자만 뒤쪽으로 굴리며 의아함이 가득 담긴 목소리로 물었다.

"어디에요?"

"네 그림자에."

'내 그림자에 그림자를 넣는다고?'

무슨 뜻이냐고 묻고 싶었지만 그녀가 빨랐다. 보이지는 않지만 그녀가 그림자를 내 그림자에 어떤 식으로 넣었는지, 갑자기 뒤에서 무언가 큰 검은색의 기운이 내 몸을 휘감은 것이다.

'뭐, 뭐야?'

당황해서 회오리처럼 날 휘감는 검은 기운에서 벗어나려고 했지만 몸이 움직이지 않았다. 모드리네는 어느새 내 앞쪽으로 와서 날 쳐다보며 구경하고 있었다. 그렇게 약 10초 정도가 지났을까? 기계적인 음성이 내 귀에 들렸다.

—속성이 그림자로 변하셨습니다.

"…아?"

속성이라니?

속성이란 것은 스파이더 에그가 진화하고 나서 어둠이라는 것밖에 몰랐다. 그런데 그렇게 속성이 있다는 것을 깨닫자마자 나도 속성이 생기다니? 그것도 그림자라는……?

"흐음, 성공이군. 뭐, 축하한다. 그림자의 아이가 된 것을."

작은 감탄과 함께 모드리네는 흡족한 미소를 지으며 말했다. 그렇게 말해봤자 이해를 못합니다만.

"죄송하지만 속성이 뭔지, 그리고 그림자라는 속성이 뭔지 물어도 될까요?"

모르는 것은 물어야 한다는 모토 아래 모드리네에게 묻자, 그녀도 내가 물을 줄 알았다는 듯 가볍게 고개를 끄덕이며 설명했다.

"모를 줄 알았다. 속성이란 것 자체가 드문 현상이니까… 뭐, 일단 속성이 뭐냐고 묻는다면 말 그대로다. 사람 혹은 몬스터, 동물, 식물들이 가지고 있는 한 가지 혹은 여러 가지의 각 개체가 가지고 있는 특징이나 성질을 말하는 거다. 그리고 속성이란 것을 선명히 가지고 있는 사람은 드물지. 몬스터나 그 외의 것들은 꽤나 분명히 갈라져 있지만 사람은 대부분이 무속성이거든."

"그럼 저도 무속성이었다는 건가요?"

"아아, 그래. 네가 직접 구한 그림자와 네가 그림자의 탑에 있을 동안 네가 본래 가지고 있던 그림자의 친화력이 상승되었지. 그 두 가지가 섞여서 네 속성이 그림자로 변한 거다. 사실 이렇게 그림자를 가지고 와도 친화력이 없는 놈은 속성이 바뀌지 않아."

"헤에……."

그렇다면 내가 원래부터 그림자라는 속성에 대해 친화력을 가지고 있었다는 건가?

"그리고 그림자라는 속성이 뭐냐고 물었던가? 뭐, 간단해."

모드리네는 의자를 빼서 다리를 꼬고 앉으며 말을 이었다.

"속성이 그림자가 되면 좀 더 스킬들이 은밀해지고, 주변에 그림자가 많은 상황이거나 네가 그림자 위에 있을 때 조금 전투력이 상승된다는 정도? 아아, 그리고 밤이 되면 좀 더 강해지지. 원래 밤에 가장 강해지는 것은 어둠 속성의 놈들이지만 어둠이라는 속성은 쉽게 얻을 수가 없거든. 너야 '운명'도 겹쳤고 친화력도 원래 있어서 가능하지만……."

마지막 말이 정확히 무슨 뜻인지는 모르겠지만 그 운명이라는 것을 말할 때 내 손목을 힐끗 본 것을 보면 그 운명이라는 말이 아마 시프 수련생의 팔찌와 관계가 있는 것 같다.

"물을 건 이제 없지? 그럼 가봐."

내가 가만히 있자 모드리네는 손을 내저으며 말했다. 음,

물을 건 이제 없… 아, 하나 있다. 나는 몸을 돌리려는 것을 멈칫하고 모드리네를 바라보았다.

"뭐야?"

"저기, 거미의 여왕 아라크네의 축복이라는 것이 뭔지 아시나요?"

"……."

내 말에 모드리네는 잠시 말없이 나를 쳐다보더니 미묘하게 웃었다.

"그걸 어떻게 알았니, 애송아?"

에?

나는 뭔가 달라지며 냉막하게 변하는 분위기에 식은땀이 흘렀다. 뭐야, 갑자기 왜 이래? 모드리네의 눈치를 살피던 남자도 날 이상한 시선으로 바라보고 있었다.

"빨리 대답하렴. 그렇지 않으면 좀 괴로워질지도 모르니까 말야."

NPC에게 협박당하는 것도 꽤 복잡한 느낌이군. 나는 어느새 모드리네가 내 주위를 와이어로 감싼 것을 보며 침을 꼴깍 삼켰다. 모드리네의 반지에 와이어가 이어져 있는 모습을 보니… 내가 가지고 있는 와이어 링이랑 같은 물건인 것 같군. 와이어를 이 정도로 다루다니, 솜씨도 좋으셔라.

"아, 그게… 제가 그 거미의 여왕 아라크네의 축복이란 걸

받았거든요. 그래서 물어본 건데……."

"젠장, 네 녀석이 그걸 받았다고?!"

"아, 예… 그런데요."

모드리네는 거칠게 물었고 나는 얼떨떨하게 대답했다. 모드리네는 불신의 눈초리로 날 보다가 한숨을 푹 내쉬더니 팔을 몇 번 휘젓는 것으로 와이어를 회수했다.

"말도 안 돼. 네 녀석이 거미 여왕의 축복을 받다니. 3차 전직은커녕 레벨 150도 안 되는 놈이 도대체 무슨 일이 있었기에 축복을 받은 거지? 대답해라, 스노드롭."

처음으로 내 이름을 불렀건만, 나는 별로 좋아할 수 없었다. 저렇게 살벌하게 묻는데 누가 좋아하겠냐고. 고민하던 나는 시퍼렇게 눈을 부릅뜨고 노려보고 있는 모드리네를 진정시키기 위해 간략하게 스파이더 에그랑 처음 만났을 때와 아라크네를 만났을 때를 설명했다.

설명을 진지한 표정으로 듣고 있던 모드리네는 잠시 생각하는 표정을 지었다가 내게 말했다.

"너는 이종족의 축복에 무엇이 있는지 알고 있냐?"

당연히 모른다. 내가 눈만 말똥 뜨고 있자 애초에 대답은 기대하지 않았다는 듯 그녀는 홀로 말을 계속했다.

"대륙년 896년째인 지금, 그 기나긴 세월 동안 사람이 이종족의 축복을 받은 것은 300명이 채 되지 않아. 그것도 대부분이 엘프나 드워프, 수인족들이 우정 삼아 축복을 해준 거지. 간혹 서큐버스나 나이트 메어 같은 이들의 축복을 받는 자도 있긴 하지만… 후우, 특히나 이종족이라 불릴 수 있는 지성체들 중에서도 '여왕'이나 '왕'의 칭호를 받은 이들이 축복을 해주는 것은 무척이나 드물어. 더군다나 거미의 여왕 아라크네는 단 한 번, 자신의 목숨을 구해줬던 자에게 축복을 내려 줬었지. 사실 '축복'이라는 것 자체는 큰 혜택이 없어. 말 그대로 단순한 '축복'일 뿐. 하지만 그 축복을 받은 자는 평생에 한 번 그 축복을 줬던 존재에게 소원을 부탁할 수가 있어. 또 그 축복을 줬던 존재의 지위에 따라 그 종족에게 극진한 손님으로 대접받고 도움을 요청할 수도 있지."

그렇게 소원을 부탁할 수 있다고 해봤자 나는 아라크네는 커녕 거미 일족이 어디 있는지도 모르는걸.

속으로 그렇게 생각하든 말든 모드리네는 그렇게 말을 마치더니 정말 질투가 난다는 얼굴로 나를 쳐다보았다.

"제길, 겨우 너 정도의 실력에서 축복을 받다니… 거미 여왕은 도대체 왜 축복을 내려준 건지… 으으, 꺼져, 네 녀석! 꼴도 보기 싫어!"

질투에 길드원을 쫓아 보내는 길드장이라니! 나는 살기를 내뿜는 모드리네의 모습에 속으로 한숨을 내쉬며 조용히 방을 나왔다. 나오기 직전, 히스테리 가득한 소리가 들린 것도 같지만… 뭐, 궁금증도 풀었겠다, 나랑 상관없는 얘기지.

나는 천천히 계단을 내려가면서 생각했다.

아라크네가 줬던 축복이 그 정도로 의미 깊은 거였다니…
흠, 소원 하나라. 만날 일도 요원하긴 하지만 만나기만 하면
꽤나 좋잖아? 여왕이라고 불릴 정도면 능력도 좋을 텐데 그런
존재가 내 소원을 들어준다면… 후후. 나는 즐거운 상상을 하
며 히죽거렸다.

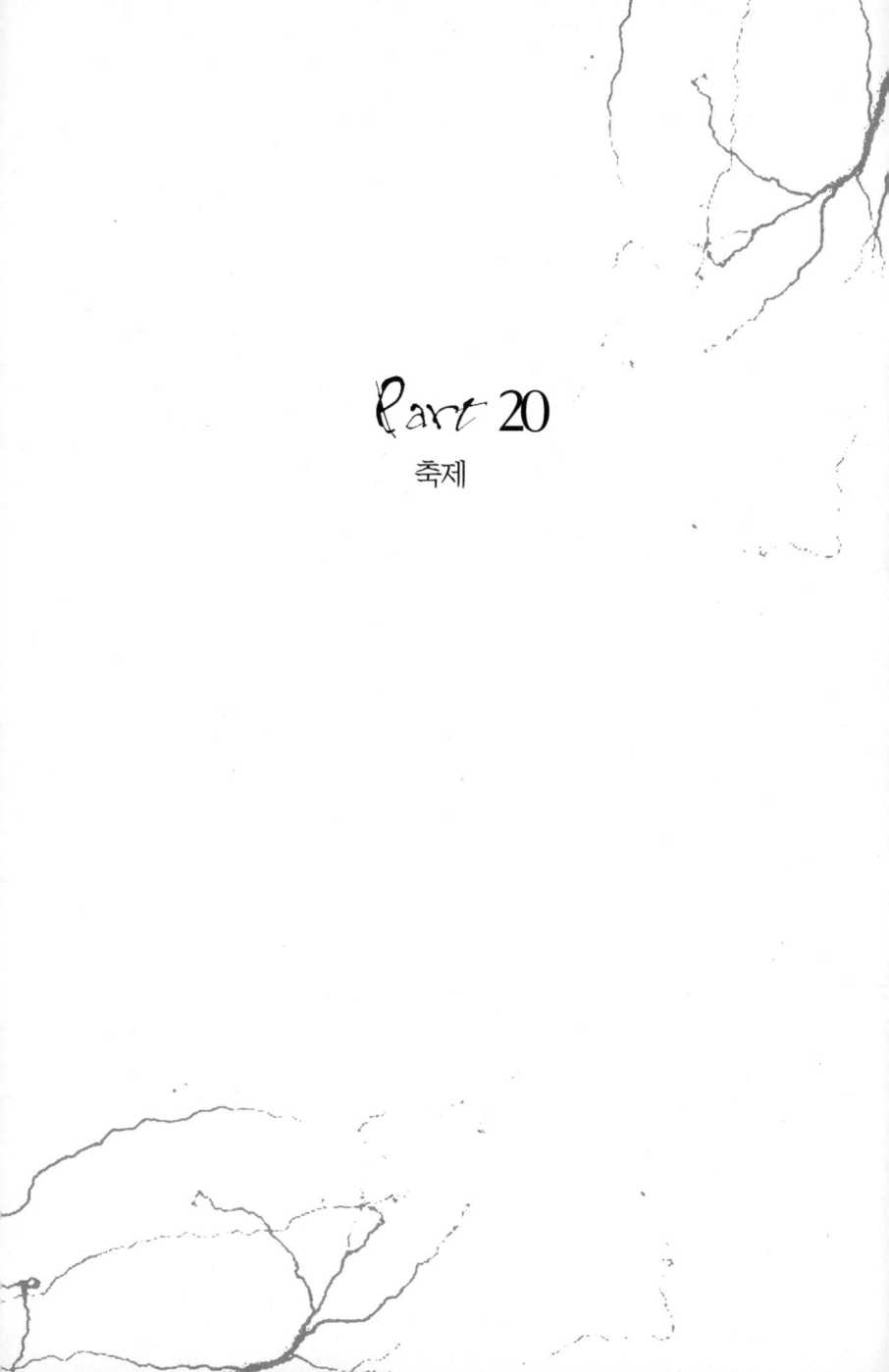

Part 20

축제

　생각지도 못한 행운에 얼굴에 미소를 띤 나는 어느새 1층으로 내려와 두리번거리며 바텐더를 찾았다. 이왕 여기에 온 것 스킬을 새로 배우려는 생각이다. 아, 스킬 해서 생각났는데 나 레벨 올랐지? 나는 상태창을 열어서 잠시 고민하다 힘에 포인트를 전부 투자했다.

이름 : 스노드롭

직업 : 시프

레벨 : 131

상태 : 양호

칭호 : 없음

피로도 : 0% 허기 : 20%

HP : 100% MP : 100% EXP : 1%

힘 : 104+2 민첩 : 154+5 체력 : 101+1 지능 : 15 지혜 : 15

민첩이 비정상적으로 높아 별로 좋지는 않지만 그래도 사냥하는 데 불편도 특별히 못 느꼈으니 괜찮다고 생각했다. 그나저나 레벨 131이라… 후후후. 며칠 전만 해도 104였는데. 20레벨 이상 올랐군. 하긴, 동렙 몹을 그렇게 잡았으니까 당연한 건가?

그리고 보면 레벨이 여기까지 올랐는데 그동안 스킬을 하나도 못 배워서 꽤나 쌓였겠는데? 돈은 음, 95골드 29실버… 이 정도라면 괜찮으려나?

잠시 돈과 스킬 값을 생각해 보던 나는 일단 모자라도 배울 수 있는 것은 전부 배우자는 마음으로 바텐더에게로 걸어갔다.

"…하아."

또 거지가 됐다.

나는 우울한 표정으로 인벤토리 밑칸에 쓰여진 3골드 7실버라는 단어에 한숨을 푹 내쉬었다. 젠장, 축복을 받았다고 좋아했던 것이 몇 분 전인데… 무슨 스킬 북이 한 권에 10골드, 15골드씩 하는 거냐고!

내가 배운 것은 Lv 3. 은신, Lv 2. 환영, Lv 2. 도약, Lv 2. 역습, Lv 4. 반사신경 향상, Lv 3. 난도질, Lv 3. 절개였다.

새로운 스킬도 없고 그저 스킬 레벨들만 오른 것에 불과하면서 그렇게나 돈을 많이 처먹다니… 나는 침울한 눈빛으로 그 스킬들의 설명을 읽어나갔다.

Lv 3. 절개:적에게 마무리 일격을 날린다(근접 무기 필요).

Lv 3. 은신:은신한 상태로 이동할 수 있지만 이동 속도가 평소의 40%로 감소한다. 공격 시 풀린다.

Lv 2. 기습:적을 기습하여 무기 공격력의 155%와 추가의 피해를 입힌다. 주무기로 단검을 착용해야 하며 적의 배후에서 공격해야 한다(단검류 필요).

Lv 3. 난도질:마무리 일격을 시도하여 도적의 근접 공격 속도를 30%만큼 증가시킨다.

Lv 2. 전력 질주:5분 동안 이동 속도가 55%만큼 증가한다.

Lv 2. 혼란:몇 초 동안 적의 시선을 끌 수 있다(한 개에 20쿠퍼 하는 냄새 주머니를 소리없이 던지며 땅에 떨어졌을 시에 그 주머니는 흡사 나무를 밟은 듯한 소리를 낸다).

Lv 2. 절단:두 자루의 단검으로 상대방 신체의 일부분을 교차된 단검으로 강하게 벤다. 8%의 확률로 베인 부분이 절단된다.

Lv 2. 환영:투척되어 적을 향해 나아가는 단검에 힘을 불어넣어 단검이 더 늘어난 환상을 보여준다. 현재 두 자루의 단검만 환상으로 보여준다.

Lv 2. 도약:민첩의 영향을 받으며 준비 자세 없이 멀리 뛸 수 있다.

Lv 2. 역습:상대방의 공격을 막으면 12%의 확률로 자동 활성화되는 스킬로 이 스킬이 활성화되면 공격력이 18% 상승한다. ―패시브

Lv 4. 반사신경 향상:반사신경이 향상된다. ―패시브

도박:1/2 확률로 자신과 동렙, 혹은 낮은 레벨의 몬스터 한 마리를 죽인다. 실패하면 자신이 죽음을 맞이한다.

독 바르기:독을 바른다. ―패시브

관찰:관찰력이 상승해 감지력이 좋아진다. ―패시브

독에 대한 면역:독에 대한 면역이 상승한다. ―패시브

감정:물건을 감정한다. 숙련도―49.11%

자물쇠 따기:잠긴 상자나 문을 열 수 있다(도둑 도구 필요). 숙련도―16.75%

훔치기 : 대상의 물건을 훔친다. 숙련도—17.05%
추적 : 어떠한 흔적을 추적한다. 숙련도—17.00%
함정 해체 : 함정을 해체한다. 숙련도—26.91%

제길, 스킬 레벨이 올랐다고 해도 별 차이가 없어 보였다.

끄으응.

원래 131이 되는 레벨 동안 사냥을 했다면 돈이 남겠지만, 나는 아이템이나 돈이 떨어지지 않는 그림자의 탑에서 사냥을 했기에 돈이 다른 유저들의 이 레벨 때보다 훨씬 없었다. 그렇다고 해도 3골드만 남은 건 너무하지 않나. 거기에 앞으로 스킬을 배우고 싶다면 최소 10골드 이상 가져와야 된다는 말이잖아.

스킬 레벨이 오를 때마다 몇 배씩 뛰어오른다는 것은 알았지만. 쩝. 나는 입맛을 다시며 털레털레 도적 길드를 나왔다. 일단 사냥하면서 돈 좀 벌어야 되겠군. 이 근처에 좋은 사냥터가 있으려나?

그렇게 생각하는데 문득 주위가 꽤나 소란스러운 것을 느꼈다. 아, 맞다. 수도에 들어왔을 때도 이러더니… 그래서 뭔지 알아본다고 해놓고 깜빡했네.

주변을 보니 유저들로 보이는 사람들이 시끌벅적하게 이야기도 나누고 있었고, NPC로 보이는 수수한 차림의 사람들도 들떠 보였다. 그들을 쭈욱 살피던 나는 어느 한 장소에 사람들이 몰려 있는 것을 보며 의아함이 생겼다.

'왜 그러지?'

갑자기 우울한 마음이 가시고 호기심이 샘솟는 것을 느끼며 사람들이 몰려 있는 곳으로 슬쩍슬쩍 끼어들며 파고들었다. 투덜거리는 소리가 귓가에 들리지만 살며시 무시하고 맨 앞까지 간 나는 호오라는 감탄사와 함께 흥미로운 눈빛으로 눈앞에 붙여진 벽지를 바라보았다.

아두르나 축제.
드디어 7월 20일 아두르나 별의 날이 다가왔습니다.

예전부터 아두르나 별빛이 내려와 그 길을 만들어 별의 요정들이 춤추는 모습을 보며 그와 함께 즐기기 위해 만들었다는 이 축제는 남녀노소 따지지 않고 재밌게 즐길 수 있는 가족 축제이며, 연인들의 축제이기도 합니다.

또한 이번에는 방랑자들을 위해 방랑자들만의 무투 대회도 열어 재미를 더하는 이번 아두르나 축제를 기대하시길 바랍니다.

기간:7. 19~7. 21

▷축제 기간 동안 치안이 한층 강화되오니 주의하시길 바랍니다.

▷축제 기간 동안 다양한 행사가 있으니 마음껏 즐기길 바랍니다.

▷무투 대회 신청자나 혹은 관심이 있으신 분은 남쪽 무투장에서 자세한 설명을 들을 수 있습니다.

축제라… 거기에 무투 대회? 나는 반짝이는 눈빛으로 그 벽지를 바라보았다.

무투 대회.

뻔하기는 하지만 솔직히 흥미롭기 짝이 없는 이벤트 아닌가. 거기에 방랑자들만 참가한다고 했으니 NPC가 참가해 무식하게 레벨 차이나서 유저들이 떨어지는 일도 없고 서로 되살아나니 마음껏 싸울 수도 있을 테고.

'나도 참가해 볼까?'

시프라는, 전투 직업이라고 하기에는 난감한 직업이긴 하지만 레벨도 높은 편이고, 아이템들도 좋고… 한 번 해봐도 나쁘지 않을 것 같은데. 결국 참가하는 것에 마음이 기울어진 나는 남쪽 무투장을 향해 몸을 움직였다.

가는 사람을 생각해서인지 간단한 안내 지도가 밑에 그려져 있었기에 별 어려움 없이 무투장을 찾을 수 있었는데, 꽤나 많은 유저들이 몰려 있었다. 새삼 수도에 이렇게 많은 유저들이 있었나 놀랄 정도로.

그래도 접수처가 8곳이나 되는 큰 무투장이었기에 조금 기다리는 정도로 신청할 수 있을 것 같았다. 지금 신청을 할까 생각했다가 문득 접수처 앞의 게시판에 붙여진 종이를 발견한 나는 그것들을 읽었다.

무투 대회 주요사항 안내.

1. 무투 대회 신청 시에 10골드의 참가비가 필요합니다.

2. 무투 대회에 신청할 자격이 있는 분은 레벨 100이상의 방랑자입니다.

3. 무투 대회 신청은 7. 17 ～ 7. 18일 동안만 접수합니다.

4. 무투 대회는 7. 19일에 시작됩니다.

무투 대회 상금 및 기타 자세한 사항은 접수처에서 문의하시길 바랍니다.

아마 묻기만 할 유저들의 수도 많을 것을 예상하고 먼저 유저들을 가리기 위해 이런 종이를 붙여놓은 것 같다. 이 종이를 보며 아쉬운 듯한 표정을 짓고 돌아가는 유저들의 모습이 보이는 것을 보면.

그나저나… 으으음. 다른 것들은 다 문제없지만 무투 대회 참가비가 문제군.

나는 내 전 재산이 3골드 7실버인 것을 기억해 내며 뺨을 긁적였다. 이럴 줄 알았으면 스킬 한 권은 나중에 살 걸 그랬네. 오늘이 아쉬드르에서 7. 17일이니까… 내일까지 7골드를 더 모을 수 있으려나? 사냥만 해서 7골드를 하루 안에 모으는 것은 운이 따라줘야 가능한데… 거기에 사냥터 오고 가는 시간도 무시할 수 없고.

'아이템을 팔아야 하나?'

하지만 인벤토리에서나 가방에서나 팔 만한 아이템이라고는 청동 반지 달랑 하나뿐인데. 이거 팔아봤자 몇십 실버밖에 안 나올 텐데 말이지.

'어떻게 해야 하나…….'

어디 돈 꿀 데라도 없나? 난감한 표정으로 고민하고 있는데, 뒤에서 누군가가 툭 치는 것이 느껴졌다. 뭐지? 의문을 느끼며 무의식적으로 뒤를 돌아보자, 익숙한 얼굴이 보였다.

"스이렌?"

내 말에 살짝 고개를 끄덕이며 말했다.

"오랜만이야."

스이렌이 이렇게 말했을 때 스이렌의 뒤쪽에서 투덜거리는 듯한 말도 들려왔다.

"흥. 나는 안 보이나 보지?"

릴도 있었네. 전에는 릴이 삐쳐서 따로따로 움직이더니만 화해했나 보군. 나는 둘을 보며 약간 얼떨떨하게 물었다.

"저인 줄 어떻게 아셨죠?"

나는 빛바랜 고급 망토라는 아이템을 뒤집어쓰고 있었고 얼굴도 보이지 않는데… 하긴, 원래 얼굴을 보여주진 않았지만. 내 물음에 스이렌은 잠시 눈을 깜빡이더니 간단히 대답했다.

"분위기랑 체구로."

"여기서 뭐 하는 거야? 신청 안 해?"

간단히 대답한 스이렌에 이어 릴은 당연히 내가 신청할 것이라는 듯한 어조로 물었고, 사실이긴 했기에 나는 '분위기랑 체구로' 알았다는 스이렌의 말을 생각하다가 어물쩍하게 대답했다.

"아아, 해야 되긴 한데 참가비가 없어서요."

"돈이 없다고?"

릴이 이상하다는 듯이 말하자 나는 약간 민망한 웃음을 지었다.

"스킬을 배우는 데 돈을 다 써버려서요."

"흠, 거지라는 소리네."

잘 알고 있으니까 그렇게 직접적으로 말하지 않아 줬으면

하는데. 변함없이 직설적으로 말하는 릴의 말에 속으로 투덜거렸다. 아, 맞다. 이 두 사람한테 돈 좀 꾸면 안 되려나? 나는 기대감에 반짝이는 눈빛으로 스이렌과 릴을 쳐다보았다.

"왜 그러지?"

내 눈빛에 스이렌의 무표정한 얼굴이 떨떠름하게 변하며 물었고 릴은 저 자식 왜 그러냐는 듯한 시선을 보냈지만 가뿐히 무시하고 나는 간절한 목소리로 말했다.

"돈 좀 꿔주시면 안 될까요? 7골드만. 꼭 갚을게요."

7골드라면 적은 돈은 아니었지만 레벨 100 넘어서는 어지간한 일 아니고서는 대부분이 가지고 있는 금액이었다. 언제 다시 만날지 모르는 상황이지만 이 둘도 무투 대회에 나갈 것 같으니 한동안 만날 가능성도 크겠다, 나중에 돈을 갚을 수도 있을 테고…….

그런데 뜻밖에도 스이렌과 릴은 조금 난처한 표정을 짓더니 스이렌이 미안한 표정으로 말했다.

"미안. 우리도 돈이 없어. 내 활과 릴의 검을 새로 사느라 돈을 다 썼거든. 우리도 참가 비용만 남아 있어."

"그, 그런가요. 쩝."

나는 그녀의 말에 입맛을 다셨다. 어쩜 이렇게 타이밍이 안 맞을까. 끙, 그럼 내가 알아서 구해야 하나? 그때, 어떻게 돈을 구해야 할지 궁리하고 있던 나를 릴이 힐끔 보더니 입을 열었다.

"정 돈이 급하면 수도 돌아다녀서 구할 수도 있는데, 한 번 그래 보지?"

"네? 돌아다녀서 구할 수 있다니요?"

릴의 말에 의아함을 나타내자 릴이 고개를 갸웃거리다가 말했다.

"음, 축제 전이긴 해도 이곳저곳에서 상금이 걸린 행사를 하던데? 적게는 몇십 실버, 많으면 3, 5골드까지 상금이 있으니까 한번 해봐."

상금이 걸린 행사라 좋긴 한데 내가 그 행사에서 이겨야만 상금을 타는 거잖아. 그럼 못 탈 수도 있는데… 하지만 사냥하는 것보다 먼저 구할 확률도 높고, 수도를 돌아다니는 거니까 사냥터를 오갈 시간도 사라지니 시간도 많이 남을 테고…….

"음… 한번 해볼까요? 아, 스이렌님이랑 릴님도 행사에 참여하실 건가요?"

"그래. 우리도 축제 때까지 사냥하기도 좀 그러니까 돌아다니면서 놀려고."

"간단한 퀘스트들도 하고 말이지. 너는 도적이라서 무리겠지만. 아, 전직해서 도적은 아닌가?"

릴이 대답을 바라는 어조로 묻자 나는 어깨를 으쓱했다.

"시프예요. 스이렌님하고 릴님은요?"

"아, 나는 사냥꾼."

"나는 페이지야."

사냥꾼과 페이지라. 궁수는 2차 전직 때 아처와 사냥꾼으로 나눠지고 검사는 페이지로 전직이 가능하다고 들었다. 아, 특이한 점은 전사와 검사가 다르다는 건데, 전사 같은 경우는 워리어와 격투가로 전직이 가능하고 페이지는 전직이 불가능하다고 들었다. 그 반대의 경우도 마찬가지지만.

뭐, 스이렌은 아처가 될 줄 알았지만… 사냥꾼이라, 좀 의왼데? 릴이야 검을 사용하는 걸 보고 워리어 아니면 페이지로 전직하겠다고 생각은 했지만… 흠.

"그런가요? 뭐, 그럼 전 갈게요. 그럼 잘들 노세요."

"너도 돈 열심히 모아봐."

릴의 말에 나는 가볍게 손을 흔든 뒤 스이렌에게도 고개를 살짝 숙이고 헤어졌다. 같이 행사를 참가하러 다녀도 괜찮겠지만, 얼굴 마주치고 아는 척할 정도일 뿐이지, 굳이 같이 다니며 놀 정도로 사이가 좋은 것은 아니니까 따로 다니는 것이 낫다. 또 나는 상금을 노리는 거니까 같이 참가했다가는 문제도 좀 있고.

'그나저나, 행사라면 어떤 행사들을 말하는 거지? 상금이 있다고 하니까 무슨 대회 형식인 것 같은데…….'

아쉬드르에서 축제는 처음이라 감이 잡히지 않았다. 사실 다른 게임의 축제에서도 행사라기보다는 파는 것, 노점상들이 주를 이뤘으니, 한 번 돌아다니면서 살펴나 봐야 되겠군.

그렇게 마음먹고 이리저리 기웃거렸다. 주로 사람이 많은 곳에 그런 행사들이 있을 것이라는 간단한 이치에 따라 그런 곳을 주로 돌아다녔고, 아무래도 사람이 많이 다니는 광장도 돌아다녀 보니 어떤 행사가 있는지 정도는 알 수 있었는데, 풍선 맞추기라든지, 단검으로 목표물 맞추기, 술 많이 마시기, 음식 많이 먹기, 미인 대회, 장기자랑 대회, 야바위까지 별 행사가 다 있었다.

NPC가 그런 행사를 진행하고 NPC도 참가를 하기 때문에 조금 주의해야 한다는 것을 제외하면 특별한 것은 없었다. 그리고 수준을 고려해 몇몇 행사에 레벨 제한이 걸려 있다는 정도. 음, 저런 행사들 중에서 내가 이길 만한 것이 목표물 맞추기인가?

많이 마시기나 많이 먹기 같은 경우에는, 나는 굳이 따지자면 소식을 하는 편에 속하니까 무리지.

아무튼 그거랑 다른 몇 개 정도 해봐야 되겠군. 그런 행사에 참가하는 것은 비싸야 몇 실버나 몇십 쿠퍼니까 굳이 3골드를 깰 필요 없이 잔금 7실버로 가능할 것 같다.

만약 7실버 이상 잃으면 차라리 사냥을 하러 갈 생각이다.

사냥해서 안 되면… 그땐 훔치기라도 해야 되겠지?

훔치기를 생각하지 못한 것은 아니지만 여기서도 훔치기 때문에 쫓기는 입장이 되어버렸다가는 아무래도 무투 대회 때 상당히 문제가 생길 수도 있기에 자제하려고 하는데… 정 안 되면 어쩔 수 없지 뭐.

속으로 훔치기를 할 정도의 상황은 되지 않기를 빌며, 나는 행사가 열리는 곳으로 발걸음을 옮겼다. 음, 제일 먼저는 역 시…….

단검 맞히기!

목표물을 가장 많이 맞히신 분께는 30실버의 상금이 돌아갑 니다!

단검 맞히기겠지?

나는 홍보용 글이 붙어 있는 나무판자를 지나며 그 뒤에 사 람들이 모여 있는 곳으로 갔다. 옆집 아저씨 같은, 친근해 보 이는 갈색의 짧은 수염과 머리카락을 가진 NPC가 참가비를 받고 있었다.

"자, 단검 맞히기! 상금 30실버! 참가비는 1실버! 자, 많이 맞추기만 하면 29실버의 이득이 돌아옵니다!"

"저기요, 참가하려고 하는데요?"

"오오. 1실버입니다, 손님!"

나는 1실버를 꺼내 그에게 건넸고, 그는 씨익 웃으며 돈을 챙기더니 손가락으로 긴 탁자를 경계선으로 늘어져 대기하고 있는 사람들을 가리켰다.

"저곳에 가셔서 시작할 때까지 기다리시면 됩니다, 손님."

"예에."

성의없이 대답한 나는 그곳으로 가서 얌전히 기다렸다. 대기 중인 사람들을 보니 대부분 전사나 궁수였고, 마법사는 거의 없었다. 그리고 수수해 보이는 차림이 오히려 눈에 띄는 존재가 없는 것을 보니 NPC는 참가하지 않은 것 같았다. 나까지 합쳐 한 40명 정도가 됐을까.

그때 짧은 수염의 NPC가 오더니 리듬감이 있도록 악센트를 주며 큰 소리로 말했다.

"자~ 오래 기다리셨습니다! 지금부터 단검으로 목표물 맞히기를 하겠습니다! 참가자 분들께서는 앞에 놓인 10개의 단검으로 지나가는 목표물을 맞히시면 됩니다!"

10개의 단검… 이 붉은색 단검을 말하는 건가? 다른 사람들을 보니 노랑색이나 파랑색 같은 다른 색깔들이었다. 40명의 단검이 제각기 다른 것을 보면 꽤나 준비를 한 것 같았다.

하나둘씩 단검을 들자 NPC가 큰 소리로 외쳤다.

"그럼, 시~작!"

그와 동시에, 정면의 약 10m 정도 떨어져 있는 곳에서 정체불명으로 가려져 있던 천이 벗겨지면서 맞힐 목표물들이 보였다.

목표물은 동그라미가 그려진 나무판이었는데, 그 나무판들은 식물이나 사람 모양으로 세워진 다른 판들을 움직이면서 지나다니고 있었다. 끼릭끼릭거리는 소리가 들리는 것을 보니 어떤 장치인 듯싶었는데, 그리 빠른 속도는 아니었기에 나는 충분히 맞힐 수 있다고 생각하며 단검을 들었다가 다른 사람들이 단검을 날리는 것을 보고 순간 얼이 빠졌다.

"이크! 제대로 안 날아가잖아?"

"앗, 빗나갔다!"

뭐야, 하나도 못 맞히잖아?

간혹 가다가 몇 개가 툭 하고 나무판을 건드리기만 했지 제대로 박히지도 않고 떨어졌다. 그 모습을 보던 나는 일단 맞히고 보자는 생각에 단검을 양손에 하나씩 잡았다.

내 모습에 단검을 순식간에 다 던져 버리고 아쉽다는 듯 입맛을 다시던 옆의 궁수 유저가 참견했다.

"이봐요, 하나씩 던져도 맞힐까 말까인데 그렇게 던지면⋯ 헉!"

궁수의 말을 무시하고 손목을 움직여 던졌고, 단검은 정확히 하나씩 목표물을 꿰뚫었다. 그 모습에 구경꾼과 참가자들의 시선이 내게로 옮겨졌지만 그 시선을 무시하고 나는 계속해서 단검을 던졌다.

"뭐, 뭐야… 왜 저렇게 잘 맞혀?"

"무슨 스킬 쓴 거 아니야?"

"도적 유저 아냐? 그 계열 유저들은 투척 숙련도가 높잖아."

정답이라네, 마법사 씨.

마지막에 말한 유저의 말에 속으로만 동의하며, 나는 마지막 단검을 던져 콱! 소리가 나게 목표물을 맞히는 것으로 손을 움직이는 것을 멈췄다.

그 모습을 본 NPC는 고개를 끄덕이며 다른 참가자들을 향해 큰 소리로 외쳤다.

"우승자는~ 붉은 단검을 던지신 망토를 쓴 분! 던져진 단검들이 전부 다 맞는 백발백중의 솜씨였습니다. 자, 여기 상금이 있으니 받아가시기 바랍니다."

그의 말에 고개를 끄덕인 나는 사람들을 헤치고 NPC에게 가서 30실버가 든 돈주머니를 받았다. 흐음… 30실버 벌은 건가? 가만 30실버를 내려다본 나는 NPC에게 고개를 들어 물었다.

"재참가되나요?"

"후후후후후……."

나는 미묘한 웃음을 흘리며 순식간에 늘어난 돈들을 바라보았다. 총 90실버. 이 모든 실버가 단검 맞히기로 얻은 것들이었다. 솔직히 단검 맞히기 정도야, 투척 숙련도를 올리면 되기에 그다지 기대하지는 않았는데 의외로 내가 압도적으로 다른 이들을 이겼다. 투척 숙련도를 주로 단련하는 것은 도적 계열인데, 도적 계열 유저가 워낙 적다 보니 그 행사에 참여하는 도적 계열 유저는 내가 유일했던 것이다. 그 결과 나는 당연하게도 전사나 궁수들을 제치고 상금을 탈 수 있었다, 30실버씩 3판을.

하루 동안 같은 행사 중복 참여는 3번이라는 제한만 아니었으면 거기서 눌어붙을 것을… 몹시 아쉽기 그지없다.

나는 씨익 입꼬리를 말아 올렸다.

'이런 식으로 도적 계열 유저에게 유리한 것만 한다면 7골드 정도는 내일까지 합쳐서 어렵지 않게 모으겠는데?'

축제의 행사 중에 무언가를 맞히는 것이 꽤나 많은 것을 생각해 보면 그랬다. 후후후. 좋아, 이런 식으로 가는 거다! 그렇게 불타오르고 있는데 뒤에서 익숙한 음성이 말을 걸었다.

"뭐 하는 건가요, 거리 한복판에서 그런 웃음을 흘리시고?"

"아… 체른, 라멘!"

뒤를 돌아보니 약간 어이없다는 눈빛으로 날 바라보고 있는 체른과 라멘이 서 있었다. 이 두 명도 보게 되는군.

"안녕하세요. 오랜만이네요. 근데 어떻게 저인 줄 아셨나요?"

일단 인사는 했지만 궁금한 것을 물었다. 스이렌이랑 릴도 그렇고, 망토를 썼는데 알아봐서 눈썰미가 뛰어나구나라고 생각했는데… 체른과 라멘도 난 줄 알다니. 이내 체른은 어깨를 으쓱하며 대답했다.

"음, 사실은 아까 단검 던지기 하는 것을 구경하고 있었거든요. 그 레벨과 실력대에 제가 아는 분이 한 사람이기도 하고, 분위기도 그렇고 해서 스노님인 줄 알았어요."

도대체 내 분위기가 어떻다고 다 알아채는 걸까. 잠깐 고민했지만 곧 털어버리고 체른을 보았다.

"체른님도 무투 대회에 참가하시나요?"

"예. 아, 그리고 체른이라고 하셔도 됩니다. 마법사라서 그리 많이는 이기지 못하겠지만, 무투 대회에 한 번 출전하는 것도 나쁘지 않겠죠. 스노님도 참가하시나 보죠?"

"예. 하지만 참가비가 부족해서 돈 벌러 다니는 중이죠. 쩝."

"하하하. 저랑 비슷하시군요."

"예?"

"전에 말씀드렸다시피 마법사는 개인 실험비까지 스스로 내야 해서 평소에도 자금이 턱없이 모자라거든요. 저야 라멘과 같이 돈을 사용해서 그나마 넉넉한 편이지만. 참가비를 냈더니 라멘이랑 저랑 둘이 합쳐 1골드 정도밖에 돈이 남지 않아서 돈도 벌고 시간도 보낼 겸 행사에 참여하고 있습니다."

그, 그렇군. 마법사는 실험하는 것은 물론 연금술까지 어느 정도 익혀야 한다고 했으니… 돈 무지 들겠지.

"체른은 어떤 행사에 참여하고 있나요?"

"아, 저흰 아무래도 머리 쓰는 거죠. 퍼즐이나 카드 짝 맞추기 정도요. 저는 퍼즐에 강하고 라멘은 기억력이 좋거든요. 그래서 이 행사에서만큼은 상금을 얻고 있습니다."

라멘이 기억력이 좋다고? 파티창으로 파티원 체력을 체크하는 것도 잊어버렸던 적이 있었는데… 하긴, 그 기억력이랑 이 기억력은 좀 다른가?

의외라는 듯이 쳐다보자 라멘이 부끄러운 듯 얼굴을 살짝 붉혔다.

"별로, 그, 그렇게 좋진 않아요."

하지만 상금을 얻을 정도라면 상당한 거 아닌가? 부끄러워하는 모습에 피식 웃은 나는 체른에게 시선을 옮겼다.

"음, 같이 다녀도 될까요? 어차피 서로 행사 참여하는 부분도 다르니까 서로 할 때 구경하기도 좋고."

혼자 다니기에는 역시 아무래도 심심해서 슬쩍 제안해 본 건데, 체른과 라멘이 고개를 끄덕였다. 남자 셋이 같이 다니는 것이 좀 그렇지만… 뭐, 솔직히 친구끼리 다닌다고 하면 편하니까. 체른과는 그래도 관련 퀘스트를 하면서 말도 많이 해 봤고, 라멘도 인연이 닿아서 꽤 자주 파티도 했었고 하니까.

"그럼 가볼까요? 마침 저기서 카드 뒤집기를 한다고 했거든요."

"그러죠."

간단히 고개를 끄덕이자 체른은 싱긋 웃더니 앞서 나가기 시작했다. 라멘은 내 눈치를 보다가 내 곁에 오더니 같이 걸었고, 그렇게 셋이서 수도를 돌아다녔다.

이곳저곳을 돌아다니며 행사에 참여도 하고, 비록 상금은 없지만 꽤 재미있는 게임에도 참여하며 돌아다니다가 '파워 해머'란 문구가 쓰여 있는 행사장 앞에서 멈췄다.

"여기서 구경 좀 할까요?"

"예. 참가하기엔 저희랑 관련없는 직업만 하는 것 같으니 구경만 해요."

체른과 나의 말에 라멘이 구경하기 위해 앞쪽으로 달려나 갔다. 꽤나 의외인 점이지만 라멘은 생각보다 축제라든지 게임 같은 행사들을 좋아하는 성격이라 구경하는 것에는 제일 먼저 나섰다.

그 모습에 피식 웃은 나는 나도 구경하기 위해 다가갔고, 뜻밖의 사람을 만났다.

"으라라라라라라랍!"

'…릴?

활기차 보이면서도 뭔가 고집있어 보이는 미인형의 얼굴을 가진 릴이 무겁게 보이는 망치를 들고 있었다.

"저분, 릴님 아닌가요?"

내가 멍하게 보고 있자 라멘이 궁금하다는 듯 내 옷자락을 잡고 물었고 차마 입 밖으로 내뱉지는 못하고 고개만 끄덕였다.

저거 릴 맞나?

도도해 보여서 뭔가, 음, 이런 행사는 절대 안 할 것 같은 릴이 맞나? 릴이 하는 파워 해머란 행사는 이름에서 알 수 있듯이 망치를 들고 장치를 내려쳐서 그 힘으로 추를 높이 올리는 게임이었다. 그런 걸 하다니 뭔가 언밸런스한 상황에 헛웃음을 짓고 있는데 옆에 다가온 체른이 손가락으로 한곳을 가리켰다.

"저분은 스이렌님이죠?"

릴과 몇 발자국 떨어진 곳에서 스이렌이 한숨을 푹 내쉬며 릴을 지켜보고 있었다. 릴은 자신만만하게 웃더니 입을 열었다.

"파워 업!"

그러자 릴의 망치를 잡은 손에 붉은 기운이 어렸고, 진행하고 있던 NPC가 약간 당황하는 것이 보였다. 그리고 릴은 그대로 망치를 내려쳤다.

까아아앙!

얼마나 강하게 쳤는지 추가 맨 위에 달린 종을 깡 소리가 나도록 울렸다.

치사하군 릴, 스킬을 사용하다니. 파워 업이란 스킬이 페이지가 가진 스킬인지는 잘 모르겠지만, 어쨌든 아이템으로 그런 스킬을 사용했든 안 했든 스킬을 쓴 것은 사실이었다.

"우후후, 내가 이겼다!"

옆을 보니 얼빠진 표정의 전사 유저가 있었는데, 아무래도 도전자 형식의 파워 해머인 것 같았다. 그런데 저렇게 됐으니… 쯧. 릴은 밝은 표정으로 NPC 진행자에게 다가가더니 뭐라고 이야기를 했고, NPC 진행자는 우물쭈물하다가 돈주머니를 주었고, 옆에서 듣고 있던 스이렌이 고개를 푹 숙였다.

도대체 무슨 말을 했기에 저러는 거지? NPC 진행자는 희희낙락하는 릴을 보더니 옆에 붙여진 파워 해머의 주의사항 밑에 무언가를 적었다.

스킬 사용 금지.

릴 덕분에 생겨난 사항이군. 보통은 스킬을 사용해서 행사나 게임에 참가할 생각은 않는다. 당연히 반칙이라고 생각하니까. 그런데 적혀 있지 않다는 이유로 사용한 릴은 참 독자적이라고 해야 할지, 독선적이라고 해야 할지.

"릴, 이제 스킬 사용하는 건 그만두는 것이 어때? 이곳이 벌써 5번쨴데."

"에이, 뭐 어때? 나는 규칙은 착실히 지켰다고."

"후우우. 음? 스노?"

릴의 건성거리는 대답에 한숨을 내쉰 스이렌이 고개를 들 때 나와 눈이 마주쳤다. 나는 어색하게 웃으며 손을 들었고, 릴은 순간 내가 지켜보고 있었다는 것에 창피함을 느꼈는지 살짝 얼굴을 붉히며 당황한 안색을 하다가 순식간에 수습하고 코웃음을 치며 고개를 돌려 버렸다. 성격하고는.

스이렌과 릴은 이쪽으로 천천히 걸어왔고, 체른과 라멘을 보더니 살짝 고개를 끄덕여 인사했다.

"보고 있었나 보네, 릴이 하는 걸."

"아, 예. 망치를 들고 기합 넣으시는 것까지 봤죠."

내 말에 다시 얼굴이 붉어지는 듯하던 릴이 다시 고개를 돌려 버렸다. 스스로 쪽팔린 것은 알고 있었나 보다. 쯧, 쪽팔리면 하질 말지. 체른이 가볍게 웃음을 흘리고 있자 릴은 체른에게 눈을 흘겼다. 라멘은 약간 어색한 표정으로 체른과 나 사이에 서 있었다.

"뭐, 어쨌든 봤다고 해도 상관없어. 흠흠. 그나저나 너 참가비는 다 모은 모양이지?"

"예? 아뇨. 지금까지 2골드 70실버 모았어요. 4, 5골드 정도 더 모아야 해요."

"그래? 그럼 우리랑 같이 다니자. 내가 상금 높게 쳐주는 곳을 알거든."

릴의 말에 나는 잠깐 릴을 빤히 쳐다보았다. 왜 갑자기 같이 다니자는 거지? 뭐, 나쁠 건 없지만… 스이렌을 힐끗 보니 상관없다는 표정으로 날 보고 있었고 체른과 라멘도 날 보고 있었다. 뭐야, 나보고 결정하라는 건가?

"음… 그래요. 같이 다녀요."

상금도 높게 쳐주는 곳도 알겠다, 아는 사이겠다 별문제없다는 생각에 고개를 끄덕이자 릴이 씩, 웃더니 내 팔을 덥석 잡았다.

"에?"

"마침 잘됐다. 5명이 한 조라고 해서 참가를 못했었거든."

"……."

결국 행사 참가하는 데 필요해서 같이 다니자고 한 거였군. 나는 내 팔을 잡고 질질 끌고 가는 릴의 모습에 할 말을 잃었다. 갈수록 뻔뻔해지고 있는 것 같다는 건 내 착각일까? 뒤에 체른과 스이렌, 라멘을 보니 서로 간단히 얘기를 하며 따라오고 있었다.

뒤에서 들리는 얘기를 들으니 축제에 대한 얘기를 하고 있었는데 은근슬쩍 스이렌이 릴의 스킬 사용에 대해 꼬집었지만 릴은 못 들은 척 앞장서서 걸어가고 있었다.

릴이 간 곳은 광장이었다. 꽤 많은 사람들이 우글거리고 있는 광장의 모습에 고개를 갸웃거렸다. 축제니까 흩어져서 놀고 있어야 정상일 텐데. 광장은 노점상들만 외곽에 있지, 행사장은 광장에 열리지 않았기에 지나가는 사람들만 많은 정도였다. 그런데 왜?

의아한 시선을 릴에게 보내자 릴은 광장 한쪽으로 날 데려가더니 그 한쪽에 붙여진 벽지를 가리켰다.

"여기에 참가할 거야."

[미나츠를 잡아라!]

'미나츠를 잡아라!' 는 토끼의 귀를 가진 고양이처럼 생긴 동물을 잡는 것을 말한다. 이 미나츠는 광장을 포함한 쥬디스 전역을 돌아다니도록 훈련되었으며, 무척이나 빠른 발과 기적에 민감한 귀를 가지고 있으니 잡기 무척이나 어렵다.

이 '미나츠를 잡아라!' 는 7. 17~7. 21까지 오후 6시 광장에서 실시되고 있으며 5명이 한 조로 참가 자격을 얻는다.

이 '미나츠를 잡아라!'에 참가하고 싶은 분은 광장에 있는 녹색 머리의 알바란에게 신청하면 된다.

참가비:20실버. 상금:20골드.

"여기에 참가한다고요?"

"응. 상금이 20골드, 5명이 나누면 4골드씩이니까 너에게도 좋지? 아직 오후 5시니까 신청할 수 있어."

그렇긴 한데… 무척이나 빠른 발과 기척에 민감한 귀를 가지고 있다는 녀석을 우리가 잡을 수 있을까? 꽤나 회의적이었지만 저렇게 당당히 릴이 하자고 하니 반대하기도 뭐하다. 으음, 20실버라… 버리는 셈치고 해볼까? 내일도 행사에 참여해서 벌면 되니까, 그 정도는… 뭐, 여차하면 이 사람들에게 좀 빌려달라고 하면 되니까.

"좋아요. 그럼 알바란이란 NPC에게 하면 되죠?"

"아, 알바란은 유저야. NPC가 아니더라고."

"예?"

"축제 도우미 퀘스트를 하고 있는 유저랬어."

그런 퀘스트도 있나? 하긴, 별의별 퀘스트가 있는 아쉬드르니… 어쨌든 그 알바란에게 가서 신청하면 된다고 하니까.

체른과 라멘, 스이렌도 어느새 와서 벽지를 보더니 참가하는 것에 찬성했다. 사실 라멘은 그다지 내켜 보이지 않았지만 릴이 싱긋, 짙게 미소 지어주자 표정을 딱딱하게 굳히고 고개를 정신없이 끄덕이는 걸로 끝났다.

광장 중앙 쪽으로 가니 5명씩 무리 지어서 행사를 기다리고 있었다. 우리도 저들처럼 이곳에서 시작할 때까지 죽쳐야되겠지. 뭐, 1시간만 기다리면 되니까 그 정도는 감수할 수 있다. 알바란처럼 보이는 녹색 머리카락의 남자가 웃으면서 사람들과 얘기하는 모습이 보였다. 우리가 다가가자 그는 익숙한 듯 접대용 미소를 지으며 '신청하실래요?' 라고 물었고, 릴이 대표로 그렇다고 대답했다.

"그럼 우선 5명이서 파티를 맺어주세요."

"네. 흠, 일단 내가 파티장이 되어서 만들게. 괜찮지?"

릴이 묻자 별말없이 고개를 끄덕였고 릴은 '미나츠 넌 내거다' 라는 어디서 많이 들었던 광고 문구로 파티 이름을 만들고서 우리에게 파티 초대를 했다. 파티 맺는 것이 끝나자 알바란이 싱긋 웃더니 종이 하나를 품속에서 꺼내 우리에게 건네주었다.

'미나츠를 잡아라! 신청서' 라고 쓰여 있었는데 특이하게 그곳에 파티장인 릴이 사인을 하자 '미나츠를 잡아라!' 라는 퀘스트를 받은 것이다. 퀘스트 내용은 별거없었는데 알아둘

사항이라면 누군가 미나츠를 잡을 때까지 퀘스트가 계속 진행되어 있다는 것 정도.

잡지 않아도 불이익은 없으니 마음 편히 하라는 알바란의 말을 끝으로 우리는 중앙 광장에서 어느 정도 떨어진 곳에 자리를 잡고 6시까지 기다렸다.

이야기도 하고 이것저것 아이템도 한 번 훑어보니 시간은 금방 흘렀다. 알바란은 6시가 되기 직전 어디론가 사라지더니 큰 새장 같은 것을 들고 왔다. 그 새장에는 정말로 토끼 같은 긴 귀와 고양이의 몸체를 가진 남보랏빛의 생물이 있었는데 특이하게도 이마에 붉은 보석 같은 것이 박혀 있었다.

꽤나 귀여운 모습이었기에 주위에 있던 여자 유저들의 눈이 반짝였다. 릴도 피할 수 없는지 눈을 반짝였다. 다만 스이렌은 무심하게 힐끗 보며 한숨을 쉬더니 도로 고개를 돌려 버렸지만. 아무래도 취향이 아닌 것 같았다. 하긴, 스이렌은 매끈한 표범 같은 동물이 잘 어울릴 것 같지 귀여운 고양이는 별로 어울릴 것 같지 않았다.

"자, 오래 기다리셨죠, 유저님들? 이 동물이 바로 미나츠입니다. 잘 보셨죠? 이 동물을 잡아서 제게 데려다 주면 무려 20골드란 상금을 얻을 수 있게 됩니다! 미나츠는 광장에서만 움직일 테니 광장을 중심으로 움직이시기 바랍니다. 그럼 지금부터 '미나츠를 잡아라!'를 시작하겠습니다!"

그와 동시에 알바란이 들고 있던 새장의 문을 열었고, 안에서 꼬리를 살랑거리며 흔들고 있던 미나츠가 재빠르게 튀어나왔다.

"잡아!"

"꺄악!"

뭐라고 하기도 전에 거의 잔상만 남을 정도로 광장을 빠르게 휘젓는 미나츠의 모습에 약간 떨어져 있던 우리는 눈을 크게 떴다. 가까이 있는 사람들이야 잘 모르겠지만 저 미나츠라는 놈 장난치고 있다!

지그재그로 움직이는 그 모습은 무척 가벼웠고 순간순간 일부러 느리게 움직여 잡으려는 자의 애를 태우는 것은 물론이고 자신을 잡으려는 사람을 유인해 다른 사람과 부딪히게 만드는 것까지, 무척이나 비상한 머리를 가지고 있었던 것이다.

주위의 구경꾼들도 그 모습을 보며 기가 막히다는 표정을 짓고 있었고, 알바란은 그 모습이 재밌는지 싱글싱글 웃으며 유쾌하게 입을 열었다.

"하하하! 깜빡 잊고 말해주지 않은 것이 있습니다만, 지금 미나츠는 5년간 이 행사에 이용된 숙련된 놈입니다. 더불어 처음 2년을 제외하고는 잡힌 역사가 없는 머리 좋은 놈입니다! 잡으려면 고생 좀 해야 할걸요~ 하하하!"

뭐, 그런… 나는 황망한 눈빛으로 알바란을 보았다가 이젠 유저들의 머리를 점프해 가며 움직이고 있는 미나츠를 바라보았다.

"에잇, 너무 빨라서 마법도 못 쓰잖아!"

구경하고 있던 유저 한 명이 짜증스럽다는 듯 소리쳤다. 그 유저의 말에 다른 유저들의 눈이 반짝였다. 그렇다, 스킬이나 마법을 사용해서 안 된다는 법은 없다는 것은 깨달은 것이다. 뭐, 릴이야 예상하고 있었다는 듯 태연하게 계속 미나츠를 볼 뿐이지만.

하지만 혹시라도 썼다가 반칙이라고 할 때를 대비해서 한 유저가 대표로 알바란에게 물었다.

"알바란님, 마법이나 스킬 같은 거 써도 되나요?"

"물론입니다. 규칙은 미나츠를 죽이거나 상처 입히면 안 된다는 것 하나뿐이에요."

유저들이 가지고 있는 대부분의 마법이나 스킬이 공격용이라는 것을 생각하면 미나츠를 상처 입히거나 죽이지 않는 것은 힘들겠지만, 어쨌든 그의 말에 미나츠에게 농락당하고 있던 유저들이 불타올랐다.

"빌어먹을 고양이 새끼! 그대의 발을 붙잡아 머물게 하니, 바인딩… 앗, 죄송합니다!"

"그대의 의지는 그대의 육체를 움직일 수 없으니, 패럴… 이런!"

여기저기서 마비나 구속의 마법이 들려왔지만 아까 한 마법사 유저가 말한 대로 너무 빨라서 제대로 조준이 불가능해 남에게 걸리거나 취소, 혹은 엉뚱한 허공을 노리기 일쑤였다.

전사나 궁수 같은 경우는 검을 꺼낼 수도, 혹시라도 다칠 위험 때문에 화살을 날릴 수도 없으니 묵묵히 몸으로 움직이고 있었고.

간혹 도적 유저가 병 같은 것을 던지는 모습이 보였는데, 아마도 마비독 병인 것 같았지만 다른 사람을 몇 번 맞히고는 더 이상 사용하지 않았다.

"너무 빠른데, 잡을 수 있을까요?"

체른이 난감한 표정으로 묻자 나는 어깨를 으쓱했다. 저 정도 속력이라면 내가 열심히 몸을 움직였을 때와 비슷한 속도 같지만, 문제는 미나츠는 체구가 작아 자유롭게 움직일 수 있는 반면 나는 유저들이란 장애물이 사방에 널려 있어 속도를 올리기 힘들다고 해야 할까. 거기에 그 시간 동안 못 잡으면 피로도가 급격히 상승한 나는 오늘 하루 움직이는 것은 포기한다고 봐야 되겠지.

"유저들이 짜고 몰아서 움직이면 잡을 가능성은 높아지긴 하지만 실질적으로 무리지."

확실히 유저들이 짜고 움직이면 못 잡을 것도 없지만 그렇게 유저들이 능동적으로 단일화해서 움직이라는 것은 무리였다.

"자, 우리도 슬슬 움직이자고!"

"에에, 꼭 저기에 껴야 하나요? 못 잡을 것 같은데……."

"소심한 소리 하지 말고 움직여!"

릴의 말에 라멘이 입을 열었지만 이어진 타박에 우울한 표정으로 구석으로 가버렸다. '전 소심하지 않아요'라는 소리를 중얼거리면서. 글쎄, 내가 봐도 꽤 소심한걸. 성직자인 라멘으로서는 절대로 잡는 것이 불가능해서 그런지 구석으로 간 라멘에 대해선 아무런 말도 하지 않았다. 애초에 그저 인원 맞추기 용이었던 건가, 라멘. 불쌍한 자식.

그렇게 생각하며 설렁설렁한 걸음으로 미나츠가 날뛰고 있는 곳으로 걸어가는데 릴이 갑자기 내 어깨를 붙잡았다.

"너만 믿는다."

"예… 에?"

"후후, 너 니카몬에서 유저들이 쫓고 있는데도 이리저리 잘 도망 다녔다며. 거기에 이제 레벨 업도 했으니 속도도 더 빨라졌을 거 아냐."

여, 역시 알고 있었군. 하긴, 게시판에 쫙 깔렸었으니… 체른과 스이렌도 기대된다는 눈빛으로 날 바라보고 있었다.

"너무 기대하진 마세요."

"응응. 어서 가서 잡아. 우린 옆에서 보조만 해줄게."

"……."

기대하지 말라니까. 그나저나 보조만 한다니, 미나츠 잡는데 보조가 무슨 필요가 있다고. 한마디로 구경만 한다는 거 아냐! 끙, 소리를 한차례 낸 나는 너무하다는 눈빛으로—보이진 않지만—그 셋을 보았다. 그러나 그 셋은 꿈쩍도 안 한 채 오히려 어서 가라는 재촉의 눈빛으로 날 떠밀었다. 젠장, 역시 난 행사용 파티라도 파티를 하면 안 된다니까.

속으로 역시 파티는 최악이라고 중얼거리며 나는 이리저리 통통 튀며 놀고 있는 미나츠를 바라보았다.

대부분 유저들은 잡으려고 하는 유저들을 크게 둥근 형태로 구경하고 있었다. 워낙 빨라서인지 잡으려고 하는 유저들의 수는 빠르게 줄었고 몇십 명 정도만 남은 것 같았다. 일단 마법사나 사제들은 마법을 사용하는 것을 포기하고 빠진 것 같고 간혹 있는 도적이 빠르게 미나츠를 쫓았다가 실패하는 모습들이 보였다.

"저기 있어! 저기!"

"왼쪽! 아, 아깝다!"

이런저런 소리를 배경 삼아 들으며 나는 미나츠에게 집중했다. 미나츠는 슬그머니 끼어든 나를 힐끗 쳐다만 보다가 도로 여기저기 쏘다녔다. 아마 망토를 뒤집어쓴 모습이 그다지 위협적이게 보이진 않는 모양이었다. 오히려 무시하는 것 같다고나 할까.

'좋아, 이렇게 된 이상 반드시 잡는다!'

오랜만에 무언가에 대한 의지를 불태우며 나는 주변에서 유저들의 다리 사이를 도망쳐 다니는 미나츠를 향해 땅을 박차고 뛰었다.

도적 계통 직업의 장점은 가벼운 몸, 빠른 속도, 은밀한 손놀림이다라고, 처음 도적으로 전직했을 때 들었다. 간혹 뭐 하나씩 다르게 말하는 사람도 있었지만 적어도 날 가르친 NPC는 그렇게 말했었고, 나도 동의했다.

난 정말 빨랐으니까.

"뭐, 뭐야, 저 사람?"

"헐……."

들리는 소리를 무시한 채 나는 몸을 낮게 낮추고 미나츠가 움직이는 대로 빠르게 발을 놀렸다. 미나츠는 내가 자신의 예상을 깨고 빠르게 따라잡고 있자 당황한 듯싶었다. 날 떼어놓기 위해 굳어 있는 유저들의 다리 사이를 이리저리 헤집고 다녔지만 나는 그 움직임까지 따라 하기보단 직선적으로 움직이며 적당히 길이 있을 때 파고들어 그 차이를 극복했다.

물론 그래서 그런지 잡을 수는 없었지만 약 1m 거리만 남겨두고 뛰었던 적이 있을 정도로 가능성이 보이고 있었다.

"아자! 힘내라, 스노!"

릴이 외치며 말한 내 이름에 다리가 순간적으로 휘청이며 풀릴 뻔했지만 한 손으로 바닥을 짚고 촤라락, 소리를 내며 급회전하며 다시 방향을 바꿔 미나츠를 쫓았다. 저런 소리는 없었으면 좋겠는데… 난 악명을 날리고 있다고.

역시나 내 이름을 듣자 주변이 수군거렸다.

"스노? 니카몬에서 그 난리 폈던?"

"정말인가? 하긴, 확실히 스노라면 저 정도 속력이 가능할지도……."

"훔치기 하고 다닐 때부터 알아봤지만 진짜 빠르네……."

다행히 니카몬에서 내게 도둑맞은 사람이 없어 특별히 공격적 어투나 욕을 하는 사람은 없었다. 그나마 다행이랄까…

"이 자식! 내 아이템 토해내!"

…가 아니군. 이 많은 사람들 중에 오히려 없던 것이 더 이상할 테지. 쩝. 나는 못 들은 척 미나츠를 계속 쫓았고, 그렇게 외친 사람에게 날 대신해 대답해 준 것은 릴이었다.

"지금 미나츠 쫓고 있는 거 안 보여요? 나중에 스노만 있을 때 뭐라고 하시든지, 지금은 내버려 둬요!"

그녀의 말에 나라면 몰라도 내 파티원들인, 한마디로 애꿎은 사람들에게 뭐라고 하긴 힘들었는지 그 유저는 끙, 소리와 함께 입을 삐죽이며 다시 구경하기 시작했다. 미안합니다, 이름 모르는 유저 씨.

미나츠를 잡고 바로 튀는 것을 스스로에게 권장한 나는 슬슬 숨이 가빠지는 것이 느껴졌다. 이 이상 지치면 피로도가 빠르게 쌓일 텐데… 슬슬 이 지루한―솔직히 지루하지는 않지만―추격전을 끝내야겠다고 생각했다.

나는 슬쩍 오른손을 뻗었다.

아까부터 내가 미나츠를 잡을 수 있겠다고 생각한 것은 이렇게 뛰는 형식으로 몸으로 잡겠다는 것이 아니다. 바로 이렇게!

나는 신중하게 목표물을 조준하며 소리쳤다.

"웹!"

그와 동시에 내 팔목에 착용된 손목 밴드, 그 밴드에 그려져 있는 붉은 거미 그림에서 그물처럼 된 거미줄이 튀어나왔다.

촤악!

"냐아―!"

그와 동시에 거미줄 그물이 미나츠를 덮쳤고, 이런 것이 날아올지 몰랐던 미나츠는 그대로 점성이 있는 거미줄 그물에 고양이과 특유의 비명을 내며 잡혔다. 후후후, 아이템이란 사용하라고 있는 거지.

"오오오!"

"거미줄이다!"

"역시 무슨 히든인가?"

히든이 아니라 아이템빨입니다. 속으로만 대답해 준 뒤 나는 누군가가 대신 잡을세라, 미나츠를 들어 올렸다. 미나츠를 덮친 거미줄 때문에 들기에 조금 난감할 거라는 생각과는 달리 내가 들기 거추장스럽다고 생각하자마자 거미줄은 사라졌다.

아마 내 의지에 따라 시전된 거미줄을 제거할 수 있는 것 같았다. 뭐, 그렇다고 너무 오래 놔두면 거미줄이 스스로 사라지거나 하겠지만. 미나츠를 잡아 들자 순간 퀘스트 창이 떴다.

[미나츠를 잡아라!]
미나츠를 잡으셨습니다. 축하드립니다!
상금은 알바란에게 받으시길 바랍니다. 즐거운 하루 되십시오!

아, 이런 식으로 완료 공지가 뜨는 건가? 그래서 퀘스트로 행사를 진행한 거였군.

"이야아, 미나츠를 잡은 건 스노님이군요? 전 이번 해에도 아무도 못 잡을 줄 알았는데 말이죠."

아까 내 이름을 들었는지 어느새 다가온 알바란이 놀랍다는 표정으로 호들갑스럽게 말했다. 내가 아무 대꾸 없이―사실 좀 지쳤다―미나츠를 내밀자 그도 별말없이 싱긋 웃더니 품에서 돈주머니를 내밀고 다른 한 손으로는 미나츠를 잡았다.

"미나츠를 잡은 것을 축하드립니다. 여기 상금인 20골드입니다."

그와 동시에 가까이 다가와 둥글게 싼 유저들이 가볍게 박
수를 쳐줬다. 가볍게 고개를 숙여 인사하는 것으로 화답한 나
는 20골드가 든 돈주머니를 잡았다.

그러자 유저들 틈을 파고들어 온 릴과 체른, 스이렌과 라멘
이 기쁜 표정을 지었다.

"와, 20골드다!"

"아무것도 하지 않았는데, 좀 미안하네요."

"수고했어."

"멋졌어요……."

말하는 모습마저 개성이 넘치는 일행을 본 나는 피식 웃고
는 돈주머니에서 4골드씩 나눠 주었다. 가볍게 고맙다는 말
들을 하고 결코 사양하지 않는—라멘마저도—모습에 다시 킥,
웃은 나는,

"너, 이 자식 이리 와! 내 아이템 물어내라고! 퀘스트 물품
이었단 말이야!"

일단, 광장을 벗어나기 위해 달렸다.

Part 21
무투 대회

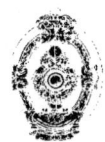

끝까지 따라와서 아이템 물어내라는 유저를 따돌린 뒤 눈치를 살피며 광장에 가자 다른 파티원들이 느긋하게 수다를 떨며 나를 기다리고 있었다. 이유 없는 배신감이 들었지만 왜 배신감이 드는지도 알지 못하기에 그저 무투 대회 같이 신청하러 가자고 했고, 릴과 스이렌은 찬성했다.

먼저 신청했던 체른도 별말없이 고개를 끄덕였고 라멘은 그저 체른이 가니까 간다는 식으로 고개를 끄덕였다. 라멘, 은근히 브라더 콤플렉스가 있는 것 같은데 뭐, 어쨌든 그렇게 무투 대회 신청을 하러 간 나는 줄을 서다가 내 차례가 되자

약간 모자란 돈은 라멘에게 부탁해서 빌린 뒤―언제 갚게 될지
는 모르지만―10골드를 꺼냈다.

"여기요."

"예, 신청비 10골드 받았습니다. 여기 신청 서류입니다. 작
성해 주세요."

신청 서류? 나는 종이를 받고 옆에 있던 펜을 꺼냈다.

'어디 보자……'

이름(가명 사용 가능):스노
직업:시프
레벨:131
칭호:없음
참고 사항:없음

레벨은 속일까, 하다가 귀찮은 마음에 그냥 적은 나는 나머
지 것도 간단하게 적은 뒤 서류를 돌려주었다. 서류를 받은
접수원은 고개를 끄덕인 뒤 말했다.

"무투 대회 본선에 진출하시기 전에 예선전을 하게 됩니
다. 예선전은 7. 19일 정오에 시작되오니 늦지 않게 무투 대
회장으로 오시기 바랍니다."

"예선전이요?"

"예. 무투 대회의 본선은 토너먼트 형식이고 예선전의 경우 마법진으로 이동된 뒤 대기 중이던 몬스터를 이기면 합격입니다. 그럼, 그때까지 좋은 시간 보내십시오."

축객령을 내린 접수원의 말에 더 묻고 싶은 마음을 뒤로한 채 물러났다. 내 뒤로도 사람이 꽤 있기 때문인지 접수원은 바빴다. 속으로 열심히 하라고 한 뒤 기다리고 있는 파티원들에게 다가갔다.

"접수하셨나요?"

"예에. 근데 예선전 치러야 된다고 하네요. 무슨 몬스터일지 궁금하네."

체른의 물음에 답하며 마지막에 혼잣말처럼 중얼거리자 스이렌이 입을 열었다.

"내가 예선전에 대한 설명을 들었어. 말해줄까?"

그러면 좋지. 내가 고개를 얼른 끄덕이자 스이렌은 잠시 생각하다가 입을 열었다.

"예선전은 싸우는 방식을 모르는 유저들을 가려내기 위한 거고, 몬스터는 인간형 형태에서 동물형 형태까지 서로 다르고 기본적으로 100레벨 이상의 몬스터라고 하더군. 주로 인간형 몬스터가 주를 이룬다고 하니까 주의해 두는 것이 좋을 거야."

스이렌의 말에 릴과 체른이 진지한 표정을 지었다. 사실 아쉬드르에서 만난 인간형 몬스터는 그다지 많은 편이 아니다. 나만 해도 고블린과 코볼트, 놀, 미라 정도밖에 없으니까. 거기에다가 미라는 이벤트 성 몬스터이니 단 세 종류의 인간형 몬스터만 있었다고 해도 과언이 아니었다.

그래서 대부분의 유저는 동물형 몬스터가 익숙하지 인간형 몬스터는 익숙하지 않았다. 나도 마찬가진데, 으으음… 인간형 레벨 100의 몬스터라. 오크 정도가 나올지도 모르겠다. 오크는 병사 한 명보다 더 강하다고 하던데 병사 레벨이 130대였나? 딱 나 정도군.

하지만 내가 오크를 이길 가능성은 없다. 오크는 병사 둘, 셋이 모여야 상대하기 가능한 몬스터이기 때문이다. 괜히 레벨만 비슷하다고 잡을 수 있다고 생각하면 큰 오산이랄까.

"인간형이 주를 이룬다니 주의해야겠군요. 아무래도 지능도 동물형보다 높을 테니 좀 까다롭겠어요."

체른의 말에 모두 고개를 끄덕였다. 인간형 몬스터는 코볼트나 고블린, 놀 때를 보고 알 수 있듯이 머리를 굴린다. 그래서 육체 능력이 더 뛰어난 동물형보다 오히려 상대하기 까다롭다고나 할까?

"뭐, 그건 그렇고, 이제 뭘 할 거야? 축제 구경할 거지?"

"에에, 뭐 그동안 할 일도 없으니까요. 사냥도 딱히 안 당기고."

내 말에 릴은 씩, 웃더니 체른을 쳐다보았다. 체른도 딱히 할 일이 없었던 듯 어깨를 으쓱였다. 상관없다는 뜻이었다. 라멘은 체른이 오면 당연히 오는 부속품 정도로 생각했는지 그에게는 시선을 주지 않고—덕분에 라멘이 울상을 지었다—후후훗, 미소를 지었다.

"후후. 좋았어. 마법사에 도적, 사제라면 렌이랑 내가 못했던 행사들을 하기 딱 좋잖아? 아, 더 이상 상금이 걸려 있지 않을 거라도 괜찮지?"

지금 당장 돈 쓸데는 없으니까 뭐. 고개를 끄덕이자 릴이 잘됐다는 듯 활짝 웃으며 체른과 내 팔을 잡아당겼다.

"자, 가자!"

어쩌면 릴은 축제 마니아일지도. 저렇게 축제를 좋아하니 쩝. 뭐, 나쁠 건 없다. 원래 신나하는 사람이 옆에 있으면 덩달아 신나게 느껴지는 법이니까.

그렇게 우리는 축제를 떠돌며 시간을 보냈다. 가끔 축제 도중 날 알아보는 사람이 늘어나 '내 아이템 돌리도' 하는 유저들이 꽤 있었지만 적당히 따돌리거나 사과하는 형식으로 별 문제없이 지나갔다.

그리고 무투 대회 전날이 되자, 그동안 붙어 다녀 꽤 친해진 스이렌과 릴, 체른과 라멘에게 무투 대회장 앞에서 만나기로 하고 아쉬드르를 나왔고 오랜만에 잠도 푹 자고 방학도 얼마 남았나 손꼽아본 뒤 무투 대회날 아쉬드르에 접속했다.

"어이! 여기야!"

손을 흔드는 릴의 모습에 속으로 쪽팔려, 라고 가볍게 생각한 뒤 그녀에게 다가갔다. 옆에는 역시 스이렌이 같이 있었고 체른과 라멘도 있었다. 내가 가장 늦은 건가? 아직 약속 시간보다 10분 정도 빠른데 부지런한 님들이군.

가볍게 서로 인사를 나눈 뒤 다시 시간을 보자 예선전이 시작된다던 12시까지 15분 정도 남아 있었다.

예선전이 치러지는 곳까지 갈 필요도 없으니 시간이 넉넉하게 남은 편이다. 예선전은 다름 아닌 무투 대회 앞 공터에서 진행되는데, 이동 마법진으로 보이는 10개의 마법진이 그려져 있었고 그 주위를 병사 NPC들이 지키고 서 있었다.

그 모습을 힐끗 본 나는 체른에게 말했다.

"저기로 가는 것 같죠?"

"예. 마법진으로 이동한 뒤에 대기 중이던 몬스터와 싸운다고 했으니까요."

"흐음. 아, 그러고 보면 몬스터랑 싸우다 죽으면 어떻게 되는 걸까요?"

문득 생각났다는 내 말에 스이렌이 대답했다.

"죽는 거야. 그리고 무투 대회 도중에 죽어도 마찬가지고."

"예선전은 그렇다 쳐도, 무투 대회인데 상대방을 죽이면 안 된다든지 하는 규칙은 없나요?"

"원래 그런 규칙이 있지만 방랑자는 어차피 되살아나니까 제외라던데, NPC 말이. 그래서 예선도 이런 방식으로 하는 거라고 했어."

그렇긴 하지만, 으으음. 확실히 유저들끼리 싸움이니까 어느 한쪽이 죽어도 큰 문제는 없다. 다만 떨어지는 레벨과 아이템들이 문제지. 뭐, 아이템이야 매너로 돌려줄 것 같지만 레벨은 좀 그렇군.

'뭐, 그 정도는 감수해야 하는 건가… 끙.'

그렇게 대회에 관한 이야기를 하고 있을 때, 마법진을 지키고 있던 병사 NPC들의 대표로 보이는 자가 큰 소리로 소리쳤다.

"이제 곧 예선전이 시작됩니다! 참가자 여러분께서는 마법진 앞에서 차례로 대기해 주십시오!"

그 말에 유저들이 웅성거리며 줄을 서기 시작했다. 곧 예선전 시작인가? 라멘은 이미 무투 대회장 안에서 기다린다고 가버린 상태였다. 우리들은 서로를 한차례 본 뒤, 서로 합격하자고 가볍게 파이팅을 외친 후 마법진을 기다리는 줄에 섰다.

"휘유… 여긴 어디지?"

마법진으로 이동된 장소는 약간 어둑해 보이는 커다란 벽돌 방 안이었다. 아무런 장식 없는. 그 모습을 이리저리 두리번거리는데 문득 검은 망토를 뒤집어쓴 인형이 보였다. 나는 말없이 천천히 단검을 뽑았다.

안내를 위한 NPC일 수도 있지만 느낌이 그런 것 같지는 않았다. 무엇보다 정말 안내 NPC라면 내가 도착하자마자 말을 건넸겠지. 그렇다면 남은 건 하나, 몬스터라는 뜻이다.

'모습을 보니 인간형 몬스터 같네. 까다로운걸.'

이왕이면 동물형 몬스터가 좋았을 거라고 생각하며 나는 자세를 낮추며 공격 준비를 했다.

"크르륵… 크륵!"

그와 동시에 그 인형이 꿈틀거리며 기묘한 소리를 내더니 곧 망토를 찢었다.

"크와왕!"

그리고 우렁찬 몬스터 소리와 동시에 내 눈앞에 반투명한 창이 나타났다.

[눈앞의 몬스터 이름은 챠크. 인간형 몬스터이며 레벨은 115입니다. 이 몬스터와의 전투에서 승리하시면 마법진이 생기며, 그 마법진 위에 올라가시면 자동으로 무투 대회장으로 이동됩니다. 그럼 건투를 빕니다.]

'챠크라고?'

나는 내 눈앞에 서 있는 몬스터를 바라보았다. 하얀 털 갈기를 가지고 얼굴은 늑대 형상을 하고 있었다. 크기는 약 2m 정도? 혹은 그보다 작아 보였다. 날카로운 손톱을 가지고 있었고 팔이 꽤 긴 편이었다.

레벨이 115라, 나와 꽤 레벨 차가 나지만 방심할 수 없었다. 챠크는 붉은 눈을 굴리더니 나를 본 듯 울음소리를 내질렀다.

"캬우우우우!"

그리고 울음소리를 길게 낸 후 바로 땅을 박차며 내게 튀어 오르며 손톱을 길게 뻗었다.

"캬르르릉!"

"큭!"

예상보다 빠른 속도에 재빨리 옆으로 피한 후 단검을 날렸다.

"환영!"

속전속결을 속으로 외치며 스킬을 써서 던지자 단검에 두 개의 분신이 더 생겨나 총 세 개의 단검이 날아갔다. 단검이 늘어나자 잠시 당황한 듯싶던 챠크는 곧 이를 드러내며 한 팔로 단검을 쳐내려 했다.

"캬아악!"

그러나 쳐내리던 단검은 환상! 진짜 단검은 챠크의 팔에 박혀 있었다. 그리 깊게 박힌 것 같지는 않지만 상당히 고통스러운 듯 비명을 지른 챠크는 크르륵, 소리와 함께 팔에 박힌 단검을 빼냈다.

그런 모습을 보며 나는 챠크에 대해 생각했다. 울음소리만 내고 말을 하지 못하는 것을 보면 생각보다 지능이 떨어지는 것 같았다.

'음, 내가 던진 단검을 무기로 쓰려는 것을 보면 그렇지도 않은가?'

나는 살짝 인상을 찡그리며 챠크가 손에 든 단검을 바라보았다. 챠크는 눈을 희번덕거리며 내게 재차 달려왔고 나는 비어버린 다른 한 손을 재빨리 허리춤으로 움직여 단검을 잡은 후 서로 교차시켜 챠크가 내려친 단검을 막아냈다. 마음 같아서는 피할까 싶었지만 피하기에는 늦었기에 어쩔 수 없었다.

캉―!

철과 철이 부딪치는 소리와 함께 단검에서 느껴지는 묵직한 무게감에 입술을 깨물었다. 그때 챠크가 입을 크게 벌리며 목을 빼더니 내 어깨를 물어버렸다.

"아악!"

꽤나 큰 고통이 느껴졌기에 나도 모르게 비명을 지르며 눈물을 찔끔 짜냈다. 크으윽, 무지 아파! 나는 이를 악물고 다리를 움직여 챠크의 배를 강하게 올려 찼다.

"컹!"

그러자 챠크는 입을 벌리며 뒤로 뛰듯이 물러나면서 내가 한 것처럼 단검을 던졌다. 힘은 강했지만 그다지 정확한 조준은 아니었는지라 나는 살짝 고개를 숙이는 것으로 단검을 피했고, 욱신거리는 어깨의 복수를 하기 위해 단검을 들며 챠크에게 빠르게 다가갔다.

"난도질─!"

단검에 붉은 빛이 어리며 속도가 빨라졌다. 챠크는 재빨리 몸을 뒤로 날려 피하려 했지만 내가 더 빨랐다. 한층 빠른 속도로 움직인 단검 두 자루는 정확히 챠크의 배에 꽂혔고 나는 꽂힌 단검을 재빨리 비틀어 뺀 후 챠크가 휘두른 팔을 피하며 몸을 뒤로 날렸다.

"캬르르르르르릉!"

고통에 분노한 챠크가 배의 상처에는 아랑곳하지 않고 땅을 박차며 손을 길게 뻗었다. 날카로운 손톱이 찔러 들어오는 모습에 황급히 주문을 외웠다.

"실드!"

챙!

손톱과 실드가 부딪치자 챠크가 반보 정도 반발력에 밀려

났다. 그 틈에 나는 단검을 들고 챠크의 뒤쪽으로 움직이고 등에 두 자루의 단검을 그대로 박았다.

"캬아아아아아—!"

긴 비명 소리와 함께 챠크가 몸을 뒤틀었고 나는 챠크의 등을 차며 몸을 뺐다. 등에 박힌 단검과 내게 차인 충격에 앞으로 거꾸러질 듯 비틀거렸다. 그 모습에 끝내기로 마음먹으며 허벅지의 단검을 꺼내 들고 챠크의 등 뒤로 올라타며 스킬을 시전했다.

"절개!"

스킬이 시전된 단검은 목덜미에 정확히 박혔고 챠크는 한 차례 크게 꿈틀거리다 쓰러져 곧 회색으로 변해 사라지기 시작했다.

"휴우."

챠크가 몸에 박힌 단검을 남기며 사라지는 모습을 확인한 나는 숨을 크게 한 번 내쉬며 단검을 회수했다. 단검을 회수하고 나자 방 한쪽 구석에서 흰 빛을 내는 마법진이 생겨났다.

'저기로 가면 되는 건가?'

나는 옷매무새를 단정히 한 뒤 심호흡을 하며 마법진 안에 발을 올려놓았다. 그리고 눈앞이 하얗게 물드는 것을 느끼며 눈을 감았다.

"와아아아아!"

눈을 감고 잠깐 시간이 흐르자 귀에 함성 소리가 들렸다. 그 소리에 놀라 눈을 떠보니, 햇빛이 비추는 밖이었다. 그것도 무투 대회장 한복판의.

'에엑?'

이곳으로 이동되는 줄 몰랐던 나는 눈을 깜빡이며 당황했다. 나는 적당히 어디 대기실 같은 곳에 이동될 줄 알았는데… 당황함에 머뭇거리는 날 보던 NPC 하나가 다가오며 물었다.

"안녕하세요? 예선전에 합격하신 것을 축하드립니다, 스노 님."

"아, 예에……."

얼떨결에 대답하자, 그 NPC는 다시 싱긋 웃으며 '이리로' 란 말과 함께 대회장 안쪽 구석에 있는 천막으로 안내했다. 천막에는 7, 8명의 사람이 있었는데 뜻밖에도 안시리움이 있었다.

"안시리움?"

"아아. 스노, 오랜만이군."

내가 놀라 그의 이름을 부르자 그가 아는 척하며 화답했다. 그사이 NPC는 잠시 이곳에서 대기해 달라는 말과 함께 다시

무투 대회 93

마법진으로 이동되어질 유저를 맞이하러 가버렸다. 여전히 감이 잡히지 않는 표정으로 안시리움 옆에 앉자, 그가 드물게 기분 좋은 표정으로 입을 열었다.

"꽤나 잘 싸우더군."

"예? 아, 감사한데……."

어떻게 내가 싸우는 모습을 본 것처럼 말하는 거지? 이해가 가지 않아 고개를 갸웃거리자 안시리움이 손가락으로 한 곳을 가리켰다.

"……!"

그곳에는 거대한 흰 나무판이 있었는데 그 나무판에는 고군분투하는 유저들의 모습이 크고 작은 모습으로 비춰지고 있었다.

"저걸로 보신 거군요."

"그래. 그것도 최대 크기로 보여졌었지."

"으음."

다른 사람 다 보는 앞에서 싸웠단 말이야? 쪽팔리군. 어차피 토너먼트 식인 본선에서는 그렇게 될 테지만. 살짝 더워지는 듯한 기분에 괜히 헛기침을 한 나는 주위를 살폈다. 아까 봤던 7, 8명의 사람만 있었다. 다른 곳의 천막은 유저들이 있는 것 같지 않은데… 나는 궁금증을 느끼며 안시리움에게 물었다.

"저기, 본선 합격자가 이 정도인가요?"

"지금까진 그렇지. 그래도 한 30명은 될 거다. 우리가 너무 일찍 몬스터를 잡은 거니까."

그런가? 그래도 30명은 될 거라니⋯ 너무 적은 거 아니야? 그렇게 생각하며 유저들의 전투 장면이 벌어지는 것을 바라보았다.

'음, 몬스터를 잡아야 합격하는 거니 무리도 아닌가⋯⋯.'

확실히 유저들은 몬스터를 상대로 대체적으로 지고 있었다. 생각보다 유저들의 레벨이 낮고 몬스터의 레벨이 높게 설정되었는지, 아니면 유저들의 실력이 낮은 건지. 그래도 잘 살펴보니 릴과 스이렌의 모습도 보였는데 둘 다 꽤 잘 싸우고 있는 모습이었다. 체른의 모습은 보이지 않았다. 히든 직업이기도 하니까 탈락한 것 같지는 않으니, 그저 보여지지 않는 것 같았다. 하긴, 예선전 하는 유저가 몇 명인데 다 비출 순 없지.

어쨌든 릴과 스이렌이 싸우는 모습은 인상적이었는데 특히 스이렌 같은 경우 거리를 벌리며 화살을 날리는 모습이 신기했다. 아무래도 궁수는 1:1, 그것도 접근전이라면 당연히 질 줄 알았는데 스스로 거리도 벌리고⋯ 실력 좋은데?

그렇게 싸우는 모습을 구경하는 사이 유저 몇 명이 이 천막으로 다가왔고, 그중에는 체른도 포함되어 있었다. 역시 탈락하진 않았군.

체른은 나와 안시리움을 보더니 가볍게 고개를 끄덕여 인사한 후 내 옆에 앉았다.

"릴님과 스이렌님은 아직인가요?"

"예. 저기 보이긴 한데……."

체른도 자신의 싸움이 저런 식으로 보여지고 있었다는 것에 살짝 놀라는 것 같았지만 곧 마음을 가라앉히고 싸움을 바라보았다.

"스이렌님이 조금 위험하군요."

"그렇죠?"

보여지고 있는 싸움 중에서 가장 큰 크기를 차지할 정도. 궁수치고 접근전을 정말 잘했지만, 아무래도 직업 특성은 어쩔 수 없는 것 같았다. 스이렌은 조금씩 몬스터에게 밀리고 있었던 것이다. 구경하고 있던 관객들이 아쉽다는 소리를 냈을 때, 결국 스이렌은 몬스터에게 죽고 말았다.

'쩝, 아는 사람이 죽는 모습을 보니까 별로 좋지 않군.'

릴은 다행히도 몬스터를 죽이고 합격해 곧 이쪽으로 넘어왔다. 스이렌이 예선전에서 떨어졌다는 말에 약간 우울한 표정을 지었다가 곧 특유의 성격으로 신나게 싸움 구경을 하는 것을 보며 피식 웃었다.

그렇게 시간이 지나고, 합격한 사람은 총 32명이었다. 예선전이 끝나자 발랄한 옷차림을 한 여자가 마이크 비슷한 것을 들고 무투 대회장 한가운데에 섰다.

"자, 안녕하세요! 사회를 맡게 된 리아입니다. 유저 분들 만나서 반가워요."

유저라고 하는 것을 보면 NPC가 아닌가? 대회장 안의 모든 시선은 자신을 리아라고 밝힌 여자에게로 쏠렸고, 리아는 그 모습을 보며 싱긋 웃더니 말을 이었다.

"드디어 예선전이 모두 끝났습니다. 살아남은 인원은 총 32명! 단 그 숫자만 남았죠. 자, 그러면 그 합격자들을 만나볼까요? 모두 나와주세요~!"

천성이 그런지 현실의 직업이 그런지 너무나도 익숙하게 사회를 보는 리아의 모습에 우리들은 어깨를 으쓱이며 대회장 중앙을 향해 걸어나갔다.

무투 대회장은 원형으로, 가운데 널따란 정사각형의 돌로 된 무대가 있었는데 그곳에서 싸움을 하는 것 같았다. 리아의 손짓에 따라 그 위로 모두 올라오자 리아는 활짝 웃었다.

"자, 바로 이분들이 살아남은 32인의 유저입니다! 뛰어난 전투 감각을 가진 분들이시죠. 한 분씩 소개를 해드리자면, 우선 이분은……."

그 뒤로 차례차례 이름을 부르며 간단한 소감을 묻던 리아는 내 차례가 오자 싱긋 웃으며 말을 걸었다.

"비밀에 싸인 도적, 스노님입니다! 니카몬에서 훔치기를 해서 꽤나 악명을 얻기도 했었죠?"

"에… 뭐, 본의는 아니었습니다만……."

내 말에 야유 반 함성 반으로 관객들의 반응이 나눠졌다. 난감하게 웃어 보이는데 리아가 질문했다.

"스노님, 스노님에 대한 궁금증으로 게시판이 꽤 시끄러운데, 여기서 몇 가지 물어봐도 될까요?"

싫어요, 라고 대답하고 싶었지만 관객들의 오오, 소리와 함께 반짝이는 눈을 보니 그렇게 말할 수 없었다. 어쩔 수 없이 고개를 끄덕이자 리아는 씨익 웃더니 마이크를 내게 내밀며 물었다.

"첫 번째 질문! 스노님의 본명이 뭔가요?"

"알려 드릴 수 없습니다."

본명을 말할 거라면 애초에 가명을 대고 대회에 참가할 이유가 없잖아! 관중들이 야유하는 것을 애써 외면하는 날 보더니 리아는 다시 질문했다.

"음, 그럼 두 번째로 스노님, 정말 히든 직업이신가요? 거미줄 같은 것을 사용한다고 하셨는데."

"히든 직업 아닙니다. 그냥 시프예요. 그건 아이템 효과였고."

"호오, 그런가요? 그럼 마지막으로… 이건 질문이 아니라 부탁인데, 망토를 벗어주시면 안 될까요?"

꽤 귀여움있는 얼굴로 초롱초롱 눈을 빛내며 묻는 리아에게 나는 단호하게 말했다.

"안 됩니다!"

"에잇, 치사하셔라! 스노님에 대한 질문은 달랑 하나만 밝혀지게 됐네요. 다른 건 직접 본인에게 물어보셔야 되겠어요~ 자, 그럼 다음 사람으로 넘어가기로 하죠!"

휴우— 드디어 끝났군. 나는 한숨을 쉬며 다른 사람에게 소감을 물으러 가는 리아의 뒷모습을 보며 고개를 저었다. 내가 문제를 좀 일으키긴 했지만 이렇게 알려지기까지 했을 줄은 몰랐는데. 나는 머리를 긁적였다.

나 말고도 유저들 사이에서 알려진 유저들은 꽤 됐는데 그 중 하나가 안시리움과 체른이었다. 안시리움 같은 경우는 실력도 좋고 전사들 중에서 가장 강하다고 소문이 나 있었고, 체른 같은 경우에는 밝혀진 히든 직업으로 최초였기 때문에 오히려 안시리움보다 더 많이 알려져 있었다.

그래서 그런지 리아가 체른에게 간단히 질문할 때, 유저들의 기대되는 목소리가 꽤 높았고 리아도 그것을 알고 적극적으로 그에게 질문했다.

"자, 체른님! 체른님에 대해서 질문해도 괜찮을까요?"

"예. 대답할 수 있는 거라면 대답해 드리겠습니다."

"와아~! 그럼 체른님, 히든 직업을 얻은 비결이 뭔가요?"

"글쎄요. 우연이라고밖에 못하겠네요."

"그런가요……? 그럼 히든 직업은 어떤가요? 강한가요?"

"예. 강하더군요."

"그, 그런가요?"

…대강 이런 식 정도. 그 뒤로도 질문이 몇 번 이어졌지만 뭔가 풀죽은 리아가 되어서 다른 사람에게 갔다. 어쩐지 체른 나름대로 솔직하게 대답한 것 같은데… 뭔가 좀 그렇군.

어쨌든 체른이 한 대답들의 회상을 마치는데 드디어 32명의 소개와 인터뷰를 마친 리아가 활짝 웃으며 관중을 향해 말했다.

"이제 이 32명이 누군지 아시겠죠? 그럼 지금부터 무투 대회 본선 번호를 뽑겠습니다! 선수들은 통에서 번호를 뽑아주세요!"

어느새 나타난 네모난 통과 토너먼트 식 그림이 그려져 있는 모습에 선수들이 통으로 다가가 번호를 뽑기 시작했다.

"7번! 10번! 29번!"

그런 식으로 번호를 뽑자, 나는 2번, 체른은 16번, 안시리움은 32번, 릴은 4번이었다. 이런, 릴이랑은 금방 싸우겠네.

뭐, 첫 번째 싸움에서 이긴다면이지만. 그나저나 2번이라면 내가 첫 시합인가?

모든 선수들이 번호를 뽑자 리아가 마이크를 잡고 크게 말했다.

"자아! 드디어 선수들의 싸움이 시작됩니다! 우선, 첫 시합은… 에비스님과 스노님! 올라와 주세요!"

다른 선수들은 모두 천막으로 내려가고 에비스라는 유저와 나는 시합장에 올랐다.

음, 근데 에비스라… 어디서 많이 듣던 이름인데? 고개를 갸웃거리는 사이 곧 시합 전에 대면식을 하는 시간이 왔다.

정말 많이 익숙한 얼굴이다. 어디서 봤더라? 속으로 고개를 갸웃거리며 겉으로는 일단 서로 잘해보자는, 의례적인 문구가 오가고 있는데 관중에서 사제 옷차림을 한 여자 아이가 크게 소리쳤다.

"오빠! 열심히 해ㅡ!"

"……!"

사제 여동생? 오빠? 에비스? 나는 눈을 부릅떴다. 기억났다! 단 세 명이서 고블린 부락을 공격하려고 했던 미친놈! 덕분에 나도 돌 맞아 죽었었고! 나는 고개를 푹 숙이며 입꼬리를 말아 올렸다.

저쪽은 내가 누군지 아직 모르는 눈치다. 하긴, 나도 그렇게 돌 맞아 죽었던 것이 인상 깊지 않았다면 잊어버리고 알아차리지 못했을 것이다. 하지만 난 그 일을 잊지 못했고, 파티원의 멍청함 때문에 죽었던 억울함도 잊지 않았다.

"자아, 싸움을 앞두고 느낌을 말해주세요!"

"하하하, 전 그냥 잘 싸웠으면 좋겠네요."

"호호, 겸손하시네요. 그럼 스노님도 한말씀해 주세요!"

나는 리아가 내민 마이크를 물끄러미 보다가 낮게 웃었다.

"후후후. 에비스님, 저 기억하시나요?"

"예?"

내 질문에 에비스는 당황한 듯 눈을 크게 뜨며 고개를 갸웃거렸고, 그 모습에 나는 빙긋 웃으며 말했다.

"에비스님, 난 그때를 잊지 못합니다. 반드시… 죽여 드리겠어요."

'나도 그때 죽었으니 당연히 너도 죽어야 한다!'

속으로 그렇게 외치며 짙게 미소 지었다. 내 말에 에비스도 당황하고 리아도 조금 당황했지만, 리아는 곧 정신을 수습하고 오히려 재밌다는 듯 씨익 웃었다.

"오오, 스노님의 반드시 죽여 버리겠다는 선언! 도대체 무슨 일이 있었던 걸까요?"

관중들도 내 반응이 격하자 의외라는 눈빛으로 웅성거리다가 곧 함성을 질렀다. 자고로 죽을 정도로 싸우는 모습이라면 홍미진진할 것이라는 생각에서겠지. 하긴, 싸움은 살벌할수록 재밌으니까. 후후후.

에비스는 난감한 표정으로 검을 들고 있었다. 나도 에비스가 검을 든 모습에 스르륵 허리춤에서 단검을 뽑아냈다.

"무슨 일이 있었는지는 모르겠지만, 어쨌든 전 최선을 다 하겠습니다."

"저도 최선을 다해 죽여 드리죠."

날카로운 내 대답에 에비스가 어색하게 웃었다.

리아는 그 모습을 보고 시합장 밑으로 뛰어내려 몸을 돌리며 소리쳤다.

"시합 시작—!"

시작이라는 말이 떨어짐과 동시에, 나는 재빨리 단검 두 자루를 던지며 소리쳤다.

"환영!"

에비스는 워리어. 시간이 지날수록 아무래도 힘과 체력이 달리는 내가 불리하다. 그래도 에비스의 레벨은 나보다 약한 것 같지만… 어쨌든 빨리 공격해서 단번에 시합을 끝내는 것이 좋다.

'반드시 죽여주마!'

속으로 필살을 외치며 두 자루의 단검이 총 여섯 자루로 늘어나 에비스를 향해 쏟아지는 모습을 보며 나는 그사이 재빨리 에비스 뒤쪽으로 몸을 옮겼다. 에비스는 6자루 단검에 당황하면서도 일단 방패를 꺼내 들어 막으려고 했지만, 한 자루는 다리를 목표로, 한 자루는 상체를 목표로 해서 던진 단검들이라서 방어하기에도 여의치 않았다.

그렇게 에비스가 당황하고 있는 사이 뒤쪽으로 이동한 나는 다른 한 자루의 단검을 꺼내며 에비스의 등을 노렸다.

그러나 운으로 예선전을 통과한 것이 아니라는 듯 에비스는 방패를 든 채로 있는 힘껏 옆으로 굴렀고, 6자루의 단검 중 환상을 제외한 한 자루의 단검이 에비스의 다리에 길게 상처를 낸 것 외에는 수확이 없었다.

내가 등을 노렸던 단검도 에비스가 구르면서 실패한 거고.

아쉬움에 쳇, 소리를 낸 나는 자세를 바로잡으려고 하는 에비스의 모습에 여유를 주지 않기 위해서 손목을 뻗고 주문을 시전했다.

"웹!"

순식간에 그물 형식으로 펼쳐진 거미줄의 모습에 에비스는 피하기 어렵다고 느꼈는지 오히려 방패를 덮쳐 오는 거미줄을 향해 던져 막았다. 그리고 뒤이어 검을 들고 재빠르게 내 쪽으로 파고들었다.

깊게 베어오는 모습을 보며 나는 재빨리 몸을 회전시키며 에비스의 옆구리를 노렸다.

"크흑!"

옆구리에 박힌 단검을 비틀어 뺀 나는 연이어 몸을 회전시키며 뒤로 물러났고 에비스는 옆구리가 붉게 변해 있자 인상을 찡그렸다.

"와아아아아!"

생각만 이렇게 긴 거지, 행동으로는 단 몇 초 안에 일어난 화려한 모습이었기에 관중들이 함성을 지르며 열광했다. 그러나 나는 그런 것에는 신경 쓰지 않은 채 에비스를 신중하게 살폈다. 사실 싸우는 도중에 그런 함성을 일일이 신경 쓴다는 것 자체가 이상한 것이지.

에비스는 곧장 검을 들고 내게 휘두르며 스킬을 시전했다.

"베쉬!"

연록 빛이 어리는 공격에 황급히 옆으로 움직여 피한 나는 큰 동작을 취한 터라 허점이 생긴 에비스에게 단검을 찔러 넣었다. 그러나 다리를 놀려 피한 그는 이어서 스킬을 시전했다.

"블로우!"

'블로우라면?!'

딱 한 번, 전에 용병과 같이 있었을 때 놀에게 쓰는 모습을 볼 수 있었다.

쳇, 소리와 함께 나는 빠르게 뒤로 움직였고, 역시나 검에 주황빛 기운이 어리더니 방금까지 내가 있었던 자리를 베더니 날카로운 바람의 파편이 세차게 휘날렸다.

역시 무시무시한 스킬이라니까. 제대로 맞았다면 위험했다고 생각하며 나는 벌려진 거리를 빠르게 좁히며 다가갔다.

에비스는 블로우를 썼던 상태라 그런지 약간 몸이 둔해져 있었고 나는 그 모습에 눈을 빛내며 단검을 뻗었다.

"크으윽!"

단검은 정확히 에비스의 품을 파고들어 그의 심장에 꽂혔고, 에비스는 순간 휘청거리더니 쓰러졌다. 회색으로 변하기 시작하는 모습에 나는 후우, 하고 한숨을 내쉬었다.

"오오오오! 결판이 났습니다! 깔끔한 솜씨! 스노님의 승리입니다!"

"와아아아아!"

"스노 잘했다!"

"멋졌다!"

이런저런 소리가 관중석에서 들렸지만, 내 귀에는 들리지 않았다. 복수를 했다는 성취감에 기분이 풀어졌기 때문이다. 후후후… 그때 내가 죽었으니 지금 네가 죽는 것도 공평한 거다, 에비스.

나는 기분 좋게 미소 지으며 시합장을 내려왔다.

시합장을 내려가자 릴이 씨익 웃으면서 엄지손가락을 들

고 있었고 체른과 안시리움 또한 가볍게 박수를 치고 있었다. 그 모습에 싱긋 웃은 나는 릴에게 다가갔다.

"다음 시합은 릴님이죠? 힘내세요."

"훗. 좋아. 이 누님이 이겨주지."

릴은 그렇게 말하며 머리를 쓸어 넘겼다. 뭔가 나 잘났다는 포즈였지만 하는 사람이 릴이라서 그런지 꽤나 어울렸다.

"자, 다음 시합은! 페이지 대 페이지! 여자 대 여자! 릴님과 세이나님의 대결입니다아ー!"

리아의 말이 울리자 어쩐지 릴의 눈썹이 약간 까딱인 것으로 보였다. 그래도 릴은 묵묵히, 그러나 당당한 걸음으로 시합장에 올라섰고, 상대방 또한 그에 뒤지지 않게 당당히 올라왔다.

"훗! 너구나, 내 상대가."

릴이 살짝 비웃음을 달며 말하자 세이나 또한 싸늘한 웃음을 지었다.

"그러게. 참 불쌍하네. 하필이면 내 상대라니."

"⋯⋯!"

"⋯⋯!"

어쩐지 둘 사이에 맹렬한 스파크가 이는 것처럼 보이는 것은 착각이었을까? 왠지 식은땀이 흐를 것 같은 느낌에 어색하게 웃는데, 리아 또한 어째서인지 덩달아 흥분하며 마이크를 잡았다.

"릴님과 세이나님! 초반 신경전이 대단합니다! 어쩐지 성격도 비슷하고 레벨과 직업과 성별도 같은, 그야말로 또 다른 자신과 싸우는 것 같은 느낌일 것입니다! 릴님과 세이나님, 시합 전 상대방에게 하실 말씀은?!"

그렇게 말하며 리아가 반짝이는 눈빛으로 묻자, 관중들도 흥미로운 눈빛으로 바라보았다. 그리고 둘이 동시에, 싸늘한 비웃음을 서로에게 말하며 소리쳤다.

"죽여주지!"

"죽여주마!"

"이, 이거 정말 굉장한데요? 자, 이렇게 떠드는 시간도 아깝군요. 리아는 이만 퇴장하겠습니다!"

그 말과 함께 리아는 폴짝 뛰어내리더니 활짝 웃으며 소리쳤다.

"시합~ 시작!"

릴은 처음 그렇게 불꽃이 튀겼던 시합과는 달리 차분한 눈빛으로 검을 들고 상대방을 바라보았다. 하지만 그것은 상대방도 마찬가지.

'역시. 공격 스타일까지 거의 다 비슷해. 좀 골치 아픈 싸움이겠는데.'

속으로 가볍게 입맛을 다신 릴은 잠시 호흡을 길게 늘였다가… 다시 들이쉬는 순간 바닥을 박차고 검을 매섭게 휘둘렀다. 감탄이 나올 정도로 깔끔한 휘두름이었지만 이미 세이나는 예상하고 있었다는 듯 검을 세로로 세우며 그녀의 검을 막았다.

챙―!

관중들에게까지 들릴 정도로 맑고 큰, 검과 검끼리 부딪치는 소리가 들렸다. 그 뒤를 이은 것은 스킬도 사용하지 않은 순수한 검술의 싸움이었다. 어쩐지 서로 싸우기 전에 스킬을 쓰지 않고 대결하자고 말했는지, 아무튼 둘 다 스킬은 쓰지 않았다.

하지만 그렇다고 화려하지 않는다든지, 시시하다든지 그런 싸움은 절대 아니었다. 손에 땀이 흐를 정도로 맹렬하고 화려하게 서로의 검을 부딪치며 싸우고 있었다.

챙, 챙, 채앵―!

쉴 새 없이 들리는 맑은 쇠붙이 소리가 노래로까지 들릴 정도가 됐을 때 둘이 약속이나 한 듯 거리를 벌리며 물러났다. 서로 상처는 없었다. 단지 그렇게 치열하게 검을 휘둘러서 그런지 숨이 턱까지 차오른 상태였다.

그때, 세이나가 입꼬리를 올리더니 릴을 보며 자세를 가다듬으며 말했다.

"역시. 너… 현실에서도 검을 배웠구나."

"너도 마찬가지인 것 같은데? 하지만 그래 봤자 내 상대는 아니야!"

"누가 할 소리를!"

그와 동시에 다시 뛰어오르면서 검이 강하게 서로 부딪쳤다. 다시 휘둘러지진 않고 그대로 상대방을 밀어내기 위해 힘을 다하고 있었다. 바싹 맞붙어서 서로의 검에 밀리지 않기 위한 모습. 그러더니 이번에도 동시에 검을 물리더니 처음으로 스킬을 사용했다.

"에케렌 소드!"

"에드윅 트위스트!"

세이나의 검에서는 푸른 기운이 일렁거리고 있었다. 그에 비해 릴은 공격 소킬이었는데, 그녀의 검에는 붉은 기운이 일더니 마치 회전하듯 그녀의 검에서 일렁였다. 그 모습에 세이나는 흠칫하다가 입술을 깨물며 검을 들었다. 그에 비해 릴은 씨익 미소 지으며 검을 세웠다.

그리고 둘의 검이 맞부딪쳤다.

맞부딪친 검은 서로에게 어린 기운으로 상대방을 밀어내려고 하고 있었다. 그 푸른 기운과 붉은 기운은, 처음에는 대등할 정도로 밀고 당기기를 계속했다. 하지만 시간이 흐르자 푸른 기운은 눈에 띄게 약해졌고 릴의 검의 붉은 기운은 오히려 더욱 회전하며 강력함을 뿜고 있었다.

"꺄아악!"

그렇게 간신히 푸른 기운이 버티고 있다가, 문득 그 기운이 갑자기 사라졌다고 느꼈을 때, 릴이 있는 힘껏 검을 세로로 그었고, 붉게 검을 타며 회전하던 기운이 세이나에게 날아갔다. 세이나는 재빨리 검을 들어 그 붉은 회오리를 막으려고 했지만 오히려 그녀 자체가 뒤로 날아가 벽에 부딪치고 말았다.

상당한 충격이 있는 듯 비명을 지르고 날아갔던 그녀는 더이상 움직이지 않았다. 몸이 회색으로 변하지는 않았지만 갑작스러운 데미지에 충격을 받고 기절한 것이다.

그런 세이나를 살짝 본 리아는 당당히 검을 들고 있는 릴을 보더니 활짝 웃으며 외쳤다.

"세이나님, 시합 불가! 따라서 이 시합의 승자는~ 릴님이십니다!"

"와아아아—!"

"멋있어요, 누님!"

관중의 엄청난 환호를 당연하다는 듯이 받던 릴은 미소 지으며 이쪽으로 다가왔다. 그런 그녀를 본 나는 싱긋 웃으면서 축하 인사를 던졌다.

"축하해요."

"홋, 당연한 거였어. 어디서 그런 허접한 애가 덤벼?"

허, 허접한… 그래도 상당히 잘 싸우던데.

어색하게 웃은 나는 문득 릴과 세이나가 시합 도중 상대방에게 날린 말이 생각나 조심스럽게 물었다.

"저기, 정말로 현실에서도 검을 배웠나요?"

"응? 아아, 들었어? 맞아. 우리 아빠가 검도부 사범이거든. 그래서 나 어렸을 때부터 다녀서 말이야."

"그, 그래요?"

어렸을 때부터 검을 배웠다면… 실력이 장난 아니겠군. 어쩐지 다른 사람들보다 더 깔끔하게 느껴졌던 이유가 거기에 있었나?

좀 심란한 것이, 이렇게 되면 나는 릴과 싸워야 한다. 물론, 그렇다고 아까 릴과 세이나와 싸울 때 릴을 응원하지 않은 것은 아니지만… 역시 아는 사람보다는 모르는 사람이랑 싸우는 것이 마음이 편하니까. 으음.

아무튼 그렇게 릴의 싸움 이후로 이루어진 싸움 중에서는 나중에 체른과 안시리움, 그리고 몇 명의 유저들 외에는 특별히 인상에 남지 않았다. 아무래도 아는 사람의 싸움에 신경이 몰려서인 것 같았다.

체른의 싸움은 그야말로 화려했는데, 체른의 상대는 워리어였다. 체른은 시합이 시작되자마자 1, 2클래스 마법으로 거리를 벌린 뒤 메모라이즈해 두었던 3클래스의 파이어 볼 세

방으로 접근을 사전에 봉쇄해 버리고 그의 최대 마법이라고 나중에 알려줬던 '파이어 버스트'로 끝내 버렸다. 어떻게 보면 내 시합과 마찬가지로 짧게 끝난 편이지만 워낙 체른의 불꽃 마법들이 아름답고 화려했던 터라 싱겁다는 느낌은 전혀 주지 않았다.

그리고 안시리움 상대는 워리어였는데, 같은 워리어끼리의 싸움이었음에도 불구하고 굉장히 빨리 끝났다. 안시리움의 실력이 압도적으로 높았기 때문이다. 상대편이 긴장해서 몸이 굳은 것도 이유 중 하나겠지만. 덕분에 안시리움은 워리어 중 최강이라는 생각이 팽배해졌다. 나도 그렇게 생각하고 있고. 안시리움 같은 실력은 흔하지 않으니까.

그렇게 32강은 오후 4시에 완전히 막을 내렸다.

"후우우… 다음은 릴이랑 붙게 되겠네요?"

"흥, 안 봐줄 거니까 각오해."

릴의 톡 쏘는 말에 나도요, 라고 대답해 준 뒤 싱긋 웃었다. 지금은 선수 대기실로, 16강은 오후 6시부터 시작이라는 말에 이렇게 쉬고 있는 것이다. 대기실에서 쉬면 피로도가 다른 때보다 훨씬 더 빨리 회복된다는 말에 대부분의 선수가 이곳에 있었다.

선수나 관계자 외에는 들어올 수 없는 곳이라 스이렌과 라멘은 만나지 못했지만… 뭐, 둘이 잘 있겠지.

안시리움은 묵묵히 벽에 기대서 쉬고 있었고, 체른은 메모라이즈를 하고 있었다. 다른 유저들도 조용히 있거나 수다를 떨거나 이 두 부류로 나눠졌는데 굳이 따지자면 나는 릴과 수다를 떨고 있다고 해야 할까.

한창 릴과 이것저것 얘기하다가—사실 거의 일방적으로 릴이 말한 거였지만—릴이 문득 시계를 보며 중얼거렸다.

"곧 시작이지? 지금이… 음, 5시 40분이네."

"예. 5시 50분에 선수들보고 올라오라고 했으니까 슬슬 준비해야겠네요."

내 말에 안시리움과 체른이 몸을 일으켰고 다른 유저들도 슬슬 무기들을 점검하고 있었다. 나도 단검들을 챙기며 어디 이상이 없나 살펴보는데 스피커로 안내음이 들렸다.

—현재 시간은 5시 47분. 선수 여러분께서는 시합장으로 와주시기 바랍니다.

아, 벌써 시간이 다 됐나?

우리들은 문을 열고 시합장으로 향했다. 도착하니 어두워진 것을 고려해서인지 네모난 시합장의 각 꼭지점에 가로등 같은 것을 세워둔 채였다.

그리 눈부시지도 않고 주변을 볼만한 밝기였기에 별 불만은 없었다.

"선수들이 등장했습니다! 이제 32명의 선수 중 16명의 선수가 남게 되었군요! 이번 시합으로 그 숫자는 다시 절반으로 줄어들게 됩니다. 선수들은 8강 안에 들어야 상품과 상금을 받으니 분발해 주세요!"

8강 안에 들어야 상품과 상금이 있다라… 끙, 그럼 릴과 나 둘 중 하나만 타겠군. 당연하겠지만 내가 이겼으면 좋겠는데.

"자, 그럼 첫 번째 시합! 스노님과 릴님의 대결입니다—!"

"와아아아아!"

함성과 함께 릴과 나는 시합장 위로 올라갔다. 처음과 마찬가지로 리아가 시합 전의 각오나 느낌을 묻자 릴이 씨익 웃더니 말했다.

"스노, 각오해. 반드시 내가 이길 테니까! 상금은 내 거야!"

결국, 돈이 목적이었던 거였나? 속으로 피식 웃은 나는 이번엔 내 쪽으로 내밀어진 마이크에 빙글 웃었다.

"제가 이길 거예요, 릴님. 후후후."

"그거야 두고 봐야 알지! 흥!"

그 말과 동시에 릴이 검을 세웠고, 나도 단검을 양손에 쥐었다. 리아는 우리 둘을 보더니 어깨를 으쓱이고는 외쳤다.

"시합, 시작~!"

먼저 공격을 시작한 것은 릴이다. 릴은 나와의 거리를 가늠해 보더니 전사 계열이 원거리 스킬을 사용한 것이다.

"하압, 크로스!"

새하얀 십자 형태의 빛이 날 향해 날아왔고 나는 가볍게 몸을 살짝 돌리는 것으로 피했다. 이 정도 거리에서 저 정도 속력의 원거리 공격이라면 내게 통하지 않는다. 역시나 그럴 줄 알았다는 표정을—그러면서도 아쉬운 표정으로—지으며 릴은 검을 다시 세우고 날 향해 달려들었다.

나는 재빨리 단검을 릴의 몸을 향해 던졌다.

"환영!"

분신이 늘어나 총 세 자루의 단검이 릴을 향해 쏘아졌지만 릴은 옆으로 몸을 피하며 내게 달려들었다. 쳇!

"베쉬!"

피하긴 늦었다는 판단에 재빨리 단검을 교차시켜 베어오는 검을 막았다. 스킬을 사용한 공격이라 그런지 묵직해 순간 팔에 힘이 빠질 뻔했지만 버텨내며 가까이 접근한 릴의 배를 발로 찼다.

"으으윽!"

여자의 배를 발로 찼다고 뭐라 하는 사람들이 있을지 모르겠지만 여기는 게임. 남녀의 능력치가 처음부터 공통적으로 분배되는 곳에서 남녀차별을 외쳐 봐야 소용없다.

배를 맞은 릴은 충격으로 뒤로 물러났고 나는 그 틈을 노려 단검을 휘둘렀다.

"난도질!"

릴은 황급히 검을 들어 막으려고 했지만 역부족이었다. 가뜩이나 빠른 시프의 검에 공격 속도를 상승시키는 스킬까지 들어가니 막을 수 있는 수준을 넘어선 것이다. 결국 릴의 몸에는 여기저기 베인 상처가 만들어졌고 그 모습에 릴이 입술을 깨물며 스킬을 시전했다.

"톨— 페도 어택!"

릴의 검에 번개를 방불케 하는 푸른빛이 파치직거렸고 그 모습에 놀란 나는 재빨리 몸을 뒤로 뺐지만 늦었다!

"아악!"

이, 이 느낌은 라이트닝을 맞았을 때랑 비슷한 느낌이다. 그보다 충격이나 데미지는 훨씬 덜했지만 이 짜릿한 느낌은 그때와 정말 비슷했다.

이런 공격이라니. 크윽, 정말 짜릿한데.

충격에 비틀거리는데, 릴 또한 좋지 않은 표정인 것을 보며 떨리는 입꼬리를 올리며 물었다.

"크큭, 그쪽도… 감전됐나 보죠?"

"시끄러… 제길, 스킬 반작용이라니…….."

릴의 말에 나는 속으로 피식 웃었다. 스킬 반작용은 고난이도 스킬이 실패하거나 완벽한 성공을 하지 못했을 때 그 스킬의 데미지가 시전자에게도 가는 것을 말한다. 쌤통이다.

"아아, 양쪽 다 감전되어 몸이 마비되어 버렸습니다! 그렇다면 마비가 먼저 풀리는 쪽이 승리하겠군요!"

그렇다. 중개하는 리아의 말대로 마비가 먼저 풀린 사람이 이기는데… 과연 누가 먼저 풀릴까. 나는 몸을 긴장시키며 제대로 힘이 들어가지 않는 팔에 억지로 힘을 넣으며 단검을 잡았다. 좋아, 조금이지만 움직인다.

나는 눈을 빛내며 휘청이면서도 몸을 일으켰다. 내 모습에 릴이 크윽, 신음을 내뱉으며 몸을 움찔했지만 제대로 움직이지 않자 한숨을 내쉬었다. 단검을 들고 다가가는 내가 릴의 목에 단검을 대자 조용히 입을 열었다.

"…기권하겠습니다."

"아아앗! 릴님의 기권 선언! 따라서 승자는 스노님이십니다~!"

"와아아아아아!"

휴우우우. 정말 질 뻔했다. 나는 안도의 한숨을 내쉬다 불만 가득한 릴의 눈을 보며 단검을 치웠다. 이제야 마비가 풀렸는지 비틀거리면서도 몸을 일으키고 있었다.

"쳇. 스킬 반작용은 0.5배 더 큰 타격을 시전자에게 준단 말이야. 그것만 아니었다면 내가 이겼어."

확실히 그럴지도 몰랐다. 만약 릴이 스킬 반작용에 당하지 않았다면. 뭐, 이미 일어난 일이니까 그렇게 말해도 소용없지만 말이지. 내가 히죽 웃자 릴은 입을 불퉁하게 내밀었다.

그 뒤의 결과는 체른 승리, 안시리움 승리. 16강에서 떨어진 것은 나와 싸웠던 릴 혼자였다. 그것을 안 릴은 더욱 내게 히스테리를 부렸지만 탈락된 바람에 선수 대기실에 더 이상 있을 수 없어서 대기실로 피하면 그만이었기에 별 상관 없었다.

16명의 싸움이어서 그런지 32명이 싸웠던 싸움보다 훨씬 빨리 끝났다. 기껏 해야 8시가 됐을까. 16강의 싸움이 끝나자 리아는 시합장 위로 올라오더니 활짝 웃으며 말했다.

"자, 16강이 끝나고 8강입니다! 8강은 내일 정오부터 시작합니다. 오늘 무투 대회는 오늘로 끝! 내일 뵙겠습니다~!"

리아의 말이 끝나자마자 폭죽이 쏘아 올려지며 하늘을 밝게 수놓았다. 폭죽놀이라… 하긴, 축제에는 폭죽놀이가 빠지면 안 되지. 나는 싱긋 웃으며 폭죽을 바라보며 웃었다.

"아쉬웠어, 릴."

"수고했어요."

무투 대회장을 나서자 기다리고 있던 스이렌과 라멘이 말을 걸었다. 스이렌의 말에 릴이 그치, 그치~ 란 소리를 내며 스이렌에게 매달렸고 라멘의 말에는 안시리움과 나, 체른이 고개를 끄덕여 대답해 줬다.

"그럼, 내일 8강을 하겠네요? 그리고 만약 8강에서 이기면 4강에서 스노님과 형이 만나게 되고요."

그렇게 되나? 하지만 내일 8강을 이길 자신이 없는데 말이지. 대답없이 머리를 긁적이자 체른이 빙긋 웃으면서 말했다.

"내일 이긴다는 보장은 없으니까. 아무래도 난 힘들 것 같거든. 하필이면 상대도 마법사라서 화염 마법에 특화된 나는 좀 힘들 것 같거든."

"으음… 그래요?"

라멘이 그렇게 물으며 고개를 갸웃거렸지만 글쎄… 과연 그럴까.

체른 마법 솜씨가 장난이 아니던데. 그나저나 마법사끼리의 대결이라면 화려하겠는걸? 그렇게 생각할 때 라멘이 생각났다는 듯 날 보며 말했다.

"그러고 보면 스노님의 내일 상대는 어쌔신이죠?"

"뭐? 어쌔신?"

"네. 모르셨어요?"

몰랐다. 내 싸움 바로 다음에는 마비된 몸이랑 체력을 회복시키러 대회 측에서 대기해 둔 사제에게 갔기 때문이다. 돌아왔을 때는 체른의 시합이 시작될 때였고. 내 상대는 보지 못했다.

"상대편도 모습을 망토로 가리고 있던데."

아, 그 말을 들으니까 대기실에서 한 번 본 것 같기도 하다. 나처럼 망토를 뒤집어쓴 유저를. 으음, 그렇다면 어쌔신과 시프랑 싸우게 되는 건가? 자신없어지는데… 어쌔신은 시프보다도 전투에 특화된 직업이다.

하지만 생각보다 큰 차이는 없을 것이, 어쌔신은 어둠 속에서 은신을 해 암살하는 것이 주특기지 아무것도 없는 평평한 대회장에서 암살하는 것은 불가능했다. 무엇보다 일리센이란 유저나 내가 은신을 썼다가는 서로의 모습이 보이는 웃지 못할 상황이 벌어진다. 으음, 어쌔신이라… 주의해야 되겠어.

아쉬드르를 로그아웃하고 다시 들어가자 이번에는 약간 늦어 있었다.

오전 11시 55분.

으, 밥 먹다가 시간이 가는 줄을 몰랐다니. 나는 허둥지둥 시합장을 향해 뛰었다. 내가 첫 시합이기 때문에 잘못하다가는 싸워보지도 못하고 기권패하게 될 판이다. 내가 미쳐.

다행히 시합장에 도착하자 막 내 시작을 알리는 함성이 울릴 때였다. 정신없이 뛰어온 날 보며 체른이 낮게 웃으며 말했다.

"힘들어 보이는데, 괜찮겠어요?"

"예에. 피로도 쌓이진 않았으니까요. 그냥 숨차서. 후아……."

"자아, 첫 시합은 시프 스노님과 어쌔신 일리센님! 나와주세요~!"

나는 망토를 잘 고쳐 입으며 시합장을 향해 걸어갔다. 그리고 상대방이 망토를 뒤집어쓴 채 날 보는 시선이 느껴졌다.

씨익.

'으으음?'

망토 아래로 보이는 입이 날 보며 곡선을 그렸다. 순간 무지 재수없다고 느꼈는데… 혹시 나도 저랬나? 좀 자제해야겠군. 시합장에 일리센과 내가 들어서자 관중들이 웅성거렸다.

"둘 다 망토를 쓰고 있으니까 좀 헷갈리는걸."

"직업도 비슷하잖아."

"그럼 누가 이길까?"

호기심 가득 찬 목소리들이 들렸다. 확실히 흥미있어할 만한 상황이다. 어쌔신과 시프의 싸움이라니.

"잘 부탁해요, 스노."

일리센이 다시금 씨익 웃으며 말했다. 저 인간은 은근슬쩍 내 이름을 놓아 부르잖아? 나는 투덜거리면서도 답변하는 것을 잊지 않았다.

"저도요, 일리센님. 좋은 시합 하죠."

물론 나도 씩 웃음을 날려주는 것을 잊지 않았다. 그렇게 서로 간단히 인사를 나누자 리아는 마이크를 회수하며 시합장 아래로 내려갔다. 그리고,

"시합 시작~!"

시합이 시작되자 일리센이 단검을 들더니 외쳤다.

"환영!"

"환영!"

그 모습에 나는 단검을 쥔 채 옆으로 빠졌고 대각선 방향에 위치한 일리센을 보며 똑같은 환영을 사용해 단검을 던졌다.

일리센도 마찬가지로 옆으로 피하는 것으로 환영을 막은 뒤 재빠르게 내게 다가와 소리없이 단검을 내질렀고 나는 재빨리 단검을 들어 그것을 쳐냈다. 그리고 이어지는 스킬 없는 단검들의 공방전.

일리센도 나도 입을 꾹 다물고 양손의 단검을 이용해서 서로의 공격과 쳐내기를 반복하고 있었다.

"대, 대단합니다~! 단검들이 제대로 보이지도 않는군요! 엄청난 속도입니다!"

리아의 말에 일리센이 칫, 소리와 함께 먼저 스킬을 시전했다.

"난도질!"

"난도질!"

상대편이 난도질을 사용하자 나도 급히 난도질을 시전했다. 서로 난도질 스킬의 레벨이 같은 듯 둘 다 빨라졌기는 하지만 서로의 차이는 거의 없었다. 나는 이렇게 공방만 주고받았다가는 끝이 없다는 생각에 뒤로 빠지면서 단검을 던졌다.

탁탁!

스킬 없이 던져진 단검을 빠르게 쳐낸 일리센의 모습을 보며 난 손목을 뻗으며 주문을 외쳤다.

"웹!"

그와 동시에 거미줄 그물이 일리센을 향해 덮쳤다. 그러나 일리센은 내가 손을 뻗은 것에 이미 눈치를 채고는 거리를 충분히 벌리고 있었다. 사정거리가 생각보다 짧은 웹은 목표물을 잡지 못하고 땅에 떨어져 사라졌다.

"쳇!"

아쉬움이 들었지만 지금 그 기분에 깊이 빠져 있을 때가 아닌지라 나는 도로 단검을 세우며 경계했다. 거리를 벌리며 물러난 일리센의 모습에 먼저 치기로 마음먹은 나는 땅을 박차며 일리센에게 달려갔다.

"하압, 절개!"

사정거리에 들어오자마자 인정사정없이 절개를 시전해 공격하는 나를 예상했다는 듯이 단검을 교차시켜 막은 일리센의 발이 내 옆구리에 강하게 박혔다.

"큭!"

베기 형식의 절개였기 때문에 공격이 먹히지 않으면 이런 틈이 생겨 공격할 틈을 만들어준다. 나는 애써 고통을 참으며 자세를 바로 했고 일리센은 고통을 참는 나를 보며 쏟아져 오며 공격했다.

채앵, 캉!

단검이 부딪쳐 울리는 소리가 들렸다. 주위에선 함성이 쏟아졌지만 제대로 들리지도 않았다. 서로 속도도 비슷한 시점에서 조금이라도 한눈을 팔다가는 그대로 당하기 때문이다. 굳이 속력을 따지자면 내가 약간 우위에 있지만 힘은 내가 약간 밀렸기에 큰 차이는 나지 않았다.

"섬영!"

'섬영?'

무슨 스킬인지 한 번도 들어보지 못해 순간적으로 당황했다. 그사이, 일리센의 단검이 검게 물들더니 그대로 단검을 내리그었다.

"윽!"

분명 닿지 않았음에도 불구하고 그어졌던 부분에 선명한 상처가 나 있었다.

윽! 뭐야, 왜 다친 거지?

화끈거리는 어깨의 상처에 나는 인상을 찡그렸다. 하필이면 어깨를 다쳐서 그런지 팔을 사용하는 것이 불편해졌다. 이 상태로 다시 싸운다면…….

'…젠장.'

나는 한숨을 내쉬며 크게 뒤로 물러난 뒤 말했다.

"기권하겠습니다."

"앗, 스노님의 기권 선언! 따라서 승자는 일리센님이 되겠습니다!"

"와아아아!"

리아의 승자 선언에 관중들이 환호했다. 꽤나 만족한 경기였는지 야유는 들리지 않았다. 뭐, 그나마 마음의 위안이 되는군. 나는 한숨을 쉬며 꽤 깊게 베였는지 아직도 피가 흘러나오는 어깨를 손으로 감쌌다. 쳇, 결국 졌잖아.

일리센은 날 보더니 빙긋 웃으며 좋은 시합이었습니다, 란 말과 함께 시합장을 내려갔고 나는 머리를 긁적이다 따라 내려갔다. 뭐, 웃는 모습이 재수없었지만 나쁜 녀석은 아닌 것 같았다.

시합장을 내려가니 아쉬운 표정을 한 체른이 아깝다고 말해주며 가볍게 위로해 줬고, 안시리움 또한 가벼운 감상과 함께 수고했다는 말을 전했다. 뭐, 나도 그다지 불만이 남는 시합이 아니었던 터라 감사히 답하고 대회 측 사제에게 가 치료를 받고 시합장을 나왔다.

탈락했으니 이왕이면 관중석에서 스이렌과 라멘과 함께 볼 생각이다.

그런데 그렇게 관중석에 가려던 나를 한 NPC가 발견하고는 달려왔다. 의아함을 느끼면서도 그 NPC가 올 때까지 움직이지 않고 기다렸다.

"휴우, 스노님 맞으시죠?"

"예. 그런데 무슨 일로……?"

"잊으셨나 본데, 8강부터는 상품과 상금이 있습니다."

아, 맞다. 그랬었지? 잊고 있었다는 것이 눈에 훤히 보였는지 NPC는 한숨을 쉬며 품에서 무언가를 꺼냈다.

"8강은 상금을 드리는데 총 100골드입니다. 8강까지 진출하셨던 것을 축하드리고, 좋은 하루 보내세요."

"아, 감사합니다."

오옷, 100골드라. 지금 내가 지닌 자금은 4골드인 것을 생각하면 생각지도 못한 수확이다. 후후, 이 정도라면 굳이 돈을 벌기 위해 한동안 노가다를 하려 했던 계획은 없어져도 되겠군. 나는 기쁜 표정으로 100골드를 인벤토리에 넣은 뒤 스이렌과 라멘이 있을 관중석으로 걸어갔다.

"파이어 링!"

"라이트닝 스피어!"

스이렌과 라멘이 있는 곳에 도착했을 땐 한창 체른의 시합이 진행 중이었다. 화려함이 난무하는 모습을 보며 나는 휘파람을 불었다. 다행히 관중들도 한창 시합에 몰두하고 있어서 내가 움직이는 모습을 눈치 채지 못했다. 내가 라멘 곁으로 다가와 앉자 라멘이 반사적으로 쳐다보았고 앗, 소리와 함께 인사했다. 스이렌도 그제야 시선을 돌려서 내게 가볍게 인사한 뒤 다시 시합에 집중했고 나도 별말없이 시합에 집중했다.

체른은 재빨리 자신을 향해 날아오는 라이트닝을 보며 손을 뻗어 마법을 시전했다.

"실드!"

파지지지직—!

반투명한 연녹색의 실드의 표면을 타고 푸른 전류가 흘러나갔다. 그 모습이 꽤나 아름다워서 관중들이 입을 벌리며 감탄했다. 막힌 전류에 입술을 깨문 상대편 마법사는 다시 마법을 준비하려고 했지만, 안타깝게도 체른이 더 빨랐다.

"타오르는 불꽃의 정수여, 여기 나타나라! 파이어 볼!"

"크윽! 나를 지키는 수호의 방패여, 나타나라! 실드!"

파이어 볼을 외우는 체른을 보며 상대편 마법사는 다시 실드 주문을 외워 파이어 볼을 막았다. 그러나 약간 무리해서 시전했는지 몸을 비틀거렸고, 그의 그런 사정을 봐주지 않으며 체른이 뒤이어 마법을 시전했다.

"폭발하라, 불꽃이여! 파이어 버스트!"

그러자 상대편 마법사 근처의 땅이 붉은 빛을 내더니 갑자기 폭발했다.

쾅! 콰앙—!

그다지 큰 폭발은 아니었지만 바로 옆에서 터지다 보니 데미지가 컸다. 가뜩이나 체력이 약한 마법사에게 그 정도 데미지는 죽음에까지 이어지기 마련. 역시나 폭발의 흔적이 가라앉자 회색으로 변하기 시작한 상대편 마법사의 모습이 보였다.

"승자는— 화려하고 강력한 화염 마법을 보여주신 체른님입니다!"

"와아아아아!"

결국, 마지막에 파이어 버스트를 쓴 체른의 승리. 나는 싱긋 웃으며 체른의 승리를 축하하는 박수를 치며 다음 시합을 기다렸다.

그렇게 이어진 무투 대회는 그날 오후 3시에 막을 내렸다.

우승자는 결승전에서 체른에게 이긴 일리센과 안시리움이 싸웠다가 결국 안시리움이 이긴 것으로 결정됐고, 관중들이 보는 앞에서 직접 공작이라는 귀족 NPC가 등장해서 안시리움에게 상금 500골드와 상품 '승리의 검', 그리고 '우승자'라는 칭호를 준 것으로 무투 대회가 마무리되며 끝났다.

Part 22
길드

안시리움이 우승한 것을 축하하는 기념으로 술집에서 가볍게 한잔한 뒤―아쉬드르에서 음주는 만 20세가 넘어야 가능하기 때문에 체른, 라멘, 나는 제외하고 나머지 세 명만―음식을 먹었다. 미각을 완벽까진 아니어도 어느 정도까지는 구사하고 있었기에 기쁜 마음으로 먹었다. 물론, 안시리움이 사는 것이기에 평소 못 먹었던 음식까지 모조리.

일행의 그런 모습을 보고 안시리움의 표정이 살짝 굳은 것 같았지만… 뭐 어때? 상금으로 받은 돈도 꽤 많던데, 이 정도야 괜찮겠지. 나는 무려 3골드짜리 스파게티를 먹으며 생각했다.

그때 체른이 스테이크를 자르던 것을 멈추고 문득 생각났다는 듯이 물었다.

"앞으로 어떻게 하실 생각인가요? 역시 사냥?"

그 말을 하며 일행을 쭉 돌아보는 체른의 행동에 나는 고민했다. 사냥이라. 솔직히 그다지 끌리지는 않는다. 퀘스트 없이 하는 사냥은 솔직히 노가다에 가까우니까. 스릴있기는 하지만 좀 지루한걸. 그렇다고 퀘스트를 원하는 대로 받을 수 있는 것도 아니고… 내가 대답을 못하고 고민하는 사이 다른 사람들은 체른의 말에 가볍게 대답했다.

"아무래도 그렇겠지."

"아, 렌이랑 나는 할 퀘스트는 있으니까 그거 하려고."

그들의 대답을 들은 체른의 시선이 내게로 향했다. 나는 난감한 표정을 짓다가 고개를 저었다.

"전 솔직히 생각 안 해봤어요. 사냥은 별로 하고 싶지 않고."

"흠, 그런가요?"

"체른은요?"

"저희도 그다지 생각해 두지 않았습니다. 진행할 퀘스트도 없고… 사냥이나 할까 생각했지만, 저희 레벨대 사냥터가 아직 밝혀지지 않았으니까요. 그렇다고 지금까지 사냥해 왔던

곳에서 하기엔, 너무 경험치가 오르지 않으니까요."

안시리움도 그것에 동의한다는 듯 고개를 끄덕였다. 그 모습을 본 체른은 싱긋 웃더니 다시 입을 열었다.

"그래서 말인데 길드 한번 만들어보지 않겠어요?"

"…길드?"

내가 떨떠름한 목소리로 되묻자 체른은 고개를 끄덕였다. 다른 사람들도 흥미가 생긴 듯 먹던 것을 멈추고 반짝이는 눈빛으로 체른을 쳐다보고 있었다. 그 시선에 체른은 싱글싱글 웃으며 말했다.

"예. 사실 제가 사냥하기도 그래서 퀘스트 받을 겸 돌아다니다가, 길드 만드는 법을 알았거든요. 게시판에 올려지진 않았지만 아마 꽤 많이 돌아다닌 유저들은 다 알고 있을걸요?"

"흠, 그런데 왜 굳이 만들겠다고? 만들어진 길드에 가입해도 되지 않아?"

릴이 궁금하다는 어조로 묻자, 체른이 미묘한 미소를 지었다.

"약한 길드는 제가 싫으니까요."

약한 길드는 자신이 싫다라. 어떻게 보면 꽤 오만한 말이지만 말하는 이가 체른이다 보니 별로 그런 생각이 안 들었다. 마법사면서 4강까지 갔으니 실력에 자신이 안 붙는다면 이상한 거겠지.

"약한 길드가 싫어서 직접 만들겠다니… 좋아. 만드는 것도 괜찮지. 근데 우리한테 굳이 그런 말을 꺼내는 이유는 역시 그 길드에 가입하라는 거겠지?"

릴이 포크로 접시에 있는 미트볼을 이리저리 굴리며 묻자 체른이 고개를 끄덕였다.

"예. 여기 있는 분들은 전부 실력이 좋으니까요. 물론, 그 전에 개인적으로 여러분이 마음에 든 것도 있습니다."

"음, 뭐. 길드도 나쁘지 않지만……."

릴이 체른의 말에 머리를 긁적이며 중얼거리자 스이렌도 고개를 끄덕였다. 오히려 스이렌은 릴보다 더 길드에 대한 관심이 커 보였다. 평소에 무심했던 표정이 저렇게 흥미있다는 표정으로 변한 것을 보면.

안시리움은 곰곰이 생각하는 것 같더니 체른에게 물었다.

"그럼 길드장은 너인가?"

"아니요. 길드장은 성격에 별로 맞지 않거든요. 개인적으로 길드를 만들게 된다면 무투 대회에서 우승하신 안시리움 님께 길드장을 부탁하려고 했습니다만……."

그러면서 은근히 시선을 안시리움에게 주는 것이 길드장을 해달라는 무언의 압박 같다. 그 모습에 안시리움은 고민하는 듯 차를 천천히 마셨다.

그런 그를 힐끗 본 릴과 스이렌은 둘이서 조금 속닥거리는 것 같더니 체른에게 말했다.

"나도 여기 있는 사람들이 길드원이고 길드장이 안시리움이라면 꽤 괜찮다고 생각해. 아니, 개인적으로 꽤 마음에 드는 길드라고 생각하는걸."

"이 구성 같은 길드라면, 좋다고 생각해."

릴과 스이렌의 말에 체른의 표정이 밝아졌다. 시선을 힐끗 안시리움에게 주니 안시리움도 고개를 끄덕였다.

"슬슬 사냥도 지겨워지던 판이었으니 괜찮겠지. 그런데……."

그가 말을 흐리자 다른 사람들이 궁금한 표정으로 그를 쳐다보았다.

"아무래도 약한 길드가 싫다고 말한 것을 보니, 그저 친목 길드는 아닌가 보지?"

"예. 솔직히 친목 길드도 괜찮다고 생각하지만, 사실 제 목적은 길드전이니까요."

"길드전?"

"아무래도 마법사가 가장 큰 힘을 발휘하는 것은 사냥보다는 전쟁이 아니겠어요?"

확실히 마법이 전쟁의 꽃이라고 표현될 정도로 전쟁에서 큰 위력을 발휘한다. 그래서 대부분 다른 게임에서의 마법사들도 어딘가에 소속되어서 전쟁에서 위력을 내고, 길드 차원에서 마법사를 키우기도 하는 거니까.

"그럼 길드 크기가 커야 되겠네."

"아무래도 그렇겠죠."

중얼거리는 릴의 말에 체른이 동의했다. 그러자 스이렌은 약간 부정적인 어조로 물었다.

"그렇다면 좀 힘들지 않을까 싶은데. 초반에 만들려는 길드니 한 2, 300명 정도는 모일 테지만, 다른 유저들도 슬슬 길드를 만들 때라며. 그러면 그 틈에서 길드를 잘 키워 나갈 수 있을 거라는 보장도 없고……."

"아, 그건 괜찮을 거라고 생각되는데요."

싱긋 웃으면서 스이렌의 말을 끊는 체른을 의아한 눈빛으로 보자 체른은 주위를 훑어보았다.

"솔직히, 무투 대회에서 우승한 유저와 마법사이면서 4강까지 올라간 저, 그리고 16강에 올라간 릴님, 마지막으로 스노님이 같은 길드에 들었다면 사람들이 꽤 몰릴 것 같습니다만. 그리고 스이렌님은 무투 대회에서는 직업 특성상 불리해서 예선전에서 떨어지실 수밖에 없었지만 스이렌님은 이미 명성이 있으니까요."

체른의 말에 그제야 서로의 능력을 자각한 일행이 어색한 미소를 지었다. 그러고 보니 여기 있는 사람 모두 고 레벨 중에서도 상위의 유저들뿐이군.

"그럼 얘는?"

그때, 손가락으로 릴이 라멘을 가리키며 묻자 조용히 코코아만 마시고 있던 라멘이 움찔거리며 얼굴이 빨개졌다. 그 모습을 체른이 깜빡했다는 듯 말했다.

"아, 말 안 했던가요? 라멘도 사제에서 새롭게 2차 전직을 했는데 히든 직업이 됐거든요. '어둠의 신 암바브의 사제'였나?"

체른이 말을 잇다가 라멘을 향해 묻자 라멘은 붉어진 얼굴로 입을 열었다.

"으응. 암흑 속성 사제예요. 그러니까 다른 게임에서 보통 다크 프리스트라고도 하더라고요."

"......"

'다크 프리스트?'

다크 프리스트라면 예전에 아틀란티스에서 등장했었던 직업 아니었나? 직업은 프리스트인 주제에 마을 하나를 쓸어버린……. 꽤나 유명한 일이라서 게임 전문 채널에서 한동안 그 직업에 대해 이야기했을 정도였기에 여기 있는 사람들 중에서도 모르는 사람이 없을 텐데.

역시나 릴과 스이렌이 새삼스럽다는 듯이 라멘을 위아래로 살펴보았고 안시리움이 진지한 눈빛으로 다크 프리스트라고 직업을 밝힌 라멘을 죽여야 하나 말아야 하나 고민하고 있었다.

사실 다크 프리스트는 네크로맨서와 같이 유저들에게 있어서 등장하면 배척받는 직업 중 하나다. 다크 프리스트나 네크로맨서가 등장하면 거의 모든 NPC에게서 유저에 대한 친밀도가 하락하기 때문인데, 이렇게 당당히 거리를 활보하는 것을 보면 그런 것은 아닌 것 같지만… 어쨌든 그렇기 때문에 유저들끼리 그런 직업을 가진 유저가 등장하면 척살하는 것으로 암묵적인 합의가 되어 있다.

안시리움의 고민 어린 시선에 라멘이 창백해졌을 무렵 체른이 끼어들었다.

"아, 여기에서의 다크 프리스트는 의미가 좀 다릅니다. 그저 어둠의 신을 모시는, 조금 꺼려지는 신을 모시는 사제일 뿐이거든요. 다른 사제와 달리 NPC에게 호감을 받지는 않지만 그렇다고 크게 배척받지도 않습니다. 그저 도적같이 꺼려지는 정도랄까요?"

"그럼 다행이네."

아마 릴과 스이렌도 순간적으로 고민했던 듯 슬그머니 웃었다. 그 모습에 라멘은 어색한 표정으로 간신히 웃을 뿐이었다. 하긴 순간적으로 자기 목숨이 왔다 갔다 했으니까. 근데 도적같이 꺼려진다니… 듣는 도적 기분 나쁘거든, 체른님아.

속으로 약간 투덜거리는데 문득 시선이 내게 모여진 것이 보였다. 왜 그러지? 말똥거리며 의아한 듯 쳐다보는데 체른이 조심스럽게 물었다.

"음, 스노님은 아까부터 아무 말씀도 하시지 않고 있는데, 혹시 길드에 가입하는 것이 마음에 안 드시나요?"

아, 그 소리였나? 주변의 시선을 훑어본 나는 머리를 긁적였다.

"에… 그러니까 말이죠, 전 길드 자체를 그다지 좋아하지 않아서요. 별로 좋지 못한 기억이 있거든요."

내 말에 크게 실망한 표정을 지은 체른과 그 정도는 아니었지만 실망한 표정의 다른 사람들. 그 모습에 조금 미안한 마음이 들었지만… 솔직히 아직까지 길드가 좀 꺼려진다.

"으음… 어쩔 수 없죠. 스노님, 만약 길드에 가입하실 의사가 있다면 언제든지 찾아와 주세요."

"예. 만약 길드에 가입하고 싶다면 꼭 찾아갈게요."

그렇게 말하자 한결 나은 표정으로 체른이 모두에게 말했다.

"스노님은 어쩔 수 없지만, 다른 분들은 길드를 만들어서 그곳에 가입하는 거죠?"

"그래."

"응. 난 가입할래."

"나도."

체른이 그들의 대답에 싱긋 웃으면서 말했다.

"그럼, 지금부터 각각 100골드씩 모아주세요."

"뭐? 100골드?!"

릴이 놀라서 물었지만 체른은 아무렇지도 않게 고개를 끄덕였다.

"예. 100골드요. 사실 100골드씩이라고 해도 안시리움님, 릴님, 스이렌님, 라멘, 저 합하면 500골드밖에 안 됩니다."

"500골드밖에라니."

스이렌이 부담되는 듯 말하자 체른이 어쩔 수 없다는 표정을 지었다.

"하지만 길드석 값이 딱 500골드인걸요. 그렇게 길드석을 샀다고 해도, 길드석을 설치할 저택도 필요하니까… 적어도 100골드는 더 필요해요."

원래 그 적어도 100골드는 내 몫까지 계산되어져 있었겠군. 떨떠름한 시선으로 보자 체른이 아하하하, 웃음을 흘렸다.

"꼭 그 100골드 때문에 스노님이 길드에 가입하시는 것을 원하는 것은 아니니까 오해 마세요. 하하."

글쎄, 별로 신뢰가 안 간다만 내 눈빛을 아는지 모르는지 싱글 웃는 체른에게 릴이 소리쳤다.

"100골드 난 못 모아! 길드에는 가입하고 싶지만, 그런 거금을 언제 다 구해?"

"아, 걱정 마세요. 은행해서 구하면 되니까요."

"뭐? 은행?"

"예. 이자는 월 4.5%의 저금리랍니다. 캐릭터의 아이템을 담보로 빌리는 거지요. 100골드라면 아마 가지고 계시는 아이템 전부를 담보로 붙여야겠지만, 담보로 했다고 해서 사용할 수 없는 것은 아니니까 괜찮습니다. 어느 정도가 지날 때까지 갚지 못하시면 아이템을 넘겨야 되겠지만, 그 기간이 꽤 기니까요."

아쉬드르에 은행도 있었나? 월 4.5%의 이자에다가 으음. 철저하군. 체른, 정말 길드 만들려고 꽤나 조사했구나.

"저도 아까 잠깐 쉴 때 은행에서 하급 마나석을 담보로 100골드를 빌려왔습니다. 라멘은 가지고 있는 신성의 증표를 담보로 걸고 빌렸고요. 자, 만약 수중에 100골드가 없다면 지금 은행에 같이 가죠. 마침 은행 근처에 길드를 만드는 곳도 있으니까."

그렇게 말하고서 빙그레 웃는 그 모습이 사악해 보인다고 하면 상처받을까? 나는 떨떠름한 표정으로 체른을 바라보고 있는, 아마 수중에 100골드가 없을 거라고 추정되는 스이렌과 릴 두 사람을 바라보았다.

안시리움이야 상금을 받았으니까 100골드는 괜찮겠지만

저 둘은… 풋. 우거지상으로 일어서는 릴의 모습에 나도 피식 웃으며 일어났다. 그와 동시에 다른 사람들도 전부 일어나자 안시리움도 계산을 하러 카운터로 향했고 우리는 먼저 식당에서 나와 그 앞에 서 있었다.

"스노님은 저희와 같이 가실 건가요?"

"예. 길드를 어떻게 만드는 건지 좀 궁금하니까 구경하려고요. 괜찮겠죠?"

"물론이죠. 아, 안시리움님이 나오셨으니까 가죠."

체른이 문을 열고 나온 안시리움을 보며 말하자 나도 고개를 끄덕이려고 하는데 메시지 창이 떠올랐다.

[외부에서 메시지가 왔습니다.]

오빠! 빨리 나와봐! 빨리! 안 나오면 강제로 고글 벗긴다!

사랑스러운 동생.

도대체 무슨 일이길래 메시지까지 보낸 건지. 거기에 강제로 고글이 벗겨지는 고통이 어떤지 알기는 알고 그러는 거냐. 속으로 한숨을 내쉰 나는 미안한 목소리로 체른에게 말했다.

"죄송하지만 잠깐 나갔다 와야 되겠네요. 밖에서 메시지가 와서."

"그런가요? 그럼 먼저 은행에 가 있을 테니, 다시 오실 수 있으면 은행으로 오세요. 만약 그곳에 저희가 없다면 근처에 칼이 교차된 간판이 있는 곳으로 오시고요."

"예. 그럼."

짧게 인사한 나는 그대로 로그아웃하여 아쉬드르를 나왔다.

"후우, 도대체 무슨 일이기에 그래?"

고글을 벗은 나는 머리를 뒤로 쓸어 넘기며 물었고, 그 모습을 본 녀석이 내 팔을 잡더니 거실로 끌었다. 얼떨결에 넘어지지 않기 위해 딸려간 나는 그대로 거실의 소파에 강제로 앉혀졌다. 앉혀진 채 도대체 알 수 없다는 표정으로 보자 고개를 저은 그녀는 리모콘을 들더니 한 채널에 고정시켰다.

"……!"

"누군지 알겠지?"

놀라서 눈을 크게 뜬 나는 동생의 말은 무시한 채 화면에 집중했다.

'저, 저 녀석은 크라드?'

나는 멍하니 크라드가 나오는 화면을 쳐다보았다.

─와아, 아틀란티스에서 한동안 활동이 없다고 생각했는

데, 설마 새로운 게임을 하고 계셨을 줄이야! 크라드님, 지금 하고 계시는 게임이 뭐라고 하셨죠?

─후후. 아쉬드르라고 합니다. 아틀란티스와 비교해도 정말 손색이 없을 정도로 재밌는 게임이죠. 전쟁에 지쳐서 일부 길드원들과 함께 길드장님께 허락을 받고 아쉬드르를 시작하게 되었죠.

─그런가요? 아쉬드르라면 최근 신성 게임으로 이름이 높은 게임 중 하나인데, 이렇게 아틀란티스의 전사 랭킹 3위의 '붉은 전사' 께서 그 게임을 하실 줄은 몰랐어요! 아마 다른 유저 분들도 깜짝 놀라셨을 거라 생각되는데요, 혹시 지금 아쉬드르에서의 직업과 레벨을 밝혀주실 수 있으신가요?

─물론이죠. 제 아이디는 역시 크라드로 했고, 레벨은 124, 직업은 워리어입니다.

─굉장해요! 아쉬드르에서는 현재 레벨 100을 넘은 분들이 많지 않다고 하던데 124라니! 거기에 워리어라면 다시 한 번 '붉은 전사' 라는 이름을 들을 수 있겠는데요?

─후훗. 노력은 하겠지만 글쎄요. 저 말고 강한 유저들도 많으니까요.

─겸손하시긴~ 아, 그럼 현재 아쉬드르에서 무슨 활동을 하고 계신가요?

─지금은 길드를 만들 준비를 하고 있습니다.

―길드요?

―예. 길드의 이름은 아틀란티스에서의 길드명을 따서 '마르스'라고 하기로 했고, 아틀란티스에서부터 함께한 분들이 주축을 이루는 길드입니다. 바로 어제 만든 신생 길드지만 말이죠. 하하!

―대단한데요? 그럼, 아쉬드르에서 최초의 길드가 되는 건가요?

―그렇죠. 등록을 할 때 방랑자들이 만드는 최초의 길드라고 가격을 깎아주었거든요.

―최초의 길드 마르스! 길드장 붉은 전사 크라드! 정말 기대되는데요?

―하하하, 부끄럽군요. 하지만 제가 얻었던 이름에…….

나는 눈앞의 화면에 나오는 장면을 보며 이를 갈았다. 뭐? 레벨 124? 아쉬드르? 새로 길드를 만들었다고? 빌어먹을! 붉은 전사라는 타이틀을 얻게 된 것이 누구 덕분인데! 이를 빠득빠득 갈며 화면을 노려보았다.

그런 날 본 동생은 내 머리를 한 손으로 짚었다.

"어쩔래, 오빠? 크라드가 아쉬드르한다는데."

"…거다."

"뭐?"

"길드 이름이 마르스라고? 최초의 길드? 후, 과연 잘되나 보자. 제길!'

누가 그딴 길드, 잘될까 보냐! 아틀란티스에서야 워낙 날 노리는 사람이 많았고, 차마 한때 같이 놀던 길드원들 때문에 손을 쓸 수 없어서 그저 아틀란티스를 나왔지만, 아쉬드르에 서는 어림도 없다, 크라드!

거칠게 일어난 뒤 쿵쾅거리며 방으로 들어간 뒤 고글을 쓰 며 아쉬드르에 접속했다.

아쉬드르에 접속한 나는 은행으로 달려갔다. 은행까지의 길은 주변의 유저에게 물어가면서 쉽게 갈 수 있었지만 은행 에 아무도 없자 즉시 칼이 교차된 간판을 찾아 그곳으로 갔 다. 그리고 문을 세게 열어젖혔다.

벌컥!

"스, 스노님?'

"스노?'

어쩐 일인지 영롱한 에메랄드 색으로 빛나는 수정을 든 채 카운터 바로 앞에 모여 난감한 표정을 짓고 있던 그들은 내가 등장하자 반갑다는 표정을 지으면서도 의아한 표정을 지었 다. 그런 그들에게 묵묵히 고개를 살짝 끄덕이며 인사한 나는 수정을 들고 있는 안시리움에게 성큼성큼 다가갔다.

"……?"

바로 앞에 선 내게 의아한 표정을 지어 보이는 안시리움을 보며 부탁했다.

"절 길드원으로 받아주세요!"

"엑?"

"음?"

"오."

내 말에 각기 다른 반응을 보이는 일행. 그러나 나는 그런 그들의 반응을 상세히 살필 정도로 마음이 편안치 못했다. 젠장, 이제 와서 크라드가 나타나다니… 아니, 오히려 잘된 건지도 모르겠다. 그래, 이렇게 복수할 기회를 줘서!

이글거리며 불타오르는 날 보며 알 수 없다는 표정을 지은 안시리움은 고개를 끄덕였다.

"좋다. 어차피 한 명이 더 필요했고, 그 한 명이 너라면 이쪽이 환영이지."

응? 한 명이 더 필요했다고?

시간이 지나자 격해진 마음이 조금씩 가라앉는 와중이어서 그런지 그의 말에 의문이 들었다. 아무래도 잘 설명해 줄 것 같은 인물인 체른을 쳐다보자 그가 싱긋 웃으며 말했다.

"제가 잊은 것이 있었는데, 길드를 만들기 위한 최소 조건은 길드석과 길드장을 제외한 5명의 길드원입니다. 그래서 막상 길드석까지 사서 바로 길드 등록을 하려는데 한 명이 모자라서 난감한 상황이었거든요."

그랬나? 이해가 간 나는 고개를 끄덕였다. 이렇게 이야기를 하니 마음이 조금씩 가라앉혀져 갔다. 애초에 머리가 빨리 식는 타입이라서 그런가?

하지만 복수심은 여전히 마음속에 남아 이글거렸다. 아틀란티스는 반 친구들과도 같이 시작한 게임이라 애착이 컸던 게임인데 그렇게 어쩔 수 없이 그만둬야 했던 원흉과 같은 게임을 하고 있으니 당연했다.

정말, 덕분에 함께 시작했던 친구들과의 관계도 어색해지고—솔직히 내가 일방적으로 미안하다고 사과하는 연락을 끊은 거지만—게임 상에서 욕을 듬뿍듬뿍 먹게 되었다.

현재까지도 진실이 밝혀지지 않아서, 아마 지금 아틀란티스 홈페이지에 내가 글이라도 올리면 리플이 천 개까지 달리며, 그것이 다 욕이라는 것에 확신을 둘 수 있었다.

아주 가끔 두둔하는 리플이 달리기는 했지만 그랬다가 그리플까지 함께 욕을 먹어버려 두둔하는 리플은 눈 씻고 찾아봐도 없게 되었고.

"자, 그럼 길드 이름은 뭐라고 할까요?"

그렇게 생각하는 사이 체른이 물었고, 나는 애써 복수심에 뜨거워지는 머리를 식히려 노력한 후 체른을 쳐다보았다. 그때, 곰곰이 생각하던 릴이 번쩍 손을 들며 물었다.

"에델바이스, 어때?"

"음… 너무 여성스러운데요?"

"에, 그런가?"

"그럼 블러드 어때?"

스이렌이 그렇게 말하며 묻자 라멘이 어색하게 웃었다.

"저, 굳이 길드 이름을 피로 할 필요가 있을까요? 조금 그런데."

"그래? 그럼 웬테로즈는?"

"그게 무슨 뜻인가요?"

"그냥 생각나는 대로……."

"야, 명색이 길드 이름인데 좀 제대로 된 걸로 해라!"

"전쟁이 목적인 길드니까 전투나, 그런 거에 관련된 이름 어때요?"

시끄럽게 길드 이름을 가지고 떠드는 그들을 보며 나는 슬쩍 말했다.

"네메시스. 어때요?"

"네메시스? 나쁘진 않은데… 복수의 여신 이름이잖아. 좀 그렇지 않아?"

"율법의 신 이름이기도 하죠. 로마에서는 연병장의 여신이었고요."

"음… 율법의… 그렇다면 괜찮은 것 같기도 하네."

릴이 그렇게 말하자 스이렌은 아무래도 상관없다는 듯이 고개를 끄덕였다. 체른이 이상한 눈빛으로 날 바라보기는 했지만 어깨를 으쓱하는 것으로 그냥 넘어갔고, 라멘은 고민하더니 고개를 끄덕였다. 복수의 여신이라면 어둠의 신을 모시는 자신과 어울리는 것 같기도 하니까 찬성이라고 한다. 마지막으로 안시리움인데… 안시리움을 힐끔 쳐다보니 그 시선을 느낀 듯 무심한 표정으로 입을 열었다.

"난 상관없다."

"좋아요. 그럼 길드명은 네메시스. 길드장은 안시리움. 그럼 된 거죠?"

마지막으로 체른이 주변을 돌아보면서 묻자 일제히 고개를 끄덕였다. 체른은 만족스러운 듯 웃더니 안시리움을 쳐다보았고 안시리움은 에메랄드 빛의 수정을 들더니 말했다.

"길드명은 네메시스. 길드 창시자이자 길드장은 안시리움."

그러자 에메랄드 빛의 수정에서 흰 빛줄기가 나오고 안시리움의 몸을 한 번 쓰윽 휘감더니 다시 수정으로 되돌아갔고, 그 흰 빛줄기가 수정으로 되돌아가자 수정이 짙은 진홍빛을 내며 아름답게 반짝였다. 그 모습을 본 카운터의 직원이 고개를 끄덕였다.

"길드명 네메시스, 길드장 안시리움. 입력되었습니다. 이제 앞으로 함께할 5명의 길드원들께서 수정에 손을 대시고 직업과 레벨, 본명을 말씀하시면 정식 길드로 인정되며, 앞으로는 이런 확인 절차 없이 길드장의 허락 혹은 길드 인장을 가진 분의 허락이 있으면 길드원으로 인정됩니다. 자, 5명의 방랑자들은 이 수정에 손을 올려놓고 말씀해 주십시오."

그러자 제일 먼저 릴이 당당하게 앞으로 나오더니 수정에 손을 올렸다.

"직업은 페이지, 레벨은 114. 본명은 릴."

수정은 순간적으로 릴의 손을 빛으로 감싸더니 스르륵 안개처럼 사라졌다. 그와 동시에 릴의 손등에 문신이 새겨졌다.

"이건……?"

"길드 마크입니다. 처음 입력할 때 길드 마크를 정하지 않으면 램덤으로 미리 준비되어 있던 마크 중 하나가 그 길드의 마크가 됩니다. 마크를 수정하시길 원하시면 나중에 원하시는 문양이나 그림을 가지고 찾아오시면 됩니다. 또한 길드 마크는 자신이 원하는 곳으로 그 장소를 옮길 수 있습니다. 손등, 이마, 배 등 모든 신체 부위에 가능하며 착용하신 아이템에 길드 마크를 옮길 수도 있으나, 그 아이템을 분실했을 경우 일주일 안에 재등록을 하지 않을 시 자동 길드 탈퇴되오니 유의하시길 바랍니다."

"흐음……."

그 말에 자신의 손등에 그려진 진홍색을 띠는 원 안에 그려진 검은 천칭을 보다가 릴이 고개를 끄덕였다.

마음에 든다는 표시군. 천칭이라, 나름대로 괜찮은데? 굳이 길드 마크를 다시 수정할 필요는 없어 보인다.

이어서 체른이 수정에 손을 얹고 입을 열었다.

"직업은 작염의 마법사, 레벨은 121, 본명은 체른."

"직업은 사냥꾼, 레벨은 116, 본명은 스이렌."

"직업은 어둠의 신 암바브의 사제, 레벨은 119. 본명은 시클라멘……."

드디어 내 차례인가? 나는 잠시 머뭇거렸다가 손을 올려놓고 말했다.

"직업은 시프, 레벨은 131, 본명은 스노드롭."

내 말에 일행이 모두 날 쳐다보았다. 안시리움도 마찬가지였는데 조금 미묘한 눈빛으로 나를 쳐다보고 있었다. 하긴, 본명은 처음 밝히는 것에다가 레벨도 131. 상당히 높은 수치니까. 무투 대회 때 안시리움이 소개한 레벨이 분명히 132였으니… 음.

"너 본명이 그거였어?"

"아, 예. 그냥 스노라고 불러주세요."

"레벨이 상당히 높네."

"어쩌다 보니까요. 아하하……."

묘한 눈빛으로 쳐다보는 일행에 어색하게 웃은 나는 머리를 긁적이다가 손등에 나타난 천칭 모양의 길드 마크를 보았다. 이것도 아이템 설명으로 되려나? 슬쩍 생각하던 나는 내 손등에 다른 손을 얹고 작게 말했다.

"정보."

[길드 네메시스의 길드 마크.]
네메시스의 길드 마크로 천칭을 나타내고 있다. 이 마크는 신체의 어느 부위에서든 다른 장소로 지정이 가능하며 아이템에게도 이 마크를 그릴 수 있다. 하지만 이 마크를 그린 아이템을 분실할 경우 일주일 내에 다시 새로운 길드 마크를 받지 않으면 길드에서 자동 탈퇴된다.

가능하긴 하군. 신기하다는 듯이 길드 마크를 본 나는 다시 손을 내렸다. 내가 마지막으로 길드 등록을 한 것을 본 카운터의 직원이 고개를 끄덕이며 무언가를 적기 시작했다.

"됐습니다. 정식 길드 네메시스. 현재 길드장을 포함한 길드원 6명. 길드석을 가지고 원하시는 주택으로 가서 길드석을 들고 '길드 본부 지정'이라고 말씀하시면 그 저택이 길드의 본부가 됩니다. 단, 길드 본부 지정이 되면 길드석은 자동으로 주택에 생겨진 '집무실'에 놓여지게 됩니다. 길드석이 파괴되면 그 길드는 사라지니 조심하시기 바랍니다. 또한 도난당하실 경우에는 바로 이곳으로 오셔서 도난 신고와 함께 새로운 길드석을 사셔서 재등록하시길 바랍니다. 그런 경우에는 그 길드의 길드석 이전으로 길드원이나 길드 마크, 길드명의 변동은 없습니다."

길드석이 파괴되면 그대로 길드가 사라진다고? 끔찍하군.

그럼 길드석을 항상 누군가 지키고 있어야 하나? 그런 표정이 전부 나타나 있는 일행의 얼굴을 스윽 본 안시리움이 길드석을 내게 넘겼다.

"에?"

"정보를 봐라."

"정보."

알 수 없다는 표정으로 안시리움을 봤지만 그의 말대로 순순히 아이템 정보를 보았다.

[길드 네메시스의 길드석.]
방어 : 9999
길드 네메시스의 길드석으로 파괴 시에 네메시스 길드가 자동 해체된다. 또한 도난 시에 재등록하지 않고 일주일 동안 길드 본부에 길드석이 없을 경우에도 길드가 자동 해체

된다. 길드석이 집무실에 설치될 경우 자동으로 5클래스 실드 마법진과 함께 위치 고정 마법이 사용된다.

　주의사항:어지간한 파괴력으로는 흠집이 나지 않는다.

　현재 길드 명예 점수:0

　현재 길드 등급:5

　현재 최대 수용 가능 인원:300명

　'무슨 방어력이 9999나 되는 거야? 이러면 파괴될 일은 없겠네. 도난이라면 모를까.'

　황당하다는 눈빛으로 길드석을 본 나는 이제 같은 길드원이 된 일행에게 넘겼고 그들도 정보를 보더니 혀를 찼다.

　그렇게 길드석이 돌고 있는 모습을 본 나는 궁금한 눈빛으로 안시리움을 쳐다보았다.

　"근데, 길드 등급과 최대 수용 가능 인원이 300명이라니. 그게 대체 뭐죠?"

　다른 이들이 이 길드석 정보를 보면 묻겠지, 하는 마음으로 그냥 넘겼는데 다른 이들은 아는지 그저 길드석의 방어력에 대해 감탄하고 있었다.

　질문한 나를 잠시 본 안시리움은 곧 알았다는 듯 고개를 끄덕였다.

　"그러고 보니 너는 길드 설명을 안 들었군."

'아, 내가 오기 전에 길드에 대한 설명을 했었나?'

그렇다면 뒤늦게 온 나만 모르는 것이 당연했다. 안시리움은 길드석을 구경 중인 일행을 흘끗 보더니 입을 열었다.

"길드 등급은 총 5개로 나눠져 있고 처음이 5고 수용 인원은 300명. 그리고 300명이 넘은 채 유지 기간이 세 달 이상 4. 수용 인원은 1,000명. 그리고 500명인 상태로 세 달을 유지하고 길드 명예 점수가 100을 넘어가면 3. 수용 인원은 3,000명. 그리고 그 상태로 명예 점수가 1,000이 되거나, 마을을 공성전으로 이겨 먹으면 2. 수용 인원은 10,000명. 그리고 최고 등가인 1은 명예 점수 10,000이거나 하나의 도시를 먹었을 때다. 그때 수용 인원은 제한이 없고."

"헤에… 그렇게 나눠져 있군요."

신기하다는 듯 말하자 그런 나를 잠시 본 안시리움은 곧 자신에게 돌아온 길드석을 가방에 넣고 체른을 쳐다보았다.

"아까, 길드 본부로 할 집을 미리 얻어났다고 하던데."

"예. 한 달만 무료였지만 스노님이 오셔서 100골드가 생겼으니, 정식으로 1년간 빌릴 수 있겠네요."

"겨우 100골드에 1년씩이나? 꽤 좋은 집이라면서?"

"아아, 퀘스트 덕분에요. 그 주택 주인 NPC와 호감도를 최상으로 올려놔서 그렇습니다. 자, 스노님. 100골드 주세요. 8강에 들어간 사람들은 상금으로 100골드씩 받았다고 들었으니."

나는 뭐라고 입을 열었다가 강하게 눈을 빛내는 릴과 스이렌에 의해서 얌전히 100골드를 체른에게 넘겼다. 맞다, 가입하게 되면 100골드였지. 제길. 가입한 마당에 안 줄 수도 없으니, 크흑.

울상을 지은 채 준 100골드를 손에 든 체른이 활짝 웃으며 말했다.

"그럼 이제 길드 본부도 생겼으니 길드원을 모아야 되겠네요. 가입비는… 음, 아무래도 가입비를 걷으면 사람들이 안 올 테니 가입비는 없는 걸로 해야 될 것 같네요."

"잠깐! 우리는 그럼 왜 100골드씩 낸 건데!"

항의의 목소리로 릴이 묻자 체른은 싱긋 웃으며 릴을 보았다.

"그러니 저희는 다른 일반 길드원이랑 다른 지위를 길드에서 얻겠죠. 길드에 길드장부터 일반 길드원까지 지휘도 내릴 수 있으니까요. 그렇죠, 안시리움님?"

"그래. 길드장, 부길드장… 꽤 많군."

"예. 규모가 커지면 그 직책을 다 쓸 수 있겠지만 현재는 별로 없으니까 간단하게 정하는 걸로 해요."

어쩐지 길드장은 안시리움인데 체른이 더 많이 영향을 주는 것 같다. 하긴, 안시리움이 이것저것 말하는 성격은 아니니까. 안시리움도 별 불만 없는 듯 체른이 하는 말에 고개를 끄덕이거나 간간이 얘기하는 걸로 대화를 하고 있었다.

릴과 스이렌은 둘이 대화하다가 심심해지면 라멘을 데리고 놀고 있고… 음, 이래저래 혼자서 멀뚱거리며 걷는 것은 나뿐인가.

나는 제일 뒤에서 체른이 안내하는 집으로 가고 있는 중이다. 딱히 소외감을 느끼는 것은 아니지만 이참에 앞으로의 생각이나 해볼까.

솔직히 크라드에게 복수할 마음으로 길드에 들어오기는 했지만, 내가 그 길드장에게 개인적인 원한이 있다고 길드 전체가 나설 수는 없었다. 그리고 그쪽은 아틀란티스 때부터 같이한 유저들이 꽤나 많겠지만 이쪽은 이제야 길드원을 모집하는 단계.

상대가 될 리가 없다. 그래 봤자 그쪽이나 이쪽이나 세 달이 지나기 전에는 길드원 수용 인원이 300명이겠지만.

아무래도 최초 길드보다는 그 다음에 만든 두 번째 길드인 우리가 더 질이 떨어지겠지. 으음. 좀 걱정이다. 사실 나를 제외하고는 굳이 마르스와 충돌을 일으킬 이유가 없고. 그렇다고 고의적으로 서로 사이가 나빠지게 조작하는 것은 솔직히 나쁘지 않지만, 들켰다가는 길드에서 쫓겨나거나 다굴 맞을 위험이 있으니 제외.

'결국은 운에 맡기는 수밖에 없나……?'

크라드가 매너 유저로 겉으로는 소문이 났지만 꽤나 욕심 있고 자만심에 찬 녀석이니 무투 대회 우승자라는 호칭을 달고 만든 길드인 우리를 곱게 볼 가능성은 없지만, 그렇다고 길드전을 일으킬지는 모르겠다.

제길! 크라드, 시간이 얼마나 걸리든지 아쉬드르를 하고 있는 이상 내가 복수를 포기하는 일은 없다. 각오하라고! 속으로 투덜거리는데 문득 시선이 느껴져 고개를 드니 체른이 복잡한 시선으로 날 보고 있었다. 그 시선에 움찔하고 뒤로 물러서는데 뒤에 서 있는 누군가가 턱, 내 한 팔을 잡았고 뒤이어 다른 사람이 내 한쪽 팔을 잡았다.

'엥?'

잡은 인물들을 보니 릴과 스이렌이다.

"에, 그, 왜… 그러시는지?"

당황한 목소리로 묻자 안절부절못하고 있던 라멘이 불안한 눈으로 날 쳐다보았다. 그런 그 모습을 본 체른이 굳은 목소리로 내게 말했다.

"스노님."

"예?"

"저는 스노님이 솔직하게 말씀해 주셨으면 합니다."

"뭘……?"

"길드 가입을 하지 않겠다면서 갑자기 밖에 나갔다 온 후 길드 가입을 하겠다는 이유와 왜 길드 이름을 '네메시스'란 복수의 여신 이름으로 했는지. 저도, 이분들도 솔직히 바보가 아닌 이상 무슨 이유가 있다는 것 정도는 알고 있습니다. 아무래도 스노님 성격상 저희가 그냥 물으면 대답을 회피하거나 도망쳐 버리실 가능성이 있다고 생각해서 그렇게 붙잡은 것이니 마음 상하지 않았으면 합니다."

"……."

으음, 솔직히 내 행동에 의문을 느끼지 못하면 바보겠지, 엄청난 둔치거나.

안시리움을 보니 안시리움의 눈빛에도 작은 의문이 달려 있었다. 나는 여기서 세 가지 선택을 해야 한다. 이유를 솔직하게 말하거나, 로그아웃하거나, 입을 꾹 다물고 무시하거나.

그 세 가지 중 무슨 선택을 할까 머뭇거리던 나는 결국 한숨을 쉬며 솔직하게 말하기로 했다. 말하지 않고 로그아웃하거나 무시하게 되면, 이미 100골드도 낸 마당에 길드에서 쫓아내지는 않겠지만 벽이 생성되거나 어색해질 테니까.

"말할 테니까 붙잡은 것은 놔주세요."

"미안."

"음, 알았어."

짧게 사과하며 물러난 스이렌과 멋쩍게 웃는 릴을 본 나는 머리를 긁적였다. 다행히 체른이 안내한 집이 외곽에 있는 곳인지 유저들이 별로 없어서 시선을 끌지는 않았다. 길거리에서 얘기하긴 좀 그런데 어쩔 수 없지.

살짝 주위를 두리번거리다가 근처에 있는 쌓여진 나무 상자에 살짝 걸터앉은 나는 모여지는 시선에 음, 소리를 내며 어색한 표정을 짓다가 한숨처럼 말했다.

"솔직히, 이야기하자면 좀 긴데… 별것도 아닌, 개인적인 원한이고. 그래도 들으실래요?"

"전 듣고 싶습니다."

"저도……."

"별것도 아니면 말해줘도 되잖아."

끙. 보통 예의상으로라도 한 명쯤은 듣지 않아도 된다고 해도 되잖아. 이 녀석들, 너무 솔직하군. 안시리움조차 고개를 끄덕인 것을 본 나는 더 이상 시간 끌지 않고 말하기로 결정했다.

"그러니까 말이죠, 처음부터 얘기할게요. 아쉬드르 전에 전 아틀란티스를 하고 있었습니다. 거기에서도 도적으로 말이죠. 그때는 도적으로 전직한 후 2차 전직을 트레져 헌터로 했고요. 아무튼 그렇게 전직하고, 아틀란티스 5대 길드로 꼽히는 '아레스' 길드에 가입하고 그 사건 전까지는 재밌게 하고 있었죠."

"그 사건이라니?"

릴이 눈을 반짝이면서 묻자 나는 입을 삐죽거렸다.

"말할 테니까 재촉하지 말아요. 그때 아틀란티스 안에서 일이지만, 다른 게임까지 꽤나 소문도 퍼졌었는데 아실지도 모르겠네요. 보통 '신급 아이템 지도 도난 사건', '트레져 헌터 사건', '지도 도난 사건'이라고 불렸는데."

내 말에 라멘은 그저 의아한 듯 고개를 갸웃거렸지만, 나머지는 알겠다는 듯한 표정을 지었다.

"나도 알아. 길드 차원에서 고생해서 얻은 신급 아이템 지도를 트레져 헌터가 들고 날랐다며? 그래서 길드 전체가 척살령 내려서 잡으러 가고, 다른 길드도 욕심나서 그 트레져 헌터 뒤쫓고, 유저들도 신급 아이템을 얻기 위해 다 달라붙고 덕분에 아틀란티스에서 가장 유명한 유저가 그 유저가 되어 버렸잖아. 그 유저, 다른 게임 사이트에서도 욕 바가지로 먹고 있을걸? 그 유저 불행 중 다행인지 얼굴은 항상 얻었던 가면으로 가리고 다녀서 얼굴은 안 알려져서 다행이지. 그래서 '가면의 도둑'이었나, '가면의 보물'이었나 그렇게 불렀었잖아. 그리고 그 트레져 헌터 아이디도 아직도 나돌고 있던걸? 그러니까 그 아이디가 이팔삼팔일이었나? 좀 웃기는 아이디였지."

그런 릴의 말을 잠자코 듣고 있던 나는 한숨을 내쉬었다.

"본인 앞에서 아이디가 웃기다는 말을 하면 실례라구요."

"아, 미안… 응? 본인?"

잘못 들은 것이 아니라는 듯 눈을 깜빡이며 듣고 있던 그들의 모습에 나는 슬쩍 시선을 외면하며 대답했다.

"예. 제가 그 '가면의 보물'인가 '가면의 도둑'인가이고, 그 사건을 일으켰던 트레져 헌터 이팔삼팔일입니다."

"…하?"

"……!"

놀라서 쳐다보는 시선을 외면하기 위해 나는 하늘을 향해 시선을 돌렸다가 순식간에 거리를 좁히며 내 어깨를 붙잡고 흔드는 릴의 행동에 도로 시선을 그들에게로 향했다.

"지, 지, 진짜 너라고? 아틀란티스에서 다섯 달간 기록적으로 제일 P.K하고 싶은 사람 1위에 오르고 아틀란티스 3년 동안 제일 많이 욕먹은 유저 1위, 제일 아이템 훔치고 싶은 사람 1위가?"

"예. 맞아요."

내 대답에 충격 어린 표정을 지은 릴을 외면한 나는 문득 체른을 보았다. 체른은 진지하게 고민하는 것 같더니 내 어깨에 한 손을 올리고 말했다.

"배짱이 무척 좋으시군요. 니카몬에서의 소문도 장난 아니지만, 그 이팔삼팔일이 스노님이라니 역시, 니카몬 유저 전부를 적으로 돌려도 아무렇지도 않게 다녔던 스노님이시군요.

하긴, 이미 아틀란티스 전 유저를 적으로 만든 경험이 있으신 분이니……."

배짱이 좋다고 할 필요까지야 없는데.

근데 체른이 한 말 중에 내가 모르는 말이 하나 있다. 아틀란티스 전 유저를 적으로 만들었었다고? 거대 길드 몇이랑 날 따라오는 유저들이 아니라 전 유저?

"근데 저는 아틀란티스 전 유저를 적으로 만든 적은 없습니다만……?"

그러나 내 말에 체른과 스이렌, 릴이 무슨 소리냐는 듯 쳐다보았다.

"무슨 소립니까? 아틀란티스 게시판에 당시 어지간히 알려진 길드 전부가 이팔삼팔일의 수배령이나 척살령을 내렸는데. 듣자하니 한 제국과 두 왕국에서는 정말로 이팔삼팔일에 대한 수배령이 내려졌었습니다. 퀘스트 형식으로도 이팔삼팔일을 잡아오라는 것도 진짜로 있었고. 그리고 이팔삼팔일을 쫓아다니는 유저들이 나중엔 서로 싸우고 길드끼리도 싸움이 붙고 아마 지금 아틀란티스에서 일어나는 전쟁 소동이 일어난 이유 50% 이상이 이팔삼팔일이 원인일걸요? 그래서 지금도 아틀란티스에서는 물론 어느 정도 게임했다는 사람 중에서 이팔삼팔일에 대해 모르는 사람이 없습니다. 이런 모든 일을 예상했다는 듯이 게임 시작부터 가면을 쓰고 다니고 트레져 헌터로 길드에 도움을 줘서 인망을 얻는 것을 모두 계산하며 신급 아이템을 얻을 기회가 오자 그 기회를 놓치지 않고 단숨에 잡고 날은 전설적인 유저라고. 나중에는 그 신급 아이템을 얻을 수 있는 지도를 들고 신급 아이템을 얻어 현질로 팔아먹고 그 돈으로 잘 먹고 잘살고 있다던데…….”

방금 체른이 말한 얘기가 나에 대한 얘기인지가 궁금하다. 뭐? 계산된 행동? 그리고 길드들과 제국, 왕국의 수배령에… 정말 장난 아니군. 거기에다가 지금 일어나는 아틀란티스 전쟁 붐의 이유 50% 이상이 내게 있다고? 참…….

대단하다는 눈빛으로 날 보는 체른에게 후우, 한숨을 내쉰 나는 습관처럼 머리를 넘길 뻔하다가 망토를 쓰고 있다는 것을 깨닫고 머리만 긁적였다.

“뭐, 제 행동이 어떻고, 뒤에 어떤 파장을 낳았던지 간에 전 무죄입니다.”

“하지만 신급 아이템을 얻을 수 있는 지도를 들고 튀었다며? 길드 차원에서 고생한 것을 그렇게 날름 먹으면 안 되지.”

“그거 저 혼자 힘으로 간신히 얻었던 겁니다. 거울궁의 미로를 깨고, 그 미로를 깨고 나온 불꽃의 사막도 지나면서.”

내 말에 당황한 눈빛으로 릴이 눈을 깜빡였다.

“에, 길드 차원에서 고생했다고 하던걸? 부길드장이었던 붉은 전사 크라드가."

그 이름에 나는 인상을 구기며 앉았던 몸을 거칠게 일으키며 소리쳤다.

"그 자식이 문제라고요! 그 자식이랑 몇 파티랑, 내 친구들이랑, 정말 30명 될까 말까 한 인원이었는데 길드 차원은 무슨! 그리고 거울궁의 미로 못 깨겠다고 크라드 자식이랑 파티원 다 가고, 제 친구들도 다 갔을 때 제가 마지막까지 노력하다가 겨우 얻은 거라고요! 근데 크라드 그 자식이 욕심이 나니까 날 P.K해서 얻으려다가 실패해 길드 수뇌부들이랑 짜고 그렇게 헛소문 퍼뜨린 거라고요!"

흥분해서 짜증스럽게 소리치자 주변의 시선이 내게 쏠린 것을 느꼈지만 신경 쓰지 않았다.

"제길, 일단 수뇌부 말만 믿고 날 노리던 아레스 길드원들이 나중에 길드 차원에서 고생했다던 그 말에 그 '고생'한 유저들이 소수인 데다가 그 유저들이 그 '고생한 시간'에 마을에 있는 것을 본 같은 길드원이 여러 명 있어서 아레스 길드원 사이에서는 헛소문인 걸 알았지만, 너무 사태가 커져서 그저 눈치 보다가 입 다물고, 나중에 나한테 쪽지 보내며 사과하면서 앞으로 쫓는 시늉만 할 테니까, 길드에 실추되는 말 하지 말아달라고, 어차피 이제 믿는 사람도 없으니까 괜히 구설수에 오르게 하지 말라고… 악! 진짜 다시 생각해도 짜증나네!"

나중에 말하던 내가 열이 뻗쳐서 그대로 쌓여진 나무 상자를 차버리자 움찔거리며 물러나는 체른과 릴의 모습이 보였지만 그런 모습 따위는 지금 눈에 들어오지도 않았다.

"제길, 그래서 정말 열받아서 아틀란티스에 사실을 올리려고 하다가 게시판에 내 욕으로 도배된 것을 보고 포기하고 아틀란티스에 진절머리가 나서 그만두고 아쉬드르를 시작한 건데, 왜 여기에도 크라드 그 자식이 있는 거냐고―!"

"지, 진정하세요, 스노님."

라멘이 조심스러운 어투로 말했지만 내 귀에는 들리지 않았다. 으으윽, 그 자식, P.K당할 뻔했어도 그저 욕심이 많이 났을 테니까, 충동적으로 그럴 수도 있지… 하고 그냥 넘어가 줬더니, 다음날 수뇌부랑 짜서 날 죽이려 해?

나중에 신급 아이템을 찾는 지도를 그 눈앞에서 찢어버리고 도망쳐서 그나마 속이 약간 후련했는데, 다시 돌아오다니! 제길, 정말 가만 안 둬!

나는 거칠게 머리를 덮은 망토를 세게 잡아당기며 이를 갈았다. 그러면서 애써 속을 진정시키기 위해 천천히 숨을 내쉬려 노력하며 짜증스럽게 눈을 감았다.

후우우… 이제야 좀 진정되는군. 이미 예전에 열이 머리끝까지 뻗쳤을 때 자주 사용했던 방법인데, 그때 자주 써먹어서 그런지 이렇게 하면 강제적이든 최면적이든 마음이 빨리 가라앉았다.

"후우… 아무튼 그렇게 된 거예요. 여기에서만큼은 그 자식 이름도 듣고 싶지 않았는데… 응?"

나는 살짝 당황한 눈빛으로 일행을 쳐다보았다. 그들은 내게서 몇 미터 떨어진 장소에서 나를 빤히 쳐다보고 있었다.

"왜 그렇게 멀리 떨어져 있으세요?"

"응? 아, 아니, 그게 너무 화내는 것 같아서."

"후우, 아무래도 쌓인 것이 많아서요. 죄송해요."

"아, 아닙니다. 쌓인 것을 참는 것은 좋지 않으니까요."

그렇게 말해주니 고맙지만… 후우. 다시 근처로 가까이 오는 그들을 본 나는 어색하게 웃으며 물었다. 그렇게 열을 내놓고 이렇게 대하려니까 좀 그렇군.

"아무튼 제가 네메시스라고 한 이유는 크라드에게 복수하고 싶은 마음이 섞여서 그래요. 죄송합니다. 마음에 안 드신다면 다른 것으로 바꿔도 상관없어요."

"아니. 네메시스라고 길드 이름을 계속하기로 하지. 율법의 여신이기도 한다고 했으니. 그리고 굳이 길드 이름에 얽매일 필요도 없으니까."

낮은 음성으로 말하는 안시리움의 말에 나는 고개를 끄덕였다. 하긴 굳이 길드 이름이 복수의 여신이라고 해서 꼭 복수를 하라는 건 아니니.

"음… 그런 일이 있었을 줄은 생각도 못했습니다. 좀 놀랍군요. 지금이라도 그 사실을 올리는 것이 어떻습니까? 그럼 크라드 명성을 없앨 수 있을지도 모르는데."

체른이 조심스럽게 묻자 나는 쓰게 웃었다. 그것이 가능하다면 진작 그랬다.

"아뇨. 올려봤자예요. 말했듯이 아레스의 길드원들 스스로 일이 너무 커져서 겁을 먹는 바람에 제가 그 글을 올려봤자 자신들이 욕먹을 것이 두려워서 제가 거짓말을 했다는 것에 몰릴 가능성이 크거든요."

"뭐라고 할 말이 없군요."

체른의 눈이 찌푸려지며 미미하게 경멸의 빛이 스쳐 가는 것을 본 나는 어깨를 으쓱거렸다. 뭐, 솔직히 자신이 욕먹기 싫어 남을 매도하는 거야 흔한 일이니 어쩔 수 없다. 운 나쁘게 내가 걸렸다고 하는 수밖에. 그러기에는 그 규모가 좀 크지만.

"어쨌든 솔직하게 말해주셔서 감사합니다."

"아뇨. 오히려 제가 먼저 말해서 속이 시원하네요."

"하하. 그럼 다행이고요. 이제 다시 걷죠. 얼마 안 남았습니다."

살짝 어색해지는가 싶었지만 체른이 나서서 부드러운 어

조로 길을 이끌자 곧 어색함이 사라지고 다시 대화를 나눴다. 이번에는 나도 릴과 스이렌, 라멘의 대화에 낄 수 있었는데, 대화라기보다는 릴이 그 사건에 대해 분개하면서 일방적으로 말했다는 것이 더 옳았다.

나보다 더 격하게 말하는 것은 뭔지 참.

그래도 같이 화를 내준다는 것이 기분 좋았다. 그래, 그때 진실을 아는 내 친구들 같은 경우에는 진실를 밝히기도 무섭고, 그렇다고 모르는 척하기도 난감해하면서 결국 아틀란티스를 그만뒀었으니까. 그 뒤로 내게 몇 번 사과 메시지나 음성 편지를 남겼지만 보지도 않고 전부 삭제했다. 그들도 몇 번 그러다가 결국 포기했고.

'그러고 보면 좀 미안하네. 걔네들 탓도 아닌데.'

하지만 그때는 그런 것을 생각할 틈도 없이 배신감 때문에 얼굴을 보기도 목소리를 듣기도 싫었다. 방학이 곧 끝나니 얼굴을 마주쳤을 때에 좀 잘 대해줘야겠다고 생각한 나는 걸음을 멈췄다. 체른이 거대한 2층 집 앞에서 멈춰 선 것이다.

그러더니 체른은 주위를 두리번거리다가 그 2층 집 앞에 있던 한 노파에게 다가가더니 뭐라고 대화하다가 내가 줬던 100골드가 든 주머니를 그 노파에게 주고 노파는 가지고 있던 손가방에서 종이 하나를 꺼내 체른에게 넘겼다.

체른은 환하게 웃으며 노파에게 몇 마디 한 후 이쪽으로 다가왔다.

"저 집, 이제 1년간은 저희들 겁니다."

그가 이쪽으로 오며 한 첫 말이었다.

"와아, 되게 넓네요?"

라멘이 주위를 둘러보다가 감탄하자 체른의 얼굴에 뿌듯함이 어렸다. 이 거대한 2층 저택은 정원의 크기부터 만만치 않았음은 물론이고 내부에 이미 가구까지 있었다. 내부 공간 또한 크고 실용적이면서도 아름다움을 갖춘, 그야말로 세 박자가 어우러져 있는 좋은 저택이었다, 우리가 쓰기에 미안할 정도로.

"정말 이 집을 겨우 100골드에 1년간 빌렸다고?"

"후후후. 이게 바로 수완이라는 거겠죠."

릴의 말에 낮게 웃으며 자화자찬하는 체른의 모습이 조금 낯설었지만 어울리기도 해서 피식 웃고 말았다. 안시리움은 길드석으로 '길드 본부 지정'으로 이 저택을 지정한 뒤 자동으로 집무실이란 곳에 이동된다던 길드석을 찾기 위해 이 방 저 방 들락거리고 있었다.

스이렌 같은 경우는 우리처럼 저택 내부 구경이 아니라 정원을 구경하러 갔는데, 정원을 처음 보며 무척 만족스러워했다.

사냥꾼의 경우에는 꽤 넓은 자기만의 공간이 필요한데 이런 정원이라면 딱 좋다는 것이다. 아마 사냥꾼인만큼 동물이나, 뭐 그런 것을 기르려고 하는 것 같지만 부디 아름다운 정원을 망쳐 주지만 않았으면 좋겠는데.

그때 2층 계단을 내려오며 안시리움이 살짝 고개를 들어 쳐다보았다.

"길드석을 찾았다. 2층에서 왼쪽으로 4번째 방이 집무실인 것 같군."

"오, 그래요?"

그의 말에 정원을 둘러보던 스이렌을 불러서 다 같이 안시리움이 말한 집무실로 갔다. 집무실의 정중앙에는 길드석이 떠 있었고, 그 주위에는 알 수 없는 문자로 가득한 마법진이 이중으로 되어 있었다.

작은 빛 기둥을 한 채로 떠 있는 길드석의 모습은 꽤나 아름다웠기에 나는 작게 감탄했다. 거기에 마법진이 빛나며 그 빛줄기를 돌고 있는 모습은 정말 환상 그 자체였다.

그리고 그렇게 빛나는 길드석 뒤에 긴 책상이 있었고, 그 옆에는 책이 가득 꽂혀 있는 일반적인 서재 형식을 띠고 있었다. 다른 곳보다 좀 더 섬세한 장식—조각이라든지, 그림이라든지—이 많기는 하지만 길드석을 제외하고는 크게 눈에 띄는 것은 없었다.

"길드석 참 예쁘네요. 길드석이 아니라 무슨 장식만을 위한 것같이."

"그러게요."

체른의 말에 동의하는데 안시리움이 그런 우리를 보며 입을 열었다.

"이렇게 길드 본부랑 길드석 문제도 끝났으니, 이제 남은 것은 길드원을 모으는 건가?"

"그렇군요. 그럼 각각 사람들을 모아볼까요?"

"그런데 아무나 받기는 좀 그렇지 않아? 아무래도 무슨 조건이라도 다는 것이 좋겠는데."

탐탁지 않은 듯한 릴의 목소리에 안시리움이 잠시 고민하더니 다시 입을 열었다.

"길드 가입 자격은 레벨 100 이상. 그러고 보니 너희들을 일반 길드원에서 다른 길드원을 받을 수 있는 지위로 승급시켜야 되겠군."

당연하다는 듯이 고개를 끄덕이는 우리를 보며 안시리움이 피식 웃더니 허공에서 손가락을 움직였다. 아마 길드장만 볼 수 있는 반투명한 창으로 우리를 승급시키는 것 같은데.

그렇게 가만히 있는데 눈앞에 창이 떴다.

축하드립니다!

스노드롭님이 가입하신 네메시스 길드의 길드장인 안시리움님께서 스노드롭님을 '일반 길드원'에서 '검은 도적'으로 임명하셨습니다.

"검은 도적?"

들어보지 못한 지위 이름에 고개를 갸웃거렸다. 그건 다른 이들도 마찬가지였는지 안시리움을 향해 의아한 시선을 던지고 있었다. 그 시선에 안시리움은 별 표정 변화 없이 입을 열었다.

"길드를 만들 때 함께했던 5명의 길드원에게는 특별한 작위를 내릴 수 있다더군. 그 작위 이름은 길드장이 임시로 내릴 수 있고. 그래서 스노에게는 '검은 도적', 스이렌에게는 '푸른 사냥꾼', 릴에게는 '붉은 검사', 라멘에게는 '하얀 사제' 라는 직위로 했다. 지금 받은 지위는 길드장과 부길드장을 제외한 모든 직위보다 위에 있다더군. 아, 체른에게는 먼저 길드에 대한 말을 꺼낸 것도 있으니 부길드장이라는 지위를 줬다. 마음에 드나?"

직위는 괜찮다.

길드장과 부길드장을 제외한 모든 직위보다 위에 있다고 했으니까. 그리고 체른이 부길드장이라는 것에 별 불만도 없다. 안시리움의 말대로 애초에 길드를 만들자고 했던 것은 체

른이니까. 그런데 문제는 검은, 푸른, 붉은, 하얀 같은 이름들
이다.

"안시리움님, 물어볼 것이 있는데 검은 도적이라든지, 푸
른 사냥꾼, 붉은 검사, 하얀 사제 그것들 혹시 각자가 입고 있
는 옷 색깔로 붙인 건가요?"

아니길 비는 마음으로 물었건만 안시리움은 순간적으로
어색한 표정을 짓더니 시선을 돌렸다. 검은 도적이라니. 내가
입은 옷이 아무리 검은 망토라도 그렇지, 안에 입은 옷은 갈
색도 있고 푸른색도 있단 말이야!

음침한 기운을 풍기는 나와 그 이상한 이름의 직위를 가진
다른 세 명을 보던 안시리움은 그답지 않게 약간 달래는 투로
말했다.

"어차피 직위는 말 그대로 직위일 뿐이지, 별로 크게 쓰이
지도 않으니까 괜찮을 거다."

"그렇지만……."

떨떠름한 표정으로 대답하는데 체른이 피식 미소 짓더니
박수를 짝! 쳐서 시선을 집중시켰다.

"자, 직위는 나중에 바꾸던지 하고, 지금은 길드원을 모읍
시다. 저희보다 먼저 만든 마르스 길드도 지금 길드원을 모집
중일 텐데, 괜찮은 유저들을 다 뺏길 수는 없으니까요. 아, 안
시리움님, 부길드장에게는 기본적으로 권한이 몇 개 달려 있

지만, 저 직위에는 직접 권한을 내려줘야 된다는데요?"

그새 부길드장에게 딸린 권한을 주욱 살펴보는지 체른이 안시리움에게 말했고, 안시리움은 그 말에 다시 길드장 전용 창을 열었다.

축하드립니다!

스노드롭님의 네메시스 길드 직위 '검은 도적'에 추가 권한이 생겼습니다!

▷길드원 임명권.

▷길드원 강등권.

▷길드원 승급권.

▷길드원 지위권.

▷개별 부대 창설권.

▷길드장과 부길드장의 부재시의 결정권(단, 같은 지위의 인물이 그 결정을 반대한다면 길드원 찬반투표로 결정됨).

앞으로도 네메시스 길드에서의 많은 활동 바랍니다!

와, 권한이 6개나 되잖아? 그리고 이 정도라면 부길드장이랑 별 차이도 없는 것 같은데. 내 시선을 눈치 챘는지 체른이 맞다는 듯 고개를 끄덕였다.

"예. 보니까 그 특수 직위에 걸린 6개 모두 부길드장의 권한과 똑같군요. 다른 것이 있다면 부길드장이 두 가지 더 권한이 있군요. 길드원 척살권, 길드원 수배권."

그, 그런 무시무시한 권한을 가지고 있다니. 나는 앞으로 체른에게 잘 보여야겠다고 생각하며 이번에는 안시리움에게 물었다.

"안시리움님, 길드장 특별 권한은 뭐가 있나요?"

"길드 해체권."

"……."

한마디로 길드장이 미친 척하고 길드 해체 선언하면 길드 쫑난다는 거군. 어떤 의미로는 저게 가장 무서운 권한인가?

"자, 이제 길드원 모집하러 가죠? 아, 안시리움님은 여기서 저희가 보내는 길드원들을 기다려 주세요. 아무래도 길드장이 길드원 모으러 직접 움직이는 것은 보기 좀 그러니까요."

체른의 말에 본인도 그렇게 생각하는지, 아니면 단순히 귀찮아서인지 안시리움은 집무실 책상에 앉더니 옆에 있는 책을 읽기 시작했다. 단 한 마디를 우리들을 향해 말한 후.

"잘 갔다 와라."

난 머리를 긁적이며 눈앞의 사람들을 바라보았다. 어떻게 길드원을 모아야 할까… 으음. 일단 각각 동, 서, 남, 북으로 가서 사람을 모아보자고 하며 헤어진 것이 바로 몇 분 전이다. 나는 동으로, 릴은 서로, 스이렌은 남으로, 체른과 라멘은 북으로 가기로 해서 이렇게 동문에 도착했건만……

막상 길드원을 모으려니까 어떻게 모아야 하는지 감이 잡히지 않는다. 그냥 길드원 모집한다고 소리쳐야 하나? 길드 홍보 전단지를 뿌릴 수도 없고, 역시 몸으로 떼워야 하나. 한숨을 쉰 나는 지나치는 사람들의 모습을 보다가 눈 딱 감고 소리쳤다.

"네메시스 길드에 가입하실 분을 모십니다! 길드 제한은 레벨 100 이상! 직업 제한은 없습니다!"

그 말을 내뱉자 주위의 유저들이 일제히 멈칫하며 날 쳐다보았다. 주변은 어느새 조용해진 뒤였다. 이런 상황은… 뭐랄까, 공포영화의 한 장면처럼 식은땀이 흐른다고나 할까. 다행히 그런 정적은 오래가지 않았다.

"네메시스 길드?"

"마르스 길드가 아니라?"

"또 새로 길드 만들었나 보지."

"돈도 많네. 길드석이 500골드라던데."

"그런데 저렇게 망토를 쓰고 있으면 좀 위험한 길드 아니야?"

"그러게."

위험한 길드라고? 나는 난처한 표정으로―그래 봤자 보이지도 않지만—주위를 돌아보았다. 정말 내가 쓰고 있는 망토 때문인가? 관심있게 바라만 보거나 머뭇거리는 사람들은 있지만 가입하겠다는 사람은 없었다. 크억, 이럴 수가. 그래도 사람이 꽤 모일 거라고 생각했는데 한 명도 안 오다니! 내 모집 방식에 문제가 있나? 아니면 정말 내가 쓰고 있는 망토 때문에? 고민하며 끙끙거리는데 초등학교를 갓 졸업했을 정도의 귀여운 얼굴의 유저가 큰 눈을 굴리며 내게 다가왔다.

"저기요… 그 길드 가입하고 싶은데… 레벨은 딱 100이고, 아처고… 될까요?"

드, 드디어 한 사람! 나는 활짝 웃으며 고개를 끄덕였다.

"물론이죠!"

"아, 그, 그런가요? 제 이름은 아나르예요."

밝은 표정으로 나를 본 아나르를 보며 나는 싱글싱글 웃으며 아나르에게 손을 내밀었다. 아나르는 순간 움찔하다가 조심스럽게 내 손을 잡았고, 나는 아나르의 손을 잡으며 말했다.

"네메시스 길드의 '검은 도적' 스노의 이름으로 아나르를 네메시스의 길드원으로 임명합니다."

그와 동시에 아나르의 손등에 붉은 동그라미가 생기더니 그 안에 천칭 문양이 그려졌다. 손을 떼고 신기한 듯 그 모습을 보고 있던 아나르가 문득 고개를 갸웃거렸다.

"저기… 스노요?"

"아, 예. 무슨 문제라도……?"

설마 나랑 원한이 있는 유저 중 한 사람일까 싶어서 아나르의 눈치를 보는데 아나르의 표정이 묘하게 변했다. 그녀는 머뭇거리다가 머리에 쓰여진 모자를 만지작거리며 말했다.

"저기, 혹시 니카몬에서 제 모자를 훔쳐 가셨던 그분인가요?"

흠칫.

기억났다. 초등학생 정도로 보이는 여자애가 활을 꼭 잡고 이건 안 되요! 라고 외치는 모습에 차마 활을 가져갈 수는 없어서 모자를 대신 가져갔는데 그, 그 꼬마애가 얘였나?

"아, 저기, 그러니까 그 상황은, 그러니까 제 퀘스트 때문에 어쩔 수 없어서… 정말 죄송합니다."

"아니에요. 전 별로 스노님 싫어하지 않는걸요. 헤헤헤. 그냥 그때 스쳐 본 스노님이 절 기억하나 좀 궁금해서 그랬어요."

귀엽게 웃으며 볼을 붉적이는 모습에 나는 안도의 한숨을 내쉬었다. 다행이군. 하마터면 최초로 내가 가입시킨 길드원이 스스로 탈퇴할 뻔했다.

"자, 아나르님. 이제 길드 본부로 가보세요."

"길드 본부요?"

"예. 아나르님처럼 오늘 처음 가입되신 분은 그곳으로 가기로 되어 있답니다. 적어도 길드장 얼굴은 아셔야 되지 않겠어요?"

"길드장?"

"길드장은 무투 대회에서 우승하신 안시리움님이십니다. 길드 본부는 '길드창' 이라고 말하시면 길드 본부까지의 지도와 현재 접속 중인 모든 길드원들의 이름이 보일 거예요. 길드 본부에 들어가시려면 정문에 있는 문지기에게 길드 마크를 보여주시면 됩니다. 문지기가 길드장님이 어디 계신지 알려주실 거예요. 아, 길드 마크는 이 문신을 말하는 겁니다."

"헤에, 알았어요. 고맙습니다. 나중에 다시 봬요."

아나르는 그 말과 함께 활짝 웃으며 손을 흔들더니 길드 본부가 있는 쪽으로 사라졌다. 아, 어쨌든 이렇게 1명 완료…웅? 나는 살짝 당황한 눈빛으로 나를 둥글게 에워싼 사람들을 바라보았다.

'설마 내가 스노라는 것을 알고 앙심을 품고 집단 다굴?'

충분히 가능성있는 일이라고 생각하며 나는 도망칠 준비를 하며 슬그머니 망토 아래로 손을 넣어 단도를 잡았다. 아, 이래서 악명이 있는 것은 싫다니까. 그렇게 생각한 나는 조심스럽게 스킬 도약을 사용해서 사람들을 뛰어넘으려고 했다. 그런데 그때 갑자기 에워싼 사람들 중에서 한 사람이 뛰쳐나

오더니 내 팔을 꽉 잡았다. 꽤나 빠른 속도에다가 돌발적이어서 미처 피하지 못했는데, 암만 봐도 그 희귀한 도적으로 보이는 차림의 유저가 내 팔을 잡으며 말했다.

"저, 저도 길드 가입하고 싶습니다!"

"예?"

"아, 레벨은 103이고, 직업은 어쌔신입니다. 이름은 카펜도르크, 꼭 가입하고 싶습니다!"

"예, 근데 일단 팔을 놔야……."

"아, 죄송합니다."

내 말에 재빨리 팔을 놓더니 이번에는 단검을 잡고 있던 내 손을 강제로 꺼내더니 악수했다. 그러면서 반짝이는 눈빛으로―사실 망토를 뒤집어쓰고 있어서 잘 모른다. 단지 그럴 거라는 예감―나를 쳐다보았다.

'아, 아무튼 레벨 100도 넘으니까… 음.'

"네메시스 길드의 '검은 도적' 스노의 이름으로, 카펜도르크를 네메시스의 길드원으로 임명합니다."

그와 동시에 카펜도르크의 손등에 천칭 모양의 길드 마크가 나타났다. 그 모습을 본 카펜도르크는 오오옷, 소리를 내며 감탄하더니 기쁜 표정으로 나를 내려다보았다.

"감사합니다! 이제 길드 본부로 가면 되지요? 아까 하신 말씀은 다 들었으니 걱정 마세요. 그럼 이만!"

그러더니 길드 본부 쪽으로 사라져 버렸다. 뭐냐, 저놈은. 황당하다는 눈빛으로 그가 간 곳을 쳐다보고 있는데, 슬금슬금 나를 중심으로 에워싼 원이 점점 줄어드는 것을 느꼈다.

'엑? 에엑?'

"저도 가입 좀⋯⋯."

"스노님, 저 가입시켜 주세요!"

"길드 가입 신청합니다!"

"가입이요!"

갑자기 떼거지로 몰려와 신청하는 유저들의 모습에 나는 당황하며 재빨리 도약으로 그곳을 벗어나서, 차마 바닥으로 내려갈 수가 없어 나무 아래로 도약한 뒤 그대로 높이 뛰어서 3m 위에 있는 두터운 나뭇가지 위로 올라갔다.

그러자 유저들이 우르르 나무 주위로 몰려들었고 나는 그 모습에 식은땀을 흘렸다. 뭐야? 왜 갑자기 사람이 몰린 거지?

나무 위의 고양이 꼴로 나는 옴짝달싹 못한 채 아래에서 가입시켜 달라는 유저의 모습에 어쩔 줄 몰라 했다. 이제 겨우 2명 가입시켰으니, 더 가입시키러 내려가기는 해야 한다. 그런데 이 상태로 내려갔다간 그대로 유저들의 숫자에 밀려 압사당할지도 모른다는 생각이 들었다.

가입은 좋은데, 한 줄로 차례차례 하면 안 되겠니? 그런 말을 해봤자 먹혀들 것 같지도 않아서 그렇게 끙끙거릴 때, 아래에 있던 누군가가 훌쩍 올라왔다. 이런 움직임이라면 같은 도적?

역시나, 짧은 망토와 스카프로 얼굴을 가린 그 모습은 전형적인 도적 모습이었다. 내가 말똥말똥 바라보자, 아주 살짝 보이는 입매가 씨익 호선을 그리는 것이 보였다. 그와 동시에 그가 악수하듯이 손을 내밀었다.

"네메시스에 가입하길 원합니다. 괜찮겠죠?"

"아… 예!"

"저는 레벨 113, 직업 어쌔신, 이름은 뎀이라고 합니다."

"네메시스 길드의 '검은 도적' 스노의 이름으로 뎀을 네메시스 길드원으로 임명합니다."

"감사합니다."

손등에 나타난 길드 마크를 보며 가볍게 싱긋 웃은 그는 감사합니다, 한마디를 하고서는 아래로 뛰어내리더니 모인 유저들의 머리를 산뜻하게 밟으며 마찬가지로 길드 본부가 있는 쪽으로 사라져 갔다. 밟힌 유저들이 욕을 내뱉었지만 신경도 쓰지 않은 채.

그렇게 빠르게 사라지는 모습을 멍하게 보는데 또 다른 검은 형상이 나무 위로 올라왔다. 차림을 보니, 이번에도 도적이군. 단, 여자라는 것이 좀 특이하지만.

그녀는 빙그레 미소 짓더니 당당하게 손을 내밀어 내 손을 잡고 흔들며 말했다.

"저는 레벨 107, 직업 시프. 이름은 나야렌입니다. 잘 부탁드려요."

"아, 잘 부탁드립니다. 네메시스의 '검은 도적' 스노의 이름으로 나야렌을 네메시스의 길드원으로 임명합니다."

"우훗, 고마워요. 그럼 나중에 봐요."

그런 말을 남기더니 가볍게 손가락을 입술에 댔다 떼며 키스를 날렸다. 그리고 무슨 아이템을 썼는지―은신이라면 내가 알아봤을 테니까―그대로 사라졌다.

그녀가 사라지자 아래쪽에서 항의 어린 목소리가 들렸다.

"우우! 같은 도적이라고 편듭니까? 내려와서 다른 직업도 받아주세요!"

"맞아요! 내려오세요!"

그런 그들의 표정에 나는 망설였다. 내려갔다가는 100%의 확률로 이리저리 치인다. 그렇다고 안 내려가면 길드도 욕먹고, 도적 계통 유저들밖에 길드원으로 받을 수 없다. 망설이던 나는 결국 한숨을 내쉬며 내려갈 준비를 하는데, 다시 검은 형상이 나무 위에 부드럽게 착지했다.

"하이, 형."

"아… 천!"

이번에 등장한 이는 카이천이었다. 나는 반가운 표정으로 그를 보았고—보이진 않지만—그도 씨익 웃으며 반갑게—일단 입은 웃고 있으니까—맞이했다.

"형이 길드에 가입할 줄은 몰랐어."

"아… 그게 그렇게 됐어."

"킥, 네메시스란 이름 보니까 대강 어떨지 짐작은 가는데."

"……."

그렇게 티가 나는 이름이었나? 내가 어색하게 웃자 그는 빙글 웃으며 손을 내밀었다.

"가입시켜 줘. 형 길드에 가입할래."

"어? 넌 아틀란티스에서도 길드에 가입하기 싫어했잖아."

"음… 이번에 가입하는 것도 나쁘지 않지. 싫어?"

"아니, 알았어. 레벨 100은 넘지?"

내 물음에 그는 씨익 웃으며 브이 자를 그렸다.

"당연하지! 레벨 120에 어쌔신. 그거 찍느라 죽는 줄 알았어."

그 모습에 피식 웃은 나는 카이천의 손을 잡았다.

"네메시스 길드의 '검은 도적' 스노의 이름으로 카이천을 네메시스의 길드원으로 임명한다."

"아, 고마워. 길드 마크라고 했나? 꽤 괜찮네."

"그래?"

길드 마크가 괜찮다는 말에 나는 기분이 상승하는 것을 느끼며 살짝 웃었다. 밑의 유저들이 시끄럽게 떠들어댔지만, 이 번만은 그냥 무시다.

"근데, 원래 길드가 길드원 모집할 때 간단한 테스트하는 것이 네메시스 방침이야?"

"뭐?"

길드 마크를 신기하다는 듯이 보다가 고개를 돌려 내게 말하는 카이천의 모습에 순간적으로 무슨 말을 하는지 이해하지 못하고 그를 쳐다보았다. 그런데 오히려 그는 이상하다는 듯이 고개를 갸웃거리며 입을 열었다.

"나, 형 찾으려고 이곳저곳 돌아다녔거든. 일단 기본적으로 각 성문으로. 근데 작염의 마법사, 형도 알지? 같은 길드원이니까. 그 마법사는 북문에서 파이어 링을 자기 자신 주변에 만들어놓고 이 마법 뚫고 들어오는 사람 길드원으로 받겠다던데? 그래서 같은 마법 저항력있는 마법사나 방패 들고 무식하게 파고들어 오거나, 그 링 뛰어넘는 사람밖에 못 들어가던 걸. 그래도 파이어 월이 아니라 파이어 링이라서 그런지 그래도 꽤 들어가더라. 근데 같이 있던 사제는 주위에 검은 안개 만들어놓고 자신한테 오는 사람 가입시켜 준다고 하더니… 그 사제 도대체 정체가 뭐야? 그 검은 안개 뚫고 들어가려다 그대로 쓰러지던데? 그 사제가 다시 손 몇 번 움직여서 안개 안 치웠으면 그대로 쓰러져 있었을걸? 그래도 같은 사제는 몇 명 제외하고 쉽게 들락거리긴 하더라. 그리고 서문에서는 웬 여자가 검을 휘두르고 있던데? 가입하는 사람은 자신 스킬 피한 사람만 가능하다면서. 들어보니까 처음에는 한 명씩 받으려고 했는데 줄이 밀리면서 그 여자가 넘어졌는데, 그러고 나더니 검 들고 설친다나 봐. 같은 검 쓰는 직종이 많이 가입하더라, 거긴. 도적은 가입했다가 그 여자가 도적은 자신이 안 받는다고 했고."

"도적은 안 받는다고?"

"응. 가입하고 싶으면 형한테 가보래."

"그, 그래?"

"응. 아, 그리고 남문에서는 어떤 여자가 남문 공터에 가서 활을 날리기 시작하더니 자신한테 공격을 성공시키는 사람만 받겠대. 날아오는 활 때문에 근접 직업은 모조리 불가능하고, 마법사들 공격은 너무 빨라서 다 피하더라고. 솔직히 죽이는 공격이야 맞히겠지만 죽일 수는 없으니까. 그래서 같은 궁수가 활로 맞히던데? 그래 봤자 긁히는 정도였지만. 설마 형도 그럴까 싶어 왔는데… 그래도 형은 평범하네. 나무 위에 올라온 사람을 받는 거잖아."

나는 그의 말에 어색하게 웃었다. 그건 그 밑에서 천의 말을 듣고 있던 유저들도 마찬가지였다. 나야 유저들을 피하기 위해 단순히 여기로 올라온 거지만. 아마 유저들을 받다가 나중에 밀쳐지고 휘둘려지면서 폭발한 것 같은데.

'만약 나도 그렇게 유저들에게 시달리고 나면 그렇게 했으려나? 만약 내가 그렇다면 나 잡는 사람 정도로 했겠네.'

밑의 유저들은 천의 말을 듣고 웅성거리더니 궁수들은 남문으로, 검사나 정사는 서문으로, 마법사나 사제는 북문을 향해 움직이기 시작했다. 남은 자들은 기껏해야 아직 미련을 버리지 못해 이동하지 않은 사람들이거나, 도적 차림을 하고 있는 사람들만 남았다. 도적 차림을 하고 있던 열 명 남짓한 사람은 서로 눈치를 보다가 한 명이 나무 위로 올라왔다.

그는 나와 천을 보더니 살짝 고개를 숙여 인사했다.

"가입될까요?"

"아, 물론이죠. 죄송하지만 이름이랑 레벨, 직업이?"

"이름은 제시온. 레벨은 103, 직업은 어쌔신입니다."

"네메시스 길드의 '검은 도적' 스노의 이름으로 제시온을 네메시스 길드원으로 임명합니다."

"감사합니다. 그럼, 나중에 뵙죠."

그와 동시에 가볍게 회전하며 바닥에 착지하더니 길드 본부를 향해 걸어가는 모습이 보였다. 그런 그의 모습을 힐끗 보던 천은 씨익 웃으며 잘해, 라고 말하고서 내 어깨를 툭툭 치더니 마찬가지로 길드 본부로 사라졌다.

나는 가버린 그들의 뒷모습을 보다가 싱긋 웃으며 아래를 향해 말했다.

"다음 분 올라오세요!"

"수고했다. 그런데 가입시킨 직업 유저들이 좀 편중되어
있군."

안시리움이 서류를 넘기면서 하는 말에 우리들은 어색한
미소를 지었다. 어느 직위 이상이 한 행동은 서류로 남게 되
어 자동으로 길드장의 집무실 책상 위로 전달된다고 한다. 아
마 책 읽는 것 말고는 한 것도 없으니 우리의 행동이 세세하
게 적혀진 서류를 잘 읽었을 거라고 생각된다.

"스노는 궁수 유저 한 명을 제외하고는 전부 도적 계통 유
저들뿐이군. 그건 스이렌과 라멘, 릴도 마찬가지고. 그나마
체른이 마법사가 대다수지만 전사나 도적, 궁수가 가끔 껴 있
고……."

"아니, 아무래도 같은 직업을 가진 사람들끼리 끌리는 법
이잖아? 그래서 유저가 그렇게 몰린 거겠지."

그래서 몰렸다고 하기보다는 우리가 같은 직업을 가진 유
저만 모이도록 임시 가입 조건을 내건 거지. 하지만 괜히 그
런 말을 해서 스스로의 무덤을 파고 싶은 사람은 아무도 없기
에 모두 입을 조용히 다물었다.

안시리움도 사실 그다지 신경 쓰지 않았는지 쌓여 있는 서

류 중에 다른 서류를 집더니 말했다.

"그래도 정말 수고했다. 하루 만에 179명을 모으다니."

"아니… 뭐. 하하하."

안시리움은 자신의 말에 쑥스러운 표정을 짓는 우리를 보더니 피식 웃었다.

"그래. 그리고 이왕 아래층에 길드원들이 다 모여 있으니, 지금 부대도 만드는 것이 좋겠군."

"부대?"

"그래. 길드전이 목적이라면 그렇게 나누는 것이 길드전이 벌어졌을 때 명령 내리기가 쉽겠지. 길드원이 총 300이라고 했을 때, 나는 30명의 개인 부대를 가질 수 있고, 부길드장은 25명의, 너희들은 20명의 개인 부대를 가질 수 있다. 그 개인 부대는 자신 고유로 뽑을 수 있지. 부대를 만들면 부대 이름은 너희들 마음대로 해라. 가능하면 빨리 부대를 만들어보도록 해."

20명의 개인 부대? 왠지 그 말을 들으니까 굉장히 쑥스럽다. 아하하. 안시리움은 그 말을 끝으로 탐탁지 않은 시선으로 책상 위에 올려진 높이 3㎝의 서류들을 바라보더니 곧 한숨을 쉬고 한 장 한 장 읽어나가기 시작했다.

그 모습을 본 우리는 어깨를 으쓱거리며 조용히 밖으로 나갔다.

밖으로 나오자 시끌시끌한 목소리가 저택을 울렸다. 그 179명의 새 길드원이 이 저택에 모두 있으니 당연하려나. 1층의 홀에 마법사와 사제, 전사가 각기 무리 지어 나눠져 있었다. 그리고 궁수 계통의 유저들은 이렇게 안보다는 밖이 좋은지 정원에 모여 있고 도적 계통의 유저들은… 후우, 어디서 체질상 어두운 곳에서 은신하고 있거나 칼 갈고 있겠지. 이 저택은 정원과 1층의 홀이 연결되어 있기 때문에 굉장히 넓게 보이고 실제로도 넓었다. 그래서 그런지 그 정도의 인원이 있음에도 불구하고 좁다는 느낌은 들지 않았다.

'이런 저택을 100골드에 1년간 빌리다니 체른 수완도 장난 아니라니까. 쩝.'

새삼스럽게 체른의 능력에 감탄한 나는 천천히 먼저 가고 있는 사람들의 뒤를 따라갔다. 우리가 1층으로 내려가는 계단에 서자 유저들이 떠드는 것을 멈추고 슬그머니 쳐다보았고 왜 조용해졌나 궁금했는지 정원에서 궁수 계통의 유저들이 홀로 들어오고 있었다. 도적들은… 헙, 왜 1층 방 하나에서 몽땅 나오는 거냐! 그것도 거긴 방이 아니라 창고인데!

거기에다가 어째서 하나같이 죄다 만족한 표정으로—감으로 안다—나오는 건지… 도대체 저 창고에서 무슨 일이 있었는지 듣고 싶다. 고개를 절레절레 흔든 나는 체른을 쳐다보았다. 체른은 우리보다 한 발 앞에 나와 있었는데, 그건 암묵적인 합의 아래 체른을 내세운 우리의 마음이었다. 한마디로 체른이 앞으로 나왔다고 하기보다는 우리가 뒤로 물러난 것이다. 그것을 알아차렸는지 체른이 우릴 향해 못마땅한 표정을 지었지만… 이미 모두의 시선은 체른을 향해 있으니. 체른도 그것을 느꼈는지 큼, 하고 괜히 헛기침을 내뱉은 다음 약간 큰 목소리로 이야기하기 시작했다.

"음, 안녕하세요? 네메시스에 가입하신 것을 환영합니다. 저는 아시는 분은 있겠지만, 네메시스의 부길드장인 체른이라고 합니다."

그렇게 말하고 그가 한 호흡 쉬자 박수가 쏟아졌다. 그에 약간 당황하나 싶더니 그는 머뭇거리다가 다시 말을 이었다.

"일단 여러분께서는 모르는 것이 있다면 언제든지 질문해 주시길 바랍니다. 그리고 특별히 길드원 분들에게 제재를 가하지도 않으니 길드에 큰일이 없을 때에는 마음껏 사냥을 하시거나 퀘스트를 하셔도 됩니다."

그때, 1층 홀에 있던 한 사제 유저가 조심스럽게 손을 들고 물었다.

"저, 질문해도 될까요?"

"예. 물론입니다."

바로 질문이 나올 줄은 몰랐는지 체른의 얼굴에 당황스러움이 순간 스쳐 지나갔지만 곧 부드럽게 웃으면서 대답했다.

그러자 사제 유저는 살짝 긴장했던 표정을 풀며 물었다.

"그러니까 평소에 그렇게 자유롭다면 저희들도 좋으니까 상관없어요. 그런데, 그럼 네메시스는 길드전은 하지 않나요?"

"아니요. 길드전은 할 예정입니다. 사실 네메시스라는 길드를 만든 목적이 길드전, 즉 전쟁을 즐기기 위해서거든요. 아, 전쟁이 싫으신 분들은 굳이 강제로 참가하시지 않으셔도 되니 걱정하실 필요 없습니다."

체른의 말이 끝나자 뒤이어 여러 명이 불쑥 손을 들었고 체른은 잠시 난감한 얼굴을 하다가 손을 들어서 질문할 사람을 골랐다.

"일단… 이쪽 전사 분, 질문해 주세요."

"아, 감사합니다. 그럼 이 네메시스는 전쟁을 목적으로 만들었으니까, 자주 한다는 얘기죠?"

"음… 길드 사정이 되면 그럴 생각입니다. 하지만 무리할 생각은 없습니다. 현재는 길드를 유지하는 데 중점을 둘 생각입니다. 현 시점에서는 싸울 길드도 한 길드밖에 없는 상황이니까요."

하긴, 달랑 두 길드가 있으니 싸운다면 그 둘밖에 없다. 마르스와 네메시스. 나야 싸우면 좋지만…….

전사는 고개를 끄덕이더니 이어 질문했다.

"그럼 길드 유지비라든지, 그런 걸로 걷는 비용이나 아이템들은 있습니까?"

"음, 아이템을 강제로 빼앗거나 다른 분께 넘기진 않습니다. 본인이 얻은 아이템은 본인이 쓰셔야죠. 그리고 길드 유지비는 한 달에 한 번 걷을 생각이지만, 5~10골드 선을 넘기지 않을 예정입니다. 자세한 것은 길드장님과 상의해야겠지요."

5~10골드, 그것도 한 달에 한 번이라면 부담 가는 액수는 아니다. 체른의 말이 끝나자 전사는 손을 내렸고 대다수의 사람이 동시에 손을 내렸다. 아마 길드 유지비 같은 유저들에게 걷는 돈에 대해서 궁금했나 보다. 하긴, 아무래도 직접 돈을 내는 거니까 더 관심이 가겠지.

"그럼 더 이상 질문은 없나요? 아, 거기 마법사 분 질문해 주세요."

"저, 네메시스에 딱히 궁금한 건 없지만, 길드 수뇌부들… 그러니까 당신들에 대해 좀 알고 싶은데요. 저는 길드라고 하기에 그냥 가입한 거거든요."

그 마법사의 질문에 체른은 고개를 끄덕였다. 확실히 여기 있는 우리가 각각 조금씩 명성이 있다고는 하지만 아무래도 모르는 사람이 더 많을 것이다.

"아까 말했다시피, 제 이름은 체른입니다. 그리고 네메시스의 부길드장이고 직업은 작염의 마법사, 레벨은 121입니다."

이어서 체른이 옆에 있는 릴에게 눈짓하자 릴이 재빨리 한 발자국 나오며 말했다.

"제 이름은 릴이고, 네메시스의 '붉은 검사'. 직업은 페이지, 레벨은 114입니다."

"저는 시클라멘이라고 해요. 라멘이라고 불러주시면 되고, 저는 네메시스의 '하얀 사제'. 직업은 어둠의 신 암바브의 사제입니다. 레벨은 119예요."

"이름은 스이렌이라고 합니다. 네메시스의 '푸른 사냥꾼'입니다. 직업은 사냥꾼, 레벨은 116입니다."

드디어 내 차례인가? 나는 조심스럽게 한 발 내디디며 입을 열었다.

"저는 스노라고 합니다. 직업은 도적이고, 특성상 가명을 쓴 점, 양해해 주시길 바랍니다. 네메시스의 '검은 도적'입니다. 레벨은 131입니다."

그런데 지금까지 조용히 있던 유저들이 내 소개가 끝나자마자 여기저기서 손을 들었다. 그러다가 어떤 궁수가 벌떡 일어나서 물었다.

"스노님! 이제 같은 길드원인데 본명 알려주세요!"

사실 내 이름도 길드창을 보면 뜨겠지만, 내 이름 창에는

'검은 도적:스노(가명)' 라고 적혀 있었다. 나뿐만 아니라 본명보다는 가명을 즐겨 쓰게 되는 도적 계통 유저들은 전부 평소 쓰던 가명으로 길드창이 그려져 있었다. 결국 길드 가입했을 때만 본명을 알 수 있었던 것이다. 뭐, 하지만 정체 때문에 별걱정할 것이 없는 것이, 본명과 가명, 직업, 레벨이 전부 쓰인 서류가 길드에 가입하면 자동으로 안시리움에게 이동되기 때문이다.

안시리움이 그걸 버릴 리는 없으니 필요하면 언제든지 유저들의 이름을 알 수 있다.

어쨌든 나는 그 질문에 난감함을 느끼며 어색하게 웃었다. 몇몇 유저들이 합심해서 스노님, 본명을! 이라고 외쳐 대자 나는 한숨을 쉬며 말했다.

"제가 본명을 말하면 저는 제가 지금까지 벌인 일 덕분에 감옥에 가거나, 수배될 확률이 높습니다만."

"……!"

"그, 그런……."

내 말에 소리치던 것을 멈춘 유저들이 당황한 표정을 지었다. 하긴, 이름을 밝히면 감옥에 가거나, 유저 최초로 수배될지도 모른다는데 강제로 밝히라고 할 순 없겠지.

사실, 내 이름을 밝히는 정도로는 수배되거나 잡힐 정도로 내가 나쁜 짓을 하진 않았지만… 이 사람들이 알게 뭐야. 그런데 내 말에 어떤 유저들은 오히려 궁금증이 증폭되었는지 정말 궁금하다는 듯이 물었다.

"그, 지금까지 벌인 일이 뭔데요? 어차피 NPC는 정말 큰 죄 아니면 현장에서 본 것만 잡아가잖아요. 알려주세요!"

"알려주세요!"

이번에는 본명을 못 밝히게 하니까 이러는군. 도움을 요청할 생각으로 힐끗 릴과 체른, 라멘, 스이렌을 바라보았다가… 그대로 고개를 돌려 버렸다. 당신들이 더 반짝이는 눈빛으로 쳐다보면 도대체 어쩌자는 건데… 하아.

정말 골치 아프다는 듯이 머리를 짚었지만, 기대에 가득 찬 사람들을 보니 얘기해 주지 않을 수도 없다. 하지만 단순히 정말 내가 벌인 몇 가지 일만을 얘기했다가는 겨우 그 정도 일 가지고 본명을 못 밝히냐고 할 것이 뻔하니 조금 부풀려서 얘기했다.

"음… 영주의 물건을 들고 도망친 거랑, 니카몬에서 유저들의 물건을 훔친 거랑, NPC의 집에 들어가 물건을 훔친 거랑, 용병들의 물건 들고 도망친 거랑… 그 밖에 '훔쳐서는 안 되는 존재'들에게서 여러 가지 훔쳐서 도망친 것이 다예요."

내 말에 유저들이 황당하다는 듯이 눈을 깜빡였다. 영주의 물건을 잘못 훔쳤다가는 그대로 영지 전체에 수배령이 내려지는 것은 물론 그 영지의 NPC들과의 호감도가 전부 (−)로 바뀌는 것은 물론이고, NPC 집에 들어가 물건 훔친 것은 둘째 치더라도 용병들의 물건을 훔치다가 걸리는 순간 용병 '길드'의 추적을 받는다. 절대로 함부로 훔칠 상대가 아닌 것이다. 차라리 유저들의 주머니를 훔치는 것이 그나마 낫지.

나는 기가 막히다는 듯이 쳐다보는 유저들을 보며 내가 너무 부풀려 말했나, 하고 찔끔했지만 어쨌든 영주에게 물건을 받은 것도 맞고, 용병의 물건을 훔치진 않았어도 들고 있었긴 했다. 감정을 위해서. 약간 왜곡해서 알려준다고 해서 내 잘못은 아니잖아?

그때, 한 도적 유저가 손을 들어 질문했다.

"왜 그러시죠?"

"저기 한 번도 안 걸리셨나요?"

"아, 몇 번 걸리긴 했는데 무사히 정체 안 들키고 잘 도망갔어요."

그런데 내가 방금 한 말에 무슨 실수가 있었던 걸까? 도적들의 눈초리가 반짝거리면서 날 쳐다보기 시작했다. 뭐, 뭐지, 저 눈빛은? 그때 다시 한 도적 유저가 손을 들며 물었다.

"저기, 1년 만에 처음 나타난 시프 수련생이라는 것이 사실인가요? 그것도, 세 길드장의 추천을 받은?"

그것은 어떻게 알아낸 거지?

어떤 정보통이 있기에 그런 말을 들었는지 궁금했지만 이건 진짜 사실이기에 당당히 고개를 끄덕였다. 작은 수정과 함께.

"정확히는 두 명의 길드장님과 한 명의 명예간부지만요."

"오오, 그럼 그림자의 탑에도 갔다 오셨나요?"

"……."

저 길드원 정체가 도대체 뭐지? 잠시 할 말을 잊은 나는 그 길드원을 쳐다보았다가 머리를 긁적였다. 듣고 있던 다른 길드원들은 그림자의 탑이 뭔지 몰라서 서로에게 물어보고 있었다. 그래서인지 질문 도중에 다른 사람이 불쑥 손을 들더니 질문해 왔다.

"질문 중에 죄송한데, 그림자의 탑이 뭔가요?"

그 질문에 내가 그림자의 탑에 대해 말하려는 찰나, 약간 흥분한 듯한 어조의 길드원이─그러니까 정체가 궁금한 그 길드원이─벌떡 일어나며 말했다.

"그림자의 탑! 선택받은 도적 유저라면 갈 수 있는 전설의 탑이죠! 듣기로는 최초의 도적 길드 연합의 창시자도 그 탑에 갔었다던데 시프 수련생이나, 어쌔신 수련생이 아니라면 그곳에 들어갈 수 없죠. 2층까지만인가? 그 이상 못 들어간다고 해요. 도적 계통 직업이 아니면 1층도 못 들어가고… 아, 그림자의 탑에 들어간 최초의 유저가 바로 스노님이죠? 그 말 듣고 정말 놀랐어요!"

"……."

난 그걸 알고 있는 네가 더 놀라워.

내 마음을 아는지 모르는지 그 유저는 '스노님, 굉장해요!'
라는 말을 연신 떠들어댔다. 기분이 좋긴 한데 목소리를 들어
보니까 나보다 몇 살은 어린 것 같다. 한 중학생 정도로. 체격
도 여자도 아닌데, 저 정도라면 꽤나 작으니까. 나는 덩달아
스노가 정말 굉장한가, 라는 말을 중얼거리는 릴을 무시하며
그 길드원에게 말을 걸었다.

"저기요."

"아, 네, 네? 저요?"

"예. 궁금한 거 하나 물어도 될까요?"

"언제든지 물어보세요, 스노님!"

"어떻게 그렇게 잘 아시나요? 그거, 유저들이 알 정보는 아
닌데."

미심쩍은 어투로 묻자 주위에서도 수상하다는 눈빛을 보
내기 시작했다. 확실히 나나 모드리네 길드장과 함께 있었던
사람들을 제외하고는 모를 정보를 알고 있으니 참. 그러나 그
런 눈빛에 그저 잠깐 고개를 갸웃거리던 그는 밝은 목소리로
말했다.

"아, 그러고 보니까 아까 제 직업은 안 들으시고 바빠서 레
벨만 들으셨었죠? 저는 히든 직업 '어겐트'예요. 쉽게 말해

서 정보원."

히든 직업?! 나는 놀란 눈빛으로, 만약 얼굴이 보인다면 배시시 웃고 있을 저 유저를 쳐다보았다. 어젠트, 정보원이라… 그래서 그렇게 정보가 빠삭한 건가?

히든 직업이라는 말에 놀란 눈빛으로 저 길드원을 보며 여기저기 속삭였고 그러자 얼굴을 붉히면서 에헤헤, 웃음을 흘렸다. 직업의 힘으로 알았다니까 할 말은 없네.

"어쨌든, 저에 대한 질문은 이걸로 끝난 걸로 알겠습니다."

"예~"

지금은 나보다 히든 직업이라는 어젠트에 더 관심이 가는지 대강 대답하는 그들을 보며 피식 웃었다. 그나저나 질문받는 것도 힘드네. 목을 이리저리 움직인 나는 낮게 한숨을 쉬었다. 그런 나를 본 체른이 싱긋 웃더니 한 발자국 앞으로 나서서 박수를 짝, 한 번 치는 걸로 시선을 집중시켰다.

"그럼 이만 저희들은 가겠습니다. 여러분께서는 마음껏 휴식을 취하시거나 지금 나가서서 사냥을 즐기셔도 상관없습니다. 그리고 이곳은 언제든지 길드 여러분을 향해 열려 있으니 원하시는 대로 이곳에 머물러 계셔도 됩니다. 그럼……."

사실 각자 부대를 만들러 왔지만, 지금 만든다는 것은 아무래도 서로 익숙하지도 않아 힘들 것 같으니 그냥 가려는 모양이다.

체른의 말과 함께 우리가 2층의 집무실로 되돌아가자 산발적으로 '안녕!' 이라든지 '잘가요~' 라는 인사말이 들렸고 그런 말들을 흘려들으며 우리는 집무실에 도착한 후 그대로 소파에 쓰러지듯 앉았다.

"힘들어. 피로도가 80이야."

"그러게요. 언제 이렇게 쌓인 건지."

"말시키지 마세요. 전 90입니다."

"후우."

그렇게 널브러지는 우리의 모습을 힐끔 본 안시리움도 한숨을 내쉬더니 들고 있던 종이 뭉치를 내려놓았다.

"나도 앉아서 서류만 읽었는데 60이다. 후우."

우리들보다도 낮긴 하지만 서류만 읽어서 저 정도 수치까지 올랐다는 것은 차라리 돌아다니면서 피로도 쌓이는 것이 더 마음 편하겠다. 고개를 절레절레 흔들며 변하지 않고 쌓여 있는 책상 위에 놓여진 서류들을 바라보았다. 길드장이라는 것도 힘든 거였군.

"길드라는 것, 생각보다 많이 힘드네."

스이렌의 중얼거리는 듯한 말에 모두의 고개가 끄덕여졌다. 솔직히 길드 만들고 길드원 모으고 이 두 가지가 이렇게 피곤할 줄은 몰랐다. 갑자기 아틀란티스의 거대 길드의 길드장이라든지, 수뇌부가 존경스러워지려고 한다. 개인적인 원한이 좀 많긴 하지만 그쪽은 거의 매일 이런 일을 할 거 아니냐고.

"그래도 앞으로 하루 이틀만 더 모아서 길드원 300명 정원 채우면 각자 알아서들 할 일 하겠지."

"앞으로 이틀은 더 이렇게 행동해야 하나요? 나무 위에 있는 거, 솔직히 균형도 잘 잡아야 하고 몸이 긴장도 돼서 생각보다 꽤 힘든데."

"그나마 너는 낫지. 나는 검 들고 상대하는 거야. 스이렌도 정신없이 화살 날리는 거고, 체른이나 라멘도 마법과 스킬을 한계까지 사용하는 거고."

그렇긴 하다. 어찌 보면, 아니, 확실히 그나마 내가 제일 나은 건지도. 그렇게 생각하며 고개를 끄덕이는데 문득 안시리움이 날 바라보고 있는 것이 느껴졌다. 그에 의아한 시선으로 마주 바라보는데 안시리움이 약간 무겁게 입을 열었다.

"스노."

"예?"

"네 목적은 복수라고 했지? 그 크라드라는 유저에게."

크라드에게의 복수. 나는 그 이름을 듣자마자 살짝 분노가 이는 것을 느끼며 애써 담담히 대답했다.

"예."

"잘하면 할 수 있게 될지도 모르겠다. 네 복수."

"예?"

의아한 시선으로 그를 바라보았지만, 어쩐지 안시리움은 살짝 찌푸려진 안색으로 창밖을 보고 있을 뿐이었다.

그 뒤로 안시리움에게 무슨 말이냐고 물으려고 했지만 안시리움은 살짝 시선을 피하며 피곤하다는 듯이 눈을 감은 채 의자에 등을 기대고 있었기에 질문하는 것은 포기해야 했다. 저렇게 피곤해 보이는 사람을 강제로 깨워서 질문하기에는 내가 너무 물렀고, 주위의 눈초리도 곱지 않았다.

'후우. 그래도 이왕이면 말하고 잘 것이지, 자도.'

주위를 보니 내게 곱지 않은 눈초리를 보내던 일행도 정말 피곤했는지 잠에 빠져 있었다. 나도 약간 졸리는데? 머리를 긁적인 나는 아쉬드르에서 자는 것보다 현실에서 자는 것을 선택했다.

나는 그들이 깨지 않도록 조용히 로그아웃을 하며 아쉬드르를 나왔다.

"후우……."

고글을 벗은 나는 살짝 땀이 맺힌 머리카락을 쓸어 넘겼다. 역시, 머리를 긁적이는 것보다야 이것이 더 낫다. 그렇게 고글을 벗고 침대에 누웠지만, 나는 약간 난감해졌다. 분명히 방금 전까지만 해도 졸음이 쏟아졌는데 막상 누우니 잠이 사라져 버린 것이다.

가끔 이런 경우가 있었기는 하지만 겪을 때마다 기분이 이상하다니까. 결국 잠이 깨버린 나는 다시 아쉬드르에 접속하기도 뭐해서 시간을 때우기 위해 컴퓨터를 켜고 아쉬드르의 홈페이지에 접속했다.

니카몬 사건 이후에 한동안 나에 대한 욕이 꽤나 많이 올라와서 그 기간 동안은 접속하지 않았다. 나는 내 욕을 보고도 마음 좋게 그래 그렇구나, 내 잘못이지라고 넘어갈 만큼 속이 좋지 못하기에 차라리 보지 않았다.

그것이 가장 마음 편한 방법이니까.

덕분에 아쉬드르를 하지 않는 동안 오랜만에 공부도 하고, 책도 좀 읽었지만 이제 슬슬 내 욕도 가라앉을 때가 됐지 않았나 싶다. 요 근래에는 축제라든지, 무투 대회, 길드 같은, 꽤나 다양한 주제가 있으니 굳이 오래된 나에 대한 얘기를 쓸 필요가 없을 테니.

역시나.

아쉬드르 홈페이지에 올려진 글을 보니 스노에 대한 글은 하나도……

[요즘 스노 동향은 어떤 가요? 작성자 : 병장토깽이]

"……."

끈질기네.

잠잠해졌으면 그냥 조용히 있나 보다 생각할 것이지 무슨 동향은 동향.

그 글에 생각보다 많은 리플이 달려 있는 모습에 잠깐 고민하던 나는 결국 그 글을 클릭했다.

[아무래도 요즘은 좀 잠잠한 것 같아서요. 보통 폭풍 전 고요라고 많이 하잖아요? 그래서 그런가, 왠지 스노가 잠잠한 걸 보니까 좀 불안하네요. 대형사고 터뜨려 버리는 거 아니에요? 그럼 재밌겠는데.]

내 욕이라고 하기보다는 자기가 원하는 것을 대강 적어놓은 것 같은데. 쳇, 재밌는 것을 원하면 자기가 그런 사고를 터뜨리던가. 그리고 내가 잠잠하면 불안해? 속으로 투덜거리며 밑의 리플들을 쭈욱 내려보다가 인상을 더욱 찡그렸다.

어떻게 된 리플이 하나같이 '그렇죠? 이상하게 조용하네요', '그 님 제발 조용히 겜 생활 했으면 좋겠음', '엉엉. 내 아이템 내놔, 스노님아'. 어쨌든 대부분이 동의한다는 내용들이었다. 열받네. 진짜 수도에서도 마음먹고 훔쳐 버려?

짜증이 불쑥 치솟는 것을 느끼며 나는 게시판 목록을 훑어보았다. 가끔 스노 어쩌고가 있었지만 이번에는 산뜻하게 무시하고 길드에 대한 글을 찾았다. 그때, 갑자기 새 글이 올라왔다.

[두 번째 길드! 길드명 네메시스! 작성자 : 모토비]

이거 우리 길드 말하는 거잖아? 길드원 중에 누가 나와서 올렸나? 호기심으로 그 글을 클릭하자 꽤 긴 글이 나타났다.

[드디어 최초 길드 마르스를 제외한 다른 길드가 등장했습니다! 하루 만에 길드원이 100명을 넘게 된 신생 길드 네메시스!
어떻게 길드원이 100명이 넘는 것을 아냐고요? 예. 제가 거기 길드원이어서 압니다. 정확히 170 몇 명이었던 걸로 기억해요. 네메시스, 아무래도 마르스랑 비교하면 많이 꿀리지 않느냐고요? 천만의 말씀!
>m<
길드장님은 무투 대회 우승자이신 안시리움님이시고, 부길드장은 최초의 히든 직업자 작염의 마법사 체른님이십니다! 그것뿐만 아닙니다. 초보 시절에 많이 들어봤었죠? 백발백중이었던 스이렌님도 거기 계십니다! 지위가 '푸른 사냥꾼'이라더군요. 아무래도 아처로 전직하실 줄 알았는데 사냥꾼으로 전직하셨나 봅니다. 뭐, 렌 누님이야 사냥꾼도 어울리지만요, 흐흐. 어쨌든 이어서 '붉은 검사' 릴! 이분도 참

예쁘시더군요가 아니라, 이분 실력도 장난 아니죠. 무투 대회에서 페이지 여자 유저끼리 붙은 거 있죠? 그분 중 하납니다. 캬아, 그 검 솜씨 예술이었죠. 그리고 시클라멘! 라멘! 누군지 처음 들어보신다고요? 예. 사실 저도 길드 들어와서 처음 들었습니다. 그런데 무려 사제 히든 직업! 어둠의 신의 사제랍니다. 허허허. 아, 다크 프리스트랑은 좀 다른, 말 그대로 좀 다른 신을 모시는 사제라고 하던데, 허허허. 저 같은 경우에는 그분이 능력 발휘하는 거 길드 가입 시험에서 봤거든요? 햐아~ 스킬 이름이 '어둠 신의 숨결'이랬나? 그 스킬 쓰니까 그 님 주변에 검은 안개 꼈는데 레벨 100 전사가 거기 들어가니까 꼼짝 못하고 바로 기절하더군요.

개사기 스킬 아닙니까? 허허허. 아, 그 님의 길드 직위는 '하얀 사제'입니다. 개인적으로 '검은 사제'로 바꿔야 할 것 같은… 쿨럭, 하긴 그 이름을 가진 분은 이미 따로 있으니까요.

누구냐고요? 궁금하죠? 바로 스노님입니다!

어떤 스노냐고요? 당연히 사막 이벤트 이끌고, 니카몬에서 훔치기로 악명 키우고, 무투 대회에서는 그 예술 같은 칼 솜씨 보여줬던 그 스노입니다. 요즘 짝퉁이 많기는 하지만, 이 분 확실히 스노님 맞습니다.

밑에 분들, 요즘 스노님 잠잠해서 불안하다고 하셨죠? 여기 계십니다. 길드 직위는 '검은 도적'! 이분에게 어울리는 이름이죠. 솔직히 허구한 날 그런 검은 망토 뒤집어쓰고 다니시니까요. 쯧쯧. 그래서 도적 계통 유저들은 모조리 그거 따라 해서 그렇게 망토 쓴 유저들은 마법사가 아니라 대부분이 도적이 됐잖아요.

그래서 '신비주의인가? 폼 잡긴' 이라고 생각하신 분 많죠? 그런 생각 이제 버리셔야 될 것 같습니다. —— 스노님, 사고 너무 치신 거 아닙니까? 어떻게 용병이랑 영주 물건을 훔치고 달아납니까? 듣자 하니까 NPC 집 턴 것은 기본이라면서도? 참 그러니까 망토 벗자마자 수배될 만하죠. 능력도 좋으시네요, 솔직히.

저 같으면 예전에 꼬리 잡혀서 감옥에 넣어졌을 텐데. 어쨌든 다 좋으니까 이제 길드원에게 피해가는 건 하지 맙시당. 전에 니카몬에서 듣자 하니까 전직퀘 때문에 어쩔 수 없었다고 하시는데, 이해한다고요. 그러니까 이제 하지 말아주세요! 기억 안 나시겠지만 저도 니카몬 사건의 피해자 중 하나니까요. 부릅! 어쨌든 그런 스노님이 저희 길드에 계십니다. 그러니까 많은 도적 유저 분들 찾아오세용. 후후후. 하긴 저희 길드에 도적들만 스노님 합쳐서 20명 가까이 됩니다. 솔직히 그 숫자 제가 지금까지 보거나 들었던 숫자보다 더 많아요. —— 마르스 길드에서도 도적 수는 10명 안팎이라고 하던데 스노님 때문인가? 도적 유저가 좀 있네. 뭐, 좋은 현상이겠죠? 도적이랑 같은 길드면 그 도적님이 같은 길드원 주머니 털진 않겠죠. 특히 스노님!

이걸로 대략 네메시스 수뇌부 설명 끝. 쓰고 나니까 스노님에 대한 것이 꽤 되네. 하긴, 워낙 사고치신 분이 아닌감.

아, 추가로 말하자면 네메시스 길드 본부 장난 아님! 돈 퍼부었다 봄. 2층 저택에 정원도 장난 아니게 넓음. 유저 170이 한 홀에 다 들어감.

결국 이 글의 궁극적인 목표는 길드 자랑입니다. 탕! 네메시스 길드 만세!]

마지막까지 다 읽은 나는 피식 웃었다. 뭐, 군데군데 내 이야기에서 거슬리는 얘기가 좀 됐지만 그 정도야 애교로 봐줄 수 있다. 길드원이 자기 길드를 자랑한다는데 굳이 할 말이 뭐 있겠는가. 약간 기분이 좋아지는 것을 느끼며 게시판 목록으로 되돌아왔다.

게시판에 되돌아오자 그새 다른 길드원이 올린 것으로 보이는 네메시스 길드에 대한 글이 보였다. 후후후. 기분 괜찮은데?

그런데 문득 방금 써진 조회수 10 미만인 따끈따끈한 글의 제목이 시선을 확 잡아끌었다.

[마르스 VS 네메시스??? 작성자 : 다크포스]

"……."

마르스 VS 네메시스라면, 당연히 마르스 길드와 네메시스 길드를 뜻하는 것이다. 나는 살짝 빠르게 뛰는 심장을 느끼며 조심스럽게 글을 클릭했다.

지금 생각해 보면 그 다크포스란 작성자가 쓴 그 글이 사건의 진짜 발단인지도 몰랐다.

[마르스 VS 네메시스??? 작성자 : 다크포스]

갑자기 궁금해져서 올리는데요. 최초 길드 마르스. 두 번째 길드 네메시스. 솔직히 보기만 하기에는 '최초'란 길드 타이틀도 가졌고, 아틀란티스의 붉은 전사 크라드가 이끄는 길드가 확실히 강할 것 같은데 솔직히 네메시스는 아쉬드르 무투 대회 우승자인 안시리움이 길드장이라면서요? 그에 비해 크라드는 무투 대회 참가했다가 떨어졌잖아요. 본인은 상대 몬스터가 나쁘다고 했는데 글쎄……. 뭐, 그렇다고 쳐도 그 길드에 무투 대회에 든 사람만 안시리움, 체른, 릴, 스노 합해서 무려 4명입니다. 거기에 초보 때부터 궁수로 이름 날리신 스이렌님도 있고. 거기에 밑에 글 보고 알았는데 그 시클라멘이라는 사제도 무슨 히든 직업 사제라면서요? 체른도 히든 직업인데. 어쩐지 좀 마르스가 밀려 보이지 않아요?

뭐, 마르스도 나름대로 강한 유저들도 있고, 아틀란티스에서 많이 싸워서 경험도 많고, 같은 길드원이었기에 서로 호흡도 맞는다고 하지만 그건 어디까지나 아틀란티스 얘기지, 아쉬드르 얘기가 아니잖아요? 아쉬드르에서도 호흡 잘 맞는다는 보장 있나? 없잖아요? 못한다는 보장도 없지만서도. 거기에 몬스터 많이 잡은 경험? 솔직히 저도 아쉬드르하기 전에도 다른 게임 하면서 몬스터 많이 잡았습니다. 별로 끌리는 메리트가 없네요.

아무튼 그 두 길드가 맞붙는다면 어떨지 무척 궁금해져서 올렸습니다. 아마 저랑 같은 생각하시는 분 꽤 될걸요?

ps. 태클 사절임.

나는 약간 싱숭생숭한 기분으로 아쉬드르에 접속했다. 다크포스가 작성한 글이 자꾸 머릿속에 떠올랐다. 확실히 우리 길드, 먼저 만들었던 마르스보다 사람이 조금 달릴지는 몰라도 적어도 수뇌부끼리 싸움 붙이면 이길 자신 있다. 마르스의 수뇌부 대부분이 무투 대회에서 본선에 못 올라갔던 사람들이다. 본선에 올라갔던 사람은 두 명이랬나, 한 명이랬나? 그에 비해 우린 네 명이나 올라갔으니. 거기에 다른 두 명도 한 명은 히든 직업, 한 명은 유명한 궁수—사실 처음 알았던 사실이었지만—라고 하니.

마르스 길드, 생각보다 그렇게 대단하게 볼 필요 없을지도 모른다. 그러고 보면 난 아틀란티스에서 그 초거대 길드였던 아레스 길드 수뇌부 크라드를 건드릴 수 없었던 거지, 지금처럼 서로 초보 길드 수뇌부인 크라드를 건들 수 없는 것은 아니었다.

"흐음."

그래도 괜히 암살이라든지 기습을 하려고 했다가 잡히거

나 실패했다가는 내가 누구인지 아는 것은 물론 잘못하면 아틀란티스에서의 나까지 기억할지도 모르니까 조금 곤란하고. 합법적으로 죽일 수 있는, 한마디로 크라드 입장에서 그저 내가 그를 죽여도 크라드는 그저 적 길드원이었으니까 공격했겠지라고 생각하게 만드는, 개인적 원한이 없는 것처럼 죽일 수 있는 길드전이 필요했다.

하지만 길드전을 내 마음대로 하고 싶다고 시작되는 것도 아니고, 어디까지나 쌍방 길드장의 합의 아래에 이루어지는 것이 길드전이니까.

'그래도, 전에 안시리움이 내 복수가 가능할지도 모른다는 것에 희망을 걸어볼까?

그저 안시리움이 위로차 했던 말이라도 괜찮다. 시간이 좀 걸릴지 모르지만 크라드 성격 봐서는 분명히 마르스를 거대 길드로 만들려고 하는데, 초창기라고 해도 우리 길드 같은 라이벌 길드를 가만 놔둘 리가 없으니.

'그래, 지금은 일단 기다려 보자고.'

그렇게 생각을 마무리 지으며 감고 있던 눈을 떴다. 눈을 떠보니 나는 안시리움 집무실의 소파에 기대앉아 있는 모습이었다. 아, 맞아. 이 자세에서 로그아웃했었지. 슬그머니 몸을 일으켜 주위를 보자 다른 사람들은 없고 안시리움 혼자서 집무실 책상에 앉아 서류를 보고 있었다.

그는 내가 슬그머니 몸을 일으킨 것을 눈치 챘는지 시선을 내 쪽으로 돌려 가볍게 고개를 꾸벅이는 것으로 인사했고 나도 손만 흔들었다. 그러고는 다시 서류에 시선을 옮겼다. 그런 그를 가만히 보던 나는 조용히 물었다.

"다른 사람들은요?"

"길드원을 모집하러 갔다. 이렇게 새로 신입 길드원의 서류가 계속 도착하는 것을 보면 굳이 너까지 모으러 갈 필요는 없어 보이는군. 이걸로 257명째니까. 그들이 알아서 모을 것 같다."

"그래요? 그렇다면야 굳이 고생할 필요는 없겠죠."

그렇게 말한 나는 머리를 긁적이며 편한 자세로 소파에 앉았다. 그리고 계속 서류를 보는 안시리움을 힐끗 쳐다보았다가 다시 시선을 창밖으로 향하며 멍하게 바라보았다. 다른 사람들이 오면 같이 파티 맺어서 사냥터나 가볼까. 아니면 일단 부대라는 것을 지금 만들어볼까. 옆에 길드창 보니까 대부분 사냥 표시로 되어 있으니까 나중에 할까. 카이천 이 녀석은 도시 안에 있네. 뭐 하고 있을까.

그렇게 멍하게 창밖으로 시선을 보내고 있는데 안시리움이 서류에서 시선을 돌리지 않은 채로 내게 물었다.

"너는 만약 마르스 길드와 네메시스 길드가 싸운다면 어느 쪽이 이길 것 같나?"

"음, 우리 길드요."

"객관적으로."

"역시 우리 길드."

내 대답에 안시리움은 서류에 보내던 시선을 떼서 날 보더니 다시 시선을 서류로 향했다. 그런 그 모습을 보던 나는 이상하다는 듯이 물었다.

"근데 왜 물어요?"

"잘하면 마르스 길드와 우리 길드가 길드전을 벌일지도 모르겠다."

그렇게 원하던 것이 길드전이라는 단어였는데, 막상 그 말을 들으니까 심정이 복잡했다.

"근데, 길드전하기에는 우리 길드 만든 지 이틀 됐잖아요."

"저쪽도 삼 일이니까 피장파장이지."

"그렇긴 하네."

이틀이나 삼 일이나 그게 그거니까. 그렇게 생각하며 머리를 긁적였다.

"우리 길드가 먼저 길드전하게요?"

"글쎄. 먼저 칠 생각은 없다."

"저 때문에? 아니면 다른 이유?"

"후자라고 해두지."

궁금하다는 듯 묻는 질문에 간단히 대답하니까 조금 마음이 상한다. 젠장! 좀 성의있게 대답하라고, 길드장님아! 마음에 안 든다는 시선으로 바라보며 속으로 이게 마지막 질문이라고 생각하며 입을 열었다.

"왜, 마르스 길드에서 싸우자고 해요?"

"그래."

"……."

순간적으로 안시리움이 한 말을 이해하지 못해 멍하니 쳐다보다 내가 한 질문과 안시리움이 한 대답을 곰곰이 생각했다. 분명히 나는 약간 비꼬는 어조로 마르스 길드가 우리 길드에 싸우자고 했는지 물었고, 안시리움은 '그래' 라고 대답했다. 마르스 길드가 먼저 우릴 치려고 한다고? 나는 어이없음을 느끼며 재차 물었다.

"왜 싸우자고 하는데요? 서로 만든 지 얼마 안 되니까, 적어도 세 달 뒤에야 싸우자고 할 줄 알았는데?"

세 달 뒤면 길드원 인원을 1,000까지 늘릴 수 있으니까. 그런데 이제야 삼 일, 이틀 된 길드끼리 싸우자고? 그랬다가 길드원들이 다 떠나 버리면 어쩌려고?

"나도 모르겠다. 어제 너희들이 길드원을 모집하러 나갔을 때, 갑자기 그쪽 길드장이 찾아와서는 싸우자고 하더군. 싸우지 않을 거라면 길드를 친목 길드로 만들든지. 둘 중 하나를 선택하라고."

어제라면 길드 만든 당일이잖아? 기가 막힌다. 만든 지 하루도 안 된 길드에 선전포고를 하러 와? 어떻게 길드가 만들어졌다는 것을 알았는지도 궁금하다. 게시판에서조차 아까 올라온 글이 네메시스 길드에 관한 가장 최근 글인데.

"뭐, 어차피 이제 와서 친목 길드로 바꾸기에는 늦었잖아요."

이미 길드 인원이 300명에 가깝다. 그 정도라면 이미 친목 길드의 길은 사라졌다고 보는 것이 옳다. 내 말에 안시리움이 피식 웃더니 서류를 내려놓았다.

"너도 다른 사람들과 같은 의견이군."

"다른 사람들?"

"스이렌, 릴, 체른, 라멘 말이다. 특히 체른 같은 경우는 오히려 좋아하더군. 하긴 그는 애초부터 길드전이 목적이었으니까. 다른 사람도 유저와 싸운다는 것 자체를 즐길 생각으로 하는 것 같지만 네게는 좀 다르겠지?"

그렇게 물으며 그답지 않게 꽤나 부드럽게 웃는 것을 보며 나는 씨익 웃었다.

"제게는 길드전이 아니라 복수전이죠."

그리고 정확히 2시간 후 길드 최대 인원인 300명을 채우면서 다른 사람들이 집무실로 도착했다. 다들 지친 표정으로 도착한 것을 보니 오늘도 꽤나 힘들었나 보다. 들어오자마자 안시리움과 태평하게 길드전 얘기를 하고 있는 나를 보며 릴이 못마땅하다는 듯이 쳐다보았지만 아무 말도 하지 않고 그저 소파에 쓰러지듯 누운 것이 그 예라고 할 수 있다.

내가 노는 모습을 보이면 가차없이 독설을 날릴 준비를 하는 릴이 그냥 넘어갈 정도니. 역시 안 나가길 잘했군. 그렇게 생각하면서 빙긋 웃는 내 모습을 본 체른이 고개를 푹 숙였다. 어쩐지 체른의 손이 주먹을 쥔 채 떨리고 있는 것은 내 착각인가?

그렇게 일단 다른 사람들이 입을 열 정도로 휴식을 취한 후 제대로 앉은 다음 작은 회의를 시작했다.

"이미 길드 인원도 300이 되었겠다, 마르스 길드가 말한 친목 길드의 길은 이미 저버렸다고 할 수 있지. 아마 마르스 길드가 곧 길드전을 신청할 것이다. 길드는 제일 첫 번째 도전하는 길드전은 반드시 붙는 것이 원칙이고."

"쳇, 그런 원칙 없었으면 좋은데. 어쩔 수 없잖아? 길드전 신청하면 싸워야지."

"생각보다 빨리 길드전이 시작되는군요. 후후후."

"몬스터보다는 유저가 더 손맛이 좋겠지."

릴, 체른, 스이렌의 말에 라멘과 나는 그저 어색하게 웃었다. 릴과 체른은 그렇다 쳐도 스이렌까지 그럴 줄은 몰랐다.

몬스터보다 유저가 더 손맛이 좋다고? 그게 도대체 무슨 말인지. 가볍게 혀를 찬 나는 안시리움의 시선에 싱긋 웃었다. 아까 이미 이야기가 돼 있었지만 일단 회의인만큼 자기 의견을 다시 말하라는 것 같았다.

"전 당연히 찬성입니다. 크라드, 반드시 죽여 버리고 말 거니까요."

"흠, 정말 맺힌 것이 많나 보네."

"당연하죠! 가능하다면 크라드 그 캐릭터 자체를 삭제시키고 싶을 정도라고요! 같은 게임을 하고 있다는 것 자체가 싫어요!"

내 격한 반응에 신기하다는 듯이 쳐다보던 릴은 어깨를 으쓱하더니 라멘을 쳐다보았다. 안시리움의 시선도 라멘을 향했는데, 아무래도 라멘의 의견도 들을 예정인가 보다. 확실히 라멘도 자격이 있지만 성격으로 봐서 아무래도 싫다고 할 것 같은데.

그런데 정말 의외로 라멘은 머뭇거리다가 단호하게 결심한 눈빛으로 말했다.

"저도 마르스 길드와의 전쟁은 찬성이에요."

"정말로? 솔직히 라멘 네 성격상 전쟁은 싫다고 할 줄 알았는데."

내 말에 라멘이 어색하게 웃으며 머리를 긁적였다.

"그게 아무래도 제가 어둠의 신의 사제로 전직한 다음부터는 회복계 스킬보다는 공격계 스킬을 많이 얻었거든요. 그걸로 많이 사냥을 했더니, 왠지 싸우는 것이 재밌더라고요."

여기 타락한 사제님 하나 등장이군. 전에는 전혀 아니었는데 싸움을 좋아하는 사제라니. 뭐, 애초부터 공격계 사제라고는 하지만 전의 순수했던 라멘과 비교하면 조금 서글픈 현실이랄까.

라멘까지 찬성하자 회의의 분위기는 밝아졌다. 당연한 것이 라멘까지 찬성했으니 만장일치로 길드전을 찬성한 것이나 마찬가지기 때문이다.

물론 어디까지나 네메시스의 수뇌부들끼리의 얘기로 아무래도 길드원 전체에게 쪽지를 돌려 물어봐야 할 것 같다. 아, 길드가 되고 나서 가장 의외인 것이 길드장을 포함한 부길드장, 그리고 우리들은 길드원에게 무려 '쪽지'를 보낼 수 있다는 것이다. 말이 쪽지고, 정식 이름은 '길드의 목소리'지만.

길드의 목소리는 시전 시간이 10초가 걸리고, 마나 50%를 대가로 바친 뒤 길드원 전원 혹은 특정 인물에게 자신의 목소리를 전하는 것이다. 그렇게 전해진 목소리는 쪽지 형식으로 변해 지정한 길드원들에게 배달되고.

어쨌든 그렇게 길드의 목소리로 체른이 길드원들에게 의견을 물었다.

[지금 마르스 길드가 저희 네메시스 길드와의 길드전을 원하고 있습니다. 일단 수뇌부는 만장일치로 전쟁을 찬성했습니다만 길드원 여러분의 의견을 묻습니다. 만약 전쟁을 원하시는 분들은 내일 아침 9시까지 길드 본부의 홀로 오시길 바랍니다. 그 외 전쟁을 하고 싶지 않은 분들은 사냥이나 퀘스트를 하며 아쉬드르를 즐기십시오. 감사합니다.]

그렇게 체른의 길드의 목소리가 끝나자 체른이 휴우 하고 한숨을 내쉬며 자리에서 일어났다. 의아한 시선으로 보자 그가 싱긋 웃으며 말했다.

"아무래도 곧 길드전이 벌어질지도 모른다는데, 만약을 위해서 준비는 해둬야죠."

체른의 말에 스이렌도 자리에서 일어났고 라멘도 고민하다가 자리에서 일어났다. 물론 나도 마찬가지로 함정이나 비도용 단검이나 사둘까, 생각하며 몸을 일으킨 것이다. 결국 남은 것은 릴인데 릴은 정말 준비할 것이 없는 듯 모여진 시선에 머리를 긁적이다가 우리가 일어서서 남은 소파의 공간에 그냥 누워버렸다.

굳이 준비하지 않아도 될 사람에게 뭐라고 하고 싶지는 않지만 그렇게 누워버리다니. 혀를 차며 문을 열고 사라지는 일행의 뒤를 따라갔다.

이봐요, 릴님. 방금 당신 친구가 당신을 한심하다는 눈빛으로 본 것은 알고 있나요? 고개를 절레절레 흔들며, 길드 본부 앞에서 가벼운 인사와 함께 헤어진 나는 도적 길드로 향했다.

"어머, 오랜만이네? 요새 통 안 보이던데."

빙그레 미소 지으면서 날 보는 바텐더의 모습에 나도 싱긋 웃었다.

"일이 있어서요. 함정 도구를 사고 싶은데, 어떻게 구할 수 있을까요?"

내 물음에 바텐더는 들고 있던 잔을 내려놓으며 싱긋 미소 지었다.

"공짜는 없어. 한 잔 사면 알려주지~"

이 아줌마가 정말. 나는 약간 어이없다는 눈빛으로 그녀를 쳐다보았지만 그녀는 미소를 잃지 않고 나를 보고 있었다. 결국 나는 나이 제한 때문에 마시지도 못하는 술을 시키며 그녀에게 돈을 바칠 수밖에 없었다.

술값은 내가 내고 마시기는 바텐더가 마시다니. 뭐 이런 경우가… 속으로 투덜거렸지만 그래도 그녀가 제대로 함정 도구를 사는 곳을 알려줘서 마음이 풀렸다. 후우, 2층의 붉은 문이라고 했었나?

'붉은 문, 붉은 문…….'

그렇게 생각하며 2층에 올라가 문을 찾다가, 드디어 붉은 문을 발견했다. 나는 잠시 호흡을 가다듬었다. 이번에는 또 어떤 성격의 NPC가 물건을 팔까나. 과거 인상 깊게 남았던 '말 세 마디 이상 죽음'이 법칙인 NPC를 기억해 내며 나는 한숨을 내쉬었다. 일단 말수는 최대한 아끼는 것이 좋겠지.

그렇게 생각하며 조심스럽게 문을 열었다. 기름칠이 잘되어져 있는지 끼익— 소리도 나지 않고 조용히 열렸다.

그러자 보이는 것은 음침한 검은 벽지와는 맞지 않는 환한 불이 켜져 있는 방 안이었다. 그 방의 모습에 나는 고개를 두리번거리다가 붉은 머리카락을 질끈 묶고 구석 바닥에 앉아 무언가를 만지작거리는 NPC의 모습을 볼 수 있었다.

'저 NPC인가?'

나는 최대한 그의 신경에 거슬리지 않게 발걸음을 옮기면서 그에게 다가갔다. 그에게 가까이 다가가자 그가 무언가 품속에서 만지작거리는 것을 멈추고 나를 쳐다보았다.

"넌 뭐냐?"

"예? 아… 그, 손님인데요."

얼떨떨한 내 대답에 그가 머리를 긁적였다.

"내 손님이라면 함정 설치하려고 사가는 녀석들밖에 없는데."

"저도, 함정을 설치하려고 합니다만."

"네 녀석이?"

녀석이라니. 무례하군. 속으로 그렇게 생각하며 고개를 끄덕였다. 그러자 갑자기 그의 얼굴이 붉어지면서 벌떡 일어났다.

"웃기는군! 네깟 녀석이 내가 만든 함정을 사용한다고? 웃기지 마라! 그건 나에 대한 모욕이야! 함정 설치에 대한 스킬도 없는 녀석이 감히 내게 함정 설치 도구를 사간다고오오오─!"

쩌렁쩌렁 방 안을 울리는 목소리에 귀를 막고 싶었지만 몸을 움직일 수도 없었다. 크윽, 레벨이 몇이냐, 이 NPC! 으으윽. 붉은 머리를 질끈 묶은 NPC는 불타는 눈빛으로 나를 쳐다보더니 발을 크게 굴렀다.

"당장 나가라! 적어도 함정 설치 스킬은 배우고 오도록 해! 그전까지는 어림도 없다! 이곳에 들어올 생각도 하지 마─!"

매서운 목소리에 나는 귀를 꾹 막으며 입으로 간신히 '실례했습니다…'라고 말하며 그 방을 나올 수 있었다. 창백한 안색으로 나온 나는 문까지 간신히 닫은 후 그대로 주저앉았다.

'하, 함정 설치 스킬, 그런 것이 필요한 거였냐? 끄응. 전에 물었을 때 함정 설치 스킬은 팔지 않는다고 해서 그런 것은

없어도 되는 줄 알았더니. 큭. 귀가 얼얼하다.'

아직도 머리가 울리는 느낌에 간신히 벽을 잡고 일어서 머리를 획획 저었다.

"좋아. 어쩔 수 없지 비도용 단검이나 사서 가는 수밖에."

함정을 만들 수 있다면 길드전할 때 꽤 도움됐을 텐데. 아쉬움에 살짝 입맛을 다신 나는 다시 바텐더에게 비도용 단검을 어디서 파는지 묻기 위해 내려갔고, 다시 한 번 술을 사 그녀에게 대접해야 했다, 젠장.

그렇게 비도용 단검을 열 자루나 구입하고 나서―생각보다 가격이 쌌다―다시 길드 본부로 가서 만나는 길드원에게 인사하며 간신히 다시 집무실에 도착했다.

도착해 보니 다른 사람들은 모두 와 있었는데 딱딱하게 굳은 표정을 짓고 있었다. 그 표정에 고개를 갸웃하며 안시리움을 보니 안시리움의 앞에 종이 한 장이 있었는데, 그 종이에는 칼과 방패 모양의 마르스 길드 마크가 그려져 있었다.

조심스럽게 문을 닫으며 안시리움에게 물었다.

"그게 뭐죠?"

그러자 그는 시선을 들어 날 보며 낮은 음성으로 입을 열었다.

"선전포고."

"예?"

"마르스 길드의 길드전 신청서다. 시일은 이틀 뒤 오전 12시. 장소는 쥬디스 앞의 일웬 숲과 일웬 강, 마르시덴 초원 세 곳. 길드전 종목은 데스 매치. 어느 한쪽 길드의 길드원 전원이 죽거나 혹은 항복하거나."

"……!"

그의 말에 눈을 크게 뜬 나를 보더니, 안시리움은 한 자 한 자 느리게 말했다.

"길드전 시작이다."

Part 23
복수전

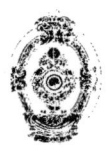

　결국 정말 마르스 길드에서 길드전을 신청했군. 이거 참 기뻐해야 하나? 만든 지 이틀 된 길드가 공격당해서 슬퍼하고 분노해야 하나. 크라드에게 복수할 기회라고 생각하니 미소는 나오는데 차마 이 분위기에서는 웃을 수도 없어 그저 애매한 표정만을 지었다. 하긴 볼 수 있는 사람도 없나.

　"후우, 정말 길드전을 신청하다니. 재밌겠지만… 으음."

　릴이 머리를 긁적이며 말하자 체른도 난감한 표정을 지었다.

　"저희는 길드원한테 원하지 않으면 전쟁에 참가하지 않아도 된다고 말했으니까요. 더군다나 한동안 전쟁할 생각이 없다고 했는데 거짓말을 하게 된 셈이군요. 고의는 아니지만."

"쳇, 거기다 데스 매치라니. 철저하게 죽여주겠다는 말이잖아."

보통 데스 매치보다는 특정 인물을 지정해 놓고, 그 인물들을 더 빨리 죽이는 쪽이 승리하는, 일명 '골드 윈'이 일반적으로 취하는 길드전의 모습이었다.

"데스 매치라면 시간이 꽤 걸리겠는데."

스이렌이 그렇게 말하며 안시리움을 쳐다보자, 그는 다시금 자신의 눈앞에 있는 종이를 자세히 바라보더니 더욱 인상을 찡그렸다.

"시간 제한이 있다. 3시간."

"와, 그 녀석들 되게 치사하네? 그럼 많이 죽이는 쪽이 이기게 된다는 소리 아냐?"

데스 매치에 시간 제한이 있다는 소리는 많이 죽이는 쪽의 승리라는 말이다. 원래 모조리 죽이거나 항복시켜야 되겠지만 시간 제한이 있어서 그 시간을 초과할 경우 시스템은 더 많이 죽인 쪽의 승리를 선언한다.

릴이 그렇게 말하자 라멘이 조심스럽게 질문했다.

"치사한 건가요?"

"당연하지! 그쪽은 애초에 전쟁할 준비를 하고 신청한 거니까 하루 차이라고는 해도 더 철저히 준비했을 테고, 길드원들도 싸울 자세가 되어 있을 거 아니냐고. 근데 우리 길드는 아직 길드원이 선전포고를 받았다는 것도 모르지. 그런 상태에서 우리처럼 소수 강자에게 유리한 골드 윈도 아니고 길드원 전체가 단합해야 하는 데스 매치는 힘들어. 제길, 골드 윈이면 이길 가능성이 훨씬 높은데."

확실히 소수 강자가 필요한 골드 윈을 하는 쪽이 차라리 우리 길드에게 유리하다. 아무래도 우리들이 마음먹고 도망가거나 싸우면 마르스 길드처럼 소수 강자가 부족한 길드보다는 훨씬 많은 수가 살아남아 싸움에서 이길 것이다.

하지만 그건 가정일 뿐이고 이미 데스 매치로 신청을 받은 이상 골드 윈에 대한 아쉬움을 토로해 봤자지.

"끙, 그런데 정말 어쩌죠? 저희 아까 길드의 목소리로 전쟁은 하고 싶은 사람만 하라고, 할 사람만 내일 아침 9시에 오라고 했잖아요. 별로 안 오면 어쩌죠? 적어도 상대방은 스스로 길드전을 신청했을 정도니까 200은 넘을 텐데. 잘하면 총원인 300이 전쟁에 나올지도 몰라요."

"내일 오는 길드원이 너무 적다면, 부탁을 해서라도 일단 전쟁을 하자고 해야 되겠지. 정 안 되면 별로 원하지는 않지만 명령으로 시키는 수밖에. 우리 쪽도 최소 200은 넘어야 할 텐데."

안시리움의 말에 분위기가 급속도로 우울해졌다. 확실히 최소 200은 넘어야 상대방과 전쟁이든 뭐든 하지, 그 이하의 인원이라면 전력 차이가 너무 나기 때문에 순식간에 당할 가능성이 크다.

"에이, 그래도 꽤 오겠죠. 길드 첫 전쟁인데."

"글쎄요. 내일이면 삼 일째 되는 길드에 기대를 거는 것은 개인적으로 힘들다고 생각합니다. 아직 길드원 서로에 대해서도 많이 어색해할 텐데. 만약 200명 이상이 모였다고 해도 제대로 전쟁을 할 수 있기는 할지……."

내 말에 무척이나 어두운 말을 하며 태클을 거는 체른의 모습에 어색하게 웃었다.

"그, 그건 상대편도 마찬가지잖아요? 그쪽도 만든 지 얼마 안 됐으니까 길드원들 간에 어색해할 텐데."

"음, 그건 그럴 테지만, 아무래도 그쪽은 아틀란티스에서 크라드와 같이 넘어온 사람이 40명 정도가 됐으니까요. 적어도 그 40명은 손발이 맞는다고 봐야 되겠죠."

40명은 적은 수라고 생각하겠지만, 40명의 손발이 정말 잘 맞을 경우에는 그것만큼 무서운 것이 없겠지. 나는 잠깐 생각하다가 입을 열었다.

"근데 혹시 그 40명 중에 크라드 말고 아틀란티스의 랭커 유저였던 사람이 있나요?"

"아니요. 랭커는 크라드 하나였다고 들었는데?"

체른의 말에 나는 안도의 한숨을 내쉬었다.

"휴우, 그나마 다행이네요. 그리고 40명 음, 제 생각에는 크게 걱정할 필요는 없을 것 같아요."

"……?"

무슨 소리냐는 듯이 날 쳐다보는 것을 보며 나는 머리를 긁적였다.

"그러니까 말이죠, 크라드가 길드장이라고 했죠? 아레스 길드 안에서는 공공연한 비밀이지만, 사실 크라드는 정말 지휘를 못하거든요. 소질이 없다고 해야 하나. 그래서 아레스 길드에서 지위상으로 크라드보다 낮은 마법사 랭킹 104위 알시드님이 대신 지휘하고 크라드는 몸으로 때웠죠."

처음 듣는다는 듯 살짝 놀라 크게 뜨여진 눈들을 보며 나는 어깨를 으쓱하고는 말을 이었다.

"솔직히 크라드가 아레스 길드장 동생이 아니었다면 전사 랭킹 3위도 불가능했을걸요? 길드장 명으로 전사 유저 키워주기 할 때 크라드를 집중적으로 키웠거든요. 그 밀어주기 덕분에 실력 면에서 좀 부족해서 전사 랭킹 21위가 결투 신청했을 때 참패당하기도 했었고. 그래서 길드 내에서 말이 많았죠. 길드장 동생이라고 너무 차별한다고. 어쨌든 크라드 말고 랭커가 없다면 지휘 쪽에서는 그다지 긴장할 필요 없을 거예요. 보니까 그 40명이 같이 넘어왔다고 하는 것도 아레스 길드에서 크라드가 맡았던 부대가 통째로 넘어온 것 같은데."

"크라드가 맡았던 부대라면 이름이 '붉은 갈기 부대'였었죠? 마르스 길드에서 그 이름과 똑같은 이름을 가진 부대가 있던데."

기억을 더듬으며 말하는 체른에게 고개를 끄덕여 줬다.

"예. 아마 그 40명이 그대로 아레스 길드 때 썼던 부대 이름을 사용한 거겠죠. 사실 그 40명은 레벨이 높아서 강한 거지 동렙끼리 싸웠을 때 실력은 별로 좋지 못했거든요. 아무래도 아이템 빨로 몬스터를 잡아서 키운 레벨이라."

"흐흠. 그러니까 네 말은 그 넘어온 40명이랑 크라드를 굳이 높게 쳐줄 필요 없이 그냥 아쉬드르의 유저들 중 하나라고 생각하면 된다는 거지?"

"그렇죠. 아무리 아틀란티스에서 넘어왔다고 해서 높이 쳐줄 필요 없어요. 그 게임에서 좀 높은 위치였다지만 진짜 실력도 아니었고, 솔직히 아쉬드르 시작 전에 아틀란티스 했었던 사람도 꽤 될걸요? 제가 아는 동생만 해도 아틀란티스에서 랭커였다가 아쉬드르로 왔으니까."

카이천을 예로 들며 말하자 릴이 소파에 널브러지듯 누운 자세를 약간 바로 하며 말했다.

"하긴, 아틀란티스에서 아무리 잘나갔었다고 해도 여기서 신경 써줄 필요 없겠지. 그나마 거기서 실력이 있었던 유저라면 모를까, 실력도 없던 그저 그런 유저라는데."

안시리움도 가만히 듣고 있다가 고개를 끄덕였다.

"그렇군. 어쩐지 전사 랭커 3위라는 유저가 좀 약하다 싶었지."

"예?"

안시리움의 말을 이해하지 못하고 쳐다보자 그는 무표정으로 살짝 주위를 둘러보다가 고개를 갸웃거렸다.

"알고서 말한 거 아니었나? 네가 말한 전사 랭킹 3위였던 크라드를 꺾었던 랭킹 21위 유저가 나였다."

"……."

"……."

'그 의문의 랭킹 21위가 안시리움이었다고?'

사실 내가 랭킹 21위인 유저가 랭킹 3위인 크라드를 참패시켰다고 했지만, 그건 크라드가 실력이 그 정도로 바닥이라고 하기보다는 랭킹 21위였던 유저의 컨트롤이 너무 뛰어났다고 할 수 있었다. 지금까지 자신감 회복 겸 화풀이로 크라드를 비하하는 말을 하기는 했지만 아무리 길드 차원에서 밀어줬다고 해도 랭킹 3위 되는 것이 정말 본인 실력이 없다면 불가능했을 테니까.

그래서 그 랭킹 21위였던 유저 때문에 한동안 아틀란티스가 소란스러웠었다. 신의 컨트롤이라든지, 현실에서도 무슨 검의 고수였다는 등 꽤나 많은 설이 돌아다녔다가 그 이후로 그 유저의 행적이 사라져서 나중에는 흐지부지 그런 고수가 있었다, 정도로 끝나 버린. 나야 크라드가 그 유저한테 지고 나서 길드에서 방방 뜨는 것이 너무 인상 깊게 남아서 그 사건을 잘 기억하고 있지만.

"정말 그 랭킹 21위가 안시리움이었어요?"

"그래."

이럴 때 세상 참 좁다는 것을 느낀다고나 할까. 할 말을 잃고 쳐다보는데 체른이 아까부터 이상하게 어설프게 웃는 것이 신경 쓰였다. 뭔가 찔리는 표정 같다고나 할까?

"체른?"

이름을 부르자 체른이 약간 난감한 표정을 짓더니 입을 열었다.

"음… 혹시 아틀란티스에서 폭린이라는 유저 아시는 분 있나요?"

나는 잠깐 고개를 갸웃거렸다가 머릿속을 뒤적거렸다. 폭린, 폭린. 어디서 많이 들어봤는데… 아!

"던전파괴범 폭린?"

던전파괴범 폭린. 폭발 전문 마법사로 폭발 마법을 주로 익히고 있어서 공격력이 무척 강한 마법사다. 랭킹은 잘 기억나지 않았지만 마법사들 중에서도 손꼽히는 공격 마법을 가지고 있는 것은 좋은데, 폭발 마법이라는 것이 범위 마법이 많고, 주위에 피해를 많이 주다 보니 같이, 혹은 혼자 던전에 가면 반드시 던전을 부숴먹고 말아서 던전파괴범이란 이름을 가진 마법사였다. 뭐, 다른 말로 필드파괴범이라고도 하는데 덕분에 꽤나 유저들과 척을 지고 살았다고 들었다. 퀘스트를 해야 하는데 던전과 필드를 파괴시켜 버려서 퀘스트를 하지 못하게 된 유저가 꽤 많았던 것이다.

'근데, 그 폭린이 여기서 왜 나와?'

다른 사람들도 아는 눈치지만 왜 여기서 폭린이 나오는지 알 수가 없어서 쳐다보자 체른이 아하하, 웃었다.

"아하하, 다행히 폭린에게 원수를 진 사람이 없나 보네요."

"그렇긴 한데 폭린이 갑자기 왜 나오죠?"

"제가 폭린이거든요."

"……."

"안시리움님도 아틀란티스를 했었다는 것을 밝히고, 스노님도 얘기했는데 저만 얘기 안 하고 있는 것도 좀 그래서요. 제가 적이 좀 많아서 혹시 이분들 중에 원수진 분이 있었다면 좀 난감했을 텐데 없다니 다행이네요. 하하하."

속이 시원하다는 듯 웃는 체른을 본 나는 어색하게 따라 웃었다. 폭린이 체른이었다고? 참 뭐라고 해야 할지. 그때, 문득 서로 시선을 묘하게 교환하고 있는 릴과 스이렌이 보였다.

　그 모습을 본 나는 혹시나 하면서도 물었다.

　"혹시, 스이렌님이나 릴님도 아틀란티스에서……?"

　"아니. 우리는 아틀란티스는 아니야. 혹시 아도니스란 게임 알아?"

　아도니스는 SF를 배경으로 한 가상현실 게임으로 아틀란티스만큼은 아니었지만 꽤나 인기있던 게임 중 하나였다. 알고 있다는 표시로 고개를 끄덕이자, 스이렌과 릴이 그답지 않게 약간 잘났다는 표정—그러니까 자존심이 꽉 찬 표정—으로 입을 열었다.

　"후후훗, 아도니스에서 P.K꾼으로 유명했던 크릴과 사이렌이 바로 우리란 말씀!"

　크릴과 사이렌이라니. 이름이 참 센스가 없다고 생각했다가, P.K꾼이라는 말에 고개를 갸웃거렸다. 음, 저렇게 자신만만한 표정으로 정체를 밝히는 것을 보면 유명한 유저였던 것 같지만. 나는 미안한 표정으로 말했다.

　"잘 모르겠네요. 아도니스는 이름만 알거든요."

　SF물은 내 취향이 아니라서 말 그대로 이름만 알 뿐이거든. 내 말에 릴이 이럴 수가란 표정을 그리며 나를 노려보았다. 왜 노려보는 건지. 내가 무슨 잘못을 했다고? 그래도 P.K꾼이었다는 것은 좀 의외다. 릴이야 넘어간다고 치고 스이렌까지. 그러고 보면 전에 사람은 손맛이 좋다고 했던가? 으음. 의외의 성격을 가지고 있을지도.

"자, 어쨌든 전에 하던 게임에 대한 이야기는 이만 접고, 앞으로 일에 대해 말하죠."

날 노려보고 있는 릴의 모습에 피식 웃은 체른이 말을 돌리자 릴이 그런 체른에게 시선을 옮겼다가 투덜거리듯 말했다.

"앞으로 일이라고는 해도 길드원을 최대로 모은 다음에 전쟁을 벌이는 것밖에 더 있겠어? 유저들 수준이야 지금은 비슷비슷할 테고, 숫자만 상대편이랑 맞게 된다면 그냥 전술 없이 300 대 300으로 부딪혀도 상관없지 않아? 그렇게 부딪치고 난 다음 우리들이 노력 좀 하면 될 것 같은데."

"똑같은 숫자로 그냥 부딪치면 우리가 진다."

릴의 말에 안시리움이 무뚝뚝한 어조로 말했다. 그냥 맞부딪치면 우리가 진다고? 왜? 의아함을 담은 시선을 그에게 보내자 그가 한숨을 쉬고 말했다.

"지금 이것이 우리 길드원 상태다."

그렇게 말하고서는 옆에 놓였던 다른 종이 한 장을 우리가 앉은 소파 가운데 있는 탁자에 올려놓았다. 우리 길드원 상태?

네메시스 길드. 총 인원 300명.

전사：106명　마법사：65명　궁수：59명　사제：37명　도
적：33명

　100∼109 레벨：194명

　110∼119 레벨：67명

　120∼129 레벨：37명

　130∼139 레벨：2명

　별로 이상한 것은 없는데? 고개를 갸웃거리는데 체른이 인
상을 살짝 찡그렸다.

　"전사가 별로 없군요."

　"예? 100명도 넘는데요?"

　내 말에 체른이 고개를 저었다.

　"마르스 길드는 전사가 반절이 넘는다고 들었습니다."

　'전사가 반절이 넘는다고?'

　"꽤 인원이 불균형하네요? 전사 쪽에만 몰려 있으니까……."

　"아니요. 안정적이라고 하는 것이 옳습니다. 아쉬드르의
직업 분포를 보면. 저희 길드가 전사를 제외한 다른 직업이
비정상적으로 많은 거라고 해야죠."

　그, 그런가? 확실히 아쉬드르는 전사 계통 유저의 수가 많
고, 그다음이 마법사, 궁수, 사제, 도적순이다. 확실히 다른
직업은 그렇다 치더라도.

'도적이 너무 많지.'

도적이 30명이 넘으니까. 나도 그렇게 많은 도적 유저가 숨어 있는 걸 알고 깜짝 놀랄 정도였으니. 전에 들어보니까 마르스 길드에서는 도적이 5명 있다고 했었나? 하여간 10명 미만으로 알고 있다.

"전사 유저가 약 50명 정도 차이가 나는데 그대로 싸우면 우리 쪽이 질 겁니다. 마법사들이 많아서 범위 마법을 날리면 된다고 해도, 솔직히 지금 마법사들 수준으로 범위 마법이라고 해봐야 말 안 해도 아시겠죠?"

"마법사는 전쟁에서 가장 큰 힘을 발휘한다면서요?"

"아무래도 일단 전쟁 같은 곳에 힘을 쓰려면 최소한 3클래스는 넘어야 된다고 생각합니다만."

그렇긴 하지만 쩝.

"그럼 전술을 짜야 된다는 얘기네."

"아무래도 그렇죠. 하지만 그래도 문제가 되는 것이 유저들이 전술을 짰다고 해도 잘 따라올지. 솔직히 전술을 짠다고 해도 그 전술이 먹힐지는 장담 못해요. 혹시 우리들 중에 누구 전술 잘 짜시는 분 없죠?"

체른의 말에 스이렌은 물론이고 안시리움까지 살짝 고개를 다른 쪽으로 하며 외면했다. 크라드가 전술 못 짠다고 비난했지만 우리도 만만치 않군.

"그렇다면 우리 길드 특성을 나름대로 잘 살려서 공격하는 수밖에 없네요."

자신의 말을 일제히 외면하는 모습을 본 체른이 고개를 저으며 말했다. 그 말에 내가 호기심을 느끼며 물었다.

"저희 길드 특성이요?"

"예. 그건……."

체른은 잠시 말을 흐리더니 나를 보았고, 순간 시선이 내게 모여졌다가 다른 사람들이 알았다는 듯 고개를 끄덕였다. 뭐야? 뭔데 날 보고? 그때, 체른이 빙그레 웃으면서 말했다.

"역시 스노님이 수고 좀 하셔야겠네요."

"예?"

나는 조용히 눈앞의 사람들의 차림을 보며 차를 마셨다. 왠지 불이 환하게 켜져 있음에도 방 안이 어둡게 느껴지는 것은 나만의 착각은 아닐 것이다. 나는 이 약간 큰 방에 옹기종기 모인, 나까지 포함하여 정확히 33명의 도적들을 보았다. 하나같이 검은 계통의─간혹 붉은 망토도 있었지만─망토를 뒤집어써서 얼굴의 자세한 확인이 불가능한 차림. 어쩐지 금방이라도 스르륵 사라질 것만 같은 유령 같은 존재감을 이 눈앞의 존재들은 가지고 있었다. 그리고 그런 그들은 하나같이 나를 쳐다보는 자세를 하고 있었다.

으음, 이거 참 부담스럽군.

"왜 저희를 불렀는지 물어도 될까요?"

들릴 듯 말 듯한 목소리로 내 바로 옆에 앉은 어쌔신이 입을 열었다. 나는 그런 그를 향해 고개를 돌리며 생각했다. 33명의 도적, 적어도 한두 명은 접속 중이지 않을 줄 알았는데. 마법을 익혀야 해서 하루 종일 접속해야 한다는 마법사와 마찬가지로 높은 접속률이다. 아니, 접속률이 높은 것은 그렇다고 해도 길드장이 아닌 내가 불렀는데도 전부 와준 것이 신기했다. 어쩐지 릴이나 다른 사람들은 그럴 줄 알았다는 반응이지만.

"스노님?"

대답 없는 나를 의아해하며 부르는 그의 목소리에 생각을 끊고 약간 어색한 목소리로 말했다.

"아아, 죄송합니다. 이렇게 와주셔서 감사하고 어쨌든 감사합니다."

긴장해서 그런가? 말이 어색하게 나와 버렸지만 눈앞의 사람들은 가볍게 피식 웃거나 별 반응을 보이지 않은 채 묵묵히 듣고만 있었다. 제길, 차라리 무슨 반응을 보여주던지. 어쩐지 나 혼자서 중얼거리는 것 같잖아. 에라, 모르겠다. 일단 말하고 봐야지.

"제가 여러분은 부른 이유는 이번에 저희 네메시스 길드와 마르스 길드가 길드전을 하게 됐기 때문입니다."

이 말에도 여전히 반응이 없었다. 하긴 아까 길드의 목소리로 마르스 길드에서 길드전 신청을 받았다고 알렸으니 이미 알고 있는 사실일 테니까. 그런데 그때 여전히 반응이 없는 것을 보며 슬퍼하던 날 눈치 챘는지 익숙한 목소리가 질문했다.

"그런데 길드전에 참가할 의사가 있는 사람은 내일 오전 9시에 오라고 하지 않았나요? 근데 왜 지금 저희를?"

카이천이군. 아무래도 다른 사람들도 있어서인지 높임말을 하고 있었다. 어쩐지 그에게 그런 말을 들으니까 기분이 참 묘하다고 생각하면서 입을 열었다.

"예. 하지만 길드 상황을 볼 때 이기기 위해서는 여러분이 꼭 필요합니다. 그래서 정말 죄송하지만 길드전에 꼭 참가해 주셔야 될 것 같습니다."

"부탁인가요, 명령인가요?"

내 말이 끝나자 한 여자 유저가 물었다. 그 목소리는 왠지 기분 나쁘다는 어투여서 나는 삐질거리며 대답했다.

"에… 부탁입니다."

"하지만 안 한다고 하면 명령으로 바뀌겠죠?"

"죄송하지만 아마도 그럴 것 같습니다."

작게 한숨을 섞어 말하자 누군가가 쿡쿡 웃으며 말했다.

"그렇게 저자세로 나올 필요 없을 것 같은데. 길드에 들어

온 이상 기본적으로 길드를 따라야 되니까. 그게 싫다면 길드에 들어오지도 않았죠."

확실히 내가 저자세로 나올 필요는 없다. 솔직히 길드원들이 전쟁이 싫다고 해도 길드장이 길드전에 참여하라고 명령을 내리면 불만이 있어도 따를 수밖에 없으니까. 하지만 나도 안시리움도 강제로 전쟁에 참가시킨다는 것은 좀 그러니까 최대한 자발적으로 나서길 바라는 마음으로 이러는 거지.

"그래도 처음에 길드전을 목적으로 됐다고 말했어도 좀 시간이 지나서 한다고 했는데, 말이 달라서 죄송하다고나 할까요? 저희가 원해서 그렇게 된 것은 아니지만."

그러자 한 유저가 으쓱거렸다.

"길드전할 마음 없었으면 처음에 길드전이 목적이라고 말했을 때 이미 빠졌겠죠. 제 예상으로는 대부분이 전쟁에 참가할 것 같은데."

그렇다면 좋겠지만 아무래도 길드 들어오자마자 벌어지는 길드전이라서 혹시 모른단 말이지. 약간 부드럽게 변한 분위기를 살피며 나는 조심스럽게 물었다.

"저, 혹시 길드전에 참가하는 것을 원치 않으시는 분 있으신가요? 솔직히 말해주세요."

지금부터 내가 이들에게 부탁할 일은 불만이 있는 사람이 억지로 했다가는 실패할 가능성이 무척이나 높기 때문에 그들을 둘러보며 말했다. 그런데 의외로 한 사람도 나서지 않았다. 그렇다고 나서고 싶은데 눈치가 보여서 나오지 않는 것 같지도 않았다.

'전원 참가?'

적어도 아까 불만 어린 어조로 물었던 여자 유저는 싫다고 할 줄 알았는데… 내가 그 여자 유저 쪽으로 시선을 주자 그 유저는 어깨를 으쓱거렸다.

"와, 그럼 전원 길드전 참가인가요?"

기쁜 어조로 말하자 카이천이 혀를 찼다.

"그냥 길드전하라고 명령하면 불만있어도 따를 텐데 형도 참 소심하다니까."

"소심하다니. 세심한 거라고 해줘."

한숨을 쉬며 자연스럽게 대답했다가 문득 이번 말은 존대를 하지 않고 평소처럼 대화한 것을 깨닫고 카이천을 쳐다보았다. 그러자 카이천은 살짝 당황한 듯하다가 결국 아무럼 어떠냐는 식으로 말했다.

"…에, 뭐 어때? 형이랑 나랑 아는 사이인 거 굳이 숨길 필요도 없고."

"처음부터 알고 있었어요. 스노님에게 가서 가입할 때 사이좋게 이야기하는 것을 본 사람이 꽤 됐으니까."

한 남자 유저의 말에 사실이라는 듯 고개를 끄덕이는 다른 사람들의 모습에 머리를 긁적였다.

"어쨌든, 확실히 전부 길드전에 참가할 거죠?"

되묻는 내 말에 모두 고개를 끄덕이자 한시름 놓인 나는 의자에 편안한 자세로 앉았다.

"다행이네요. 그럼 길드전에서 저희가 할 역할을 알려 드릴게요. 아, 그전에 부대에 가입해 주시겠어요?"

"부대?"

"예. 원래 저는 20명만 부대로 만들 수 있지만, 이번에 길드장 권한으로 예외적으로 부대 인원 제한 없이 부원을 가입시킬 수 있게 됐거든요. 단, 도적 계통 유저들만 받으라고 했지만."

"헤, 그럼 도적 유저들은 전부 스노님 밑으로 가는 건가요?"

"일단 길드전 동안에는요. 그 뒤로는 어떻게 될지 잘 모르겠지만. 부대 이름은 '검은 단검' 입니다. '이름, 검은 단검 부대 가입 요청' 이라고 말씀하시면 제가 승인해 드릴 테니 부대에 가입해 주세요."

그러자 순순히 차례차례 검은 단검 부대에 가입했다. 누군가가 왜 이름이 검은 단검이냐고 작게 투덜거린 것 같았지만 못 들은 척 가볍게 외면했다. 그리고 잠깐 시간이 흐르자 33명의 도적 유저들 전부가 검은 단검 부대에 가입됐다.

"검은 단검 부대에 들어온 것을 환영해요. 비록 만든 지 1시간도 안 된 부대지만. 아, 부대장은 일단 나중에 뽑도록 하죠. 길드전까지 시간이 이틀밖에 안 남았으니까. 연습할 시간이 부족하니까 지금부터는 좀 빨리 말하도록 할 테니 이해하시길 바라고, 먼저 여기서 Lv 3. 은신 못 배우신 분 있나요? 이건 레벨 105때 배우는 건데."

"아, 저요. 배우려고 했는데 돈이 모자라서⋯⋯."

"전 레벨이 달리네요."

약 6명의 유저가 그렇게 말하자, 나는 품에서 돈주머니를 꺼냈다. 의아한 표정으로 그것을 보는 유저들을 향해 웃어준 나는 돈주머니를 그들에게 넘기며 말했다.

"레벨 105 찍는 것은 지금 당장 올릴 수 없으니 어쩔 수 없지만, 스킬 값은 길드에서 드릴 수 있으니까 배우고 오세요. 레벨이 못 미치시는 분은 2명이시고 나머지 분들은 스킬 값 때문이죠? Lv 3. 은신은 12골드. 여기 48골드 드릴 테니까 배우고 와주세요. Lv 3. 은신이 되셔야 되거든요. 레벨이 부족하신 분은 레벨을 올리고 오지 못하시면 안타깝게도 이번 작전에서 빠지셔야 되겠네요."

내가 48골드가 든 주머니를 주자 4명이 얼떨떨한 표정을 짓다가 어깨를 으쓱하더니 물었다.

"지금 당장 배우고 올까요?"

"아뇨. 지금 당장 배울 필요는 없어요. 작전 듣고 가셔도 충분하니까 듣고 가세요."

순순히 고개를 끄덕이는 모습에 이제 작전을 설명하려고 입을 열려 하는데 레벨이 달린다던 2명이 갑자기 벌떡 일어났다. 놀라서 말똥거리며 쳐다보자 그들 중 한 유저가 내게 말했다.

"내일 아침까지 105 찍고 올 테니까 저희 몫 스킬 값도 준비해 주세요. 그때까지 찍으려면 시간없으니까 작전은 레벨 찍고 나서 들을게요. 괜찮죠?"

그 말에 내가 고개를 끄덕이자 그는 같이 레벨이 달렸던 유저와 함께 나가 버렸다. 잠깐 그들이 나갔던 문을 바라보며 머리를 긁적이던 나는 곧 다시 자세를 바로 하고 작전을 설명하기 위해 입을 열었다.

그리고 다음날 오전 9시, 나는 홀을 채운 유저들의 모습에 기쁘게 웃었다. 그리고 그날 오전 10시, 길드전에 참가하는 인원이 정확히 결정났다. 길드전에 참가하는 유저는 최종적으로 297명으로 결정되었다. 길드전을 원하는 길드원이 200명이 넘을까라고 고민하던 우리가 바보처럼 느껴진 날이었다.

그렇게 우리도 마르스 쪽처럼 최종적으로 길드전에 참가할 인원까지 결정되었고, 마르스 길드와 네메시스 길드가 길드전을 한다는 것에 게시판이 시끄러웠다. 길드 인원을 천 명까지 늘릴 수 있는 세 달 뒤도 아니고, 창설된 지 일주일도 안 된 두 길드가 벌이는 길드전이라서 그런지 말이 많았다. 거기에 무엇보다 최초의 길드와 두 번째로 만들어진 길드의 싸움인 데다가, 무려 첫 길드전이기도 하니 아쉬드르의 거의 모든 시선이 우리에게 집중되는 것은 당연한 건지도 몰랐다.

게시판 글의 반절은 마르스 길드가 이길 거라고 하고, 나머지 반절은 네메시스 길드가 이긴다고 하며 서로 반박하는 글도 많이 올라왔는데, 어쩐지 그 모습을 보니까 마르스나 네메시스나 둘 중 하나가 패하면 어떻게 될까 궁금해졌다.

보통 거대 길드가 싸움을 벌일 때면 게시판은 각 길드의 유저들의 싸움으로 난리가 아니었고, 어느 한쪽이 지면 그 한쪽이 무지하게 욕을 많이 듣는 것은 물론 길드원들도 상당수 떠나는 일이 많았다. 우리도 지면 그렇게 되려나? 에이, 겨우 300명 정도끼리 싸우는 건데라고 하며 넘기기에는 게시판의 관심도가 너무 높은 것 같았다.

게시판에서 뭐라고 하든지 간에 이번에는 큰 관심은 없다. 안시리움이나 길드원에게는 미안하지만 나는 길드가 이기는 것보다 크라드에게 복수하는 것에 더 관심이 있었기 때문이다. 물론 길드가 이기는 것에 아예 관심이 없다는 것은 아니었다. 이왕 하는 길드전 이기면 얼마나 좋겠는가?

'단지 길드전 도중 크라드의 목을 반드시 내 손으로 따고 싶다는 욕심이 더 클 뿐이지.'

그래서 체른이 말한 작전이 상당히 무리한 것이고, 죽을 위험이 높음에도 불구하고 반발없이 하겠다고 한 거고. 체른은 그것을 이용하고 말한 것 같기는 하지만 별 상관 없다. 어찌 되었든 그 자식에게 복수할 수 있다면.

나는 마지막으로 아이템을 잘 점검한 뒤에 문을 열었다. 문 밖에서는 정확히 32명의 망토를 뒤집어쓴 자들이 나를 기다리고 있었다.

"곧 시작이지, 형?"

장난기 어린 목소리로 날 향해 말하는 카이천에게 나도 씩 웃었다. 그래, 시작이다.

내 복수전이.

Part 24

최후

길드전이 시작되는 장소는 일웬 숲과 일웬 강, 마르시덴 초원이었다. 그 세 장소를 벗어나면 그 길드원은 자동으로 항복하는 것이 되고 길드전이 끝날 때까지 그 장소에 진입할 수 없다. 다른 일반 유저들도 마찬가지로 그 장소에 들어올 수 없고.

그 세 장소 중에 제대로 싸울 수 있는 곳은 일웬 숲과 그 바로 옆에 자리 잡고 있는 마르시덴 초원뿐이었다. 일웬 강은 일웬 숲에 살짝 끼어져 있어서 얼떨결에 따라온 것뿐이었고. 이런 소규모의 길드전일 경우에는 각 길드원들의 시작 지점은 길드장의 합의 아래 지정되는데, 마르스 길드는 일웬 숲과 인접해 있는 곳으로, 우리는 일웬 강을 옆에 둔 마르시덴 초원으로 결정되었다.

지금은 아직 12시 전. 우리 길드원들은 긴장한 표정으로 서로를 보았다. 길드원들은 기본적으로 최선을 다해 싸우고 최대한 항복하지 말고 한 녀석이라도 더 죽인다는 것에 중점을 두는 것 같았다. 아마 첫 길드전이니 이겨야 된다는 강박관념이 겹친 것 같다. 더불어서 아쉬드르의 대부분 유저들이 이 길드전을 주목하고 있다는 것도 이유 중 하나인 것 같다. 아마 상대방 길드원도 마찬가지겠지?

그렇게 생각하고 있을 무렵, 나를 포함한 도적들이 조용히 있는 곳에 체른이 다가왔다. 안시리움은 전체적으로 길드원을 지휘하고 따로 공격 전문 부대로 릴의 '붉은 칼날' 부대를 만들었다. 구성원 전원이 전사인데 순식간에 치고 빠질 수 있는 것을 연습하는 걸로 봐서, 아무래도 상대편을 흔드는 것이 목적인 것 같았다. 그 밖에 스이렌과 라멘 또한 각각 부대를 맡았고 그 부대에 속하지 않은 사람은 안시리움의 전체 지휘를 따르는 사람들이다.

체른은 이름이 '마법 신화'였나? 마법사들로 구성된 그 부대의 대장으로 한창 초반에 날릴 마법이랑 타이밍을 생각해야 돼서 바쁠 텐데 왜 나한테 오고 있는 거지?

속으로 고개를 갸웃거리면서도 약간 긴장한 미소를 짓고 있는 체른을 향해 가볍게 인사했다. 그 또한 가벼운 인사로 답례했고 가까이 온 그에게 씩 웃으며 말했다.

"좀 긴장하셨나 보죠?"

"하하. 아무래도 그렇죠. 긴장하면 마법하다가 실수할 수도 있는데 좀 걱정이군요."

"그거 진담 아니죠?"

대부분이 강한 공격 마법인 체른이 실수를 했다가는 마법 실패의 반작용으로 그 주변이 엉망이 될 거다. 당연히 그 주변에 같이 있던 마법사들도 그 영향으로 덩달아 도중에 멈추거나 실패하게 될 거고. 그랬다가는 마법사들은 혼자서 자멸하는 것으로 끝나겠지.

"반절은 농담입니다."

"……."

그럼 나머지 반절은 진심이라는 소리잖아. 내가 떨떠름한 시선으로 보고 있자 체른이 피식 웃으며 말했다.

"어쨌든 힘내십시오. 스노님만 믿겠습니다."

아, 응원하러 온 거였군. 그의 말에 고개를 끄덕였고 몇 마디 더 대화를 한 후 그도 자신이 있어야 할 곳으로 가버렸다. 그가 가는 모습을 머리를 긁적이며 보는데 옆에 있던 카이천이 슬쩍 말을 걸었다.

"형도 긴장되죠?"

당연히 긴장된다. 사실 난 게임을 통틀어서 길드전 같은 전쟁을 벌일 때 중요한 역할을 맡은 것은 이번이 처음이니까. 아니, 꼭 그렇지 않고서라도 앞으로 내가 해야 할 일은 만만한 것이 아니니 당연한 거다.

"이제 슬슬 시작하겠네요."

나와 같이 시프로 전직한 몇 안 되는 유저인 나야렌이 미묘한 웃음을 지으며 그렇게 말했다. 그 모습에 나도 따라 웃으면서 그녀를 보았다가 귓가에 들리는 목소리에 웃음을 지웠다.

—마르스 길드 대 네메시스 길드의 길드전을 시작하겠습니다! 시간 제한인 3시간이 지나기 전까지 상대편 길드의 전원 항복 혹은 죽음을 받아내시는 길드가 승리하게 되며, 3시간이 지날 때까지 승부가 나지 않으면 더 많이 살아남은 길드가 승리하시게 됩니다! 그 점을 주의하시며 길드전에 임해주시길 바랍니다!

이제 시작이다.

안시리움은 살짝 굳은 표정으로 전방을 주시했다. 그의 주변에는 릴이 긴장한 표정으로 검을 뽑고 서 있었다. 그는 그런 릴을 힐끔 쳐다보다 귓가에 울리는 목소리를 들으며 천천히 심호흡을 했다.

'시작이군. 그럼 가볼까?'

그리고는 곧장 길드의 목소리를 이용해 명령을 내렸다.

[전사들은 방패를 들고 천천히 적이 있는 곳을 향합니다! 사제 분들은 전사들의 보호에 맞춰 움직여 주시고, 궁수와 마법사 분들은 후방에서 거리를 두고 따라와 주시기 바랍니다.]

그러자 그의 뒤에 있던 전사들이 일제히 준비해 두었던 방패를 꺼내며 한 걸음씩 전진하기 시작했다. 그런 전사들의 틈에 사제가 간간이 보였고, 궁수들은 그 좋은 시선을 무기로 주변을 살피며 마법사들과 함께 앞서 나가는 전사들의 뒤를 따랐다.

유저들의 표정은 하나같이 긴장되어 있거나 앞으로의 싸움에 흥분되어 있었는데 안시리움은 딱히 그 모습을 보아도 신경 쓰지 않았다.

긴장을 너무 주는 것은 좋지 않으나, 그런 것을 일일이 말할 정도로 섬세한 성격도 아니고 흥분한 사람들에 대해서도 마찬가지였다. 그래서 그런지 오히려 옆의 유저들이 말을 걸어주거나 주의를 주는 것으로 스스로 문제를 해결하고 있었다.

그런 모습을 본 릴은 혀를 차다가 문득 전방에 보이는 유저들의 모습에 흠칫, 몸을 굳혔다. 멀리서 마르스 길드의 유저들이 다가오고 있었기 때문이다.

그 모습을 보며 릴은 어쩐지 목이 마르다고 생각하며 자신의 뒤에서 다른 전사들처럼 따라오고 있는 자신의 부대에게 명령했다.

[슬슬 적이 보입니다. 말했다시피 저희는 오직 강한 공격과 빠른 후퇴만 생각합니다. 치고 빠지기, 기억하고 계시겠죠? 적이 가까이 접근하면 그때 나섭니다. 그때까지 적당히 긴장을 풀고 계시길. 그리고 준비하신 물건 잘 챙기시고.]

성격과 말투가 그대로 드러나는 명령이었지만 그녀의 부대는 오히려 이 편이 좋은 듯 아무 불만 없이 잘 따르고 있었다. 긴장을 풀기 위해 호흡을 가다듬는 것을 보던 그녀는 거리를 두고 있는 스이렌에게 시선을 돌렸다.

스이렌도 마침 이쪽을 보고 있었는지 둘의 시선이 마주쳤고, 스이렌이 작게 고개를 끄덕였다.

그녀는 잠시 거리를 가늠해 보는 듯 조금씩 보이기 시작한 적의 모습들을 바라보고 있다가 자신의 주변에 있는 궁수들을 바라보았다. 그들의 시력으로도 보였는지 전부 이미 시위에 활을 메기고 있었다.

그녀는 무심한 표정으로 자신의 머리카락을 쓸어 넘기며 자신도 화살을 뽑아 들고 시위에 메겼다.

"준비."

평소 때보다 조금 낮은 그녀의 목소리가 긴장이 서린 침묵 아래 들렸다. 그리고 궁수들이 위를 향하며 팽팽하게 활을 잡아당기기 시작했다.

"발사—!"

핑, 핑! 쉬이익—!

59명의 궁수들이 쏘아 올린 화살이 순간적으로 하늘을 채웠고 그대로 적의 머리 위로 떨어졌다.

그리고 그와 동시에 상대편에서 날아온 화살 또한 릴과 안시리움을 포함한 전사들의 머리 위로 쏟아져 내렸다.

서로에게 날아든 화살은 별 피해를 주지 못했다. 양측이 이미 충분히 화살 공격을 대비하여 방패로 보호하고 있었기 때문이다. 운 없는 전사가 간혹 팔이나 다리에 스치듯이 맞기는 했지만 겨우 그 정도로는 피해를 줬다고 할 상황이 아니었다. 그 모습을 보면서도 스이렌의 표정에는 변화가 없었다. 애초에 효과가 있을 거라고는 생각하지 않았기 때문이다.

"준비— 발사!"

피융—! 쉬이익!

그럼에도 불구하고 다시 화살을 날린다는 것은 서로 맞붙는 전사끼리의 근접전을 최대한 늦추기 위해서, 혹은 그 미미한 피해라도 지속적으로 주기 위해서일 것이다. 아쉬드르에서는 방패로 화살을 막는다고 하더라도 그 화살 자체의 충격은 고스란히 받아서 체력이 미미하게라도 피해를 입는다. 피로도를 약간이라도 더 쌓게 되거나.

스이렌의 목적은 그중에서도 시간을 끄는 것과 상대방의 화살 공격을 막는 데 집중시키는 것에 있었지 피해를 주는 것에는 애초에 기대도 하지 않았었다.

'저격이 아니라 단순한 활쏘기라서 그런지 손맛이 없군.'

그녀는 다시 한 번 일제 사격을 지휘하다가 문득 드는 생각에 자신도 모르게 살짝 입맛을 다셨다.

한편, 릴과 안시리움은 방패를 타고 오는 묵직한 충격에 인상을 찡그렸다. 아무래도 앞쪽에 있어서인지 가끔 화살이 스치듯이 지나가거나 바로 옆에 꽂히는 것이 스릴이 장난 아니었다. 그런 상황이 당연히 무척이나 마음에 들지 않았지만, 그래도 전진해야 했기에 꾹 참는 수밖에 없었다.

그 노력의 결실일까? 시간이 흐르자 서로의 얼굴을 확인할 수 있을 정도로 양측의 거리가 가까워졌다. 약 10m 정도의 거리만을 남겨두고 있을 때 걸음이 멈췄다. 긴장 어린 눈빛이 교차되며 순간적으로 아무 소리도 나지 않았다. 그리고 그 짧은 침묵은 한 사람에 의하여 깨졌다.

"돌격―!"

"와아아아아!"

안시리움의 외침과 동시에 그와 함께 있던 전사 유저들이 함성을 지르며 나아갔다. 방패를 든 채로 상대방에게 달려드는 것이다. 그러자 잠깐 멈췄던 화살이 다시 날아왔지만 방패를 들고 있는 데다가 뛰기까지 하니 맞을 리가 없었다.

"와아아아!"

상대편에서도 명령이 있었는지 곧 그들도 달려들었다. 아군을 맞힐 수는 없기에 화살은 더 이상 쏘아지지 않았다. 가까이 접근하자 그들은 방패를 든 채로 스킬을 시전하거나 칼을 빼 들었다.

"차지!"

"스트라이크!"

"베쉬―!"

여기저기서 스킬명이 들려옴과 동시에 간간이 비명 소리가 섞여 들려왔다. 방패로 막고 칼을 휘두르는 전투가 일제히 시작되었다. 그 모습을 멀리서 지켜보던 스이렌이 잠시 한 호흡을 고르더니 조용히 명령했다.

"'푸른 화살' 부대 앞으로."

그러자 나머지 궁수들이 일제히 뒤로 빠지고 약 20명의 궁수들만이 남아 스이렌과 같이 섰다. 그렇게 앞으로 나온 이들을 본 그녀는 다시 한 번 전장을 보더니 손으로 방향을 가리키며 말했다.

"이동."

최대한 은밀히 싸우고 있는 전사들의 후방으로 다가간 그들은 적당한 거리가 되자 멈췄다. 미리 입을 맞춘 듯 전사들은 그들을 호위하듯 자리를 잡았다. 작게 고개를 까딱여 호위하는 전사들에게 인사한 그녀는 뒤를 돌아 자세를 잡는 궁수들을 보았다. 그리고 그녀는 곧 전장의 어느 한곳을 향해 화살을 날리며 입을 열었다.

"저격 시작."

사실 그녀와 같은 행동은 매우 위험했다. 근접 공격력이 무척 취약한 궁수들이 전사들 바로 뒤에서 화살을 날리다니! 만약 전사들 틈이 조금이라도 벌어져 적이 검을 휘두르면 아무리 그들을 나름대로 보호하는 전사들이 있어도 죽음을 면키 어렵다.

하지만 50명 가까이 차이나는 전사의 숫자 때문에 이렇게라도 하지 않으면 당할 가능성이 컸기 때문에 뒤에서 보조를 해야 했다. 상대방도 전사의 숫자가 적은 것을 눈치 챘는지

거침없이 공격하고 있는 태세니.

스이렌은 한층 더 표정을 차갑게 굳히며 시위를 팽팽하게 당기며 스킬을 시전했다.

"샤프 애로우."

그러자 그녀가 메긴 활촉에 시린 푸른빛이 감돌았고 그것을 확인한 그녀가 싸늘한 눈빛으로 목표물을 찾았다. 곧 그 목표물을 찾았는지 그녀의 입가에 살짝 미소가 감돌았고, 그 순간 그녀는 시위를 놓았다.

쉬이익─!

날카롭게 바람을 찢으며 날아가는 화살과 그 화살이 이루어낸 결과를 보며 스이렌이 중얼거렸다.

"이 맛이군."

릴은 재빨리 주변을 살폈다. 붉은 칼날 부대가 주위의 공격을 막으며 그녀의 명령을 기다리고 있었다. 살짝 표정을 굳힌 그녀는 상대편의 중앙을 중심으로 최대한 빈약해 보이는 곳을 찾기 위해 눈을 돌렸다. 그나마 제일 전사들이 약해 보이는 부분을 찾은 그녀는 작게 심호흡을 하더니 날카로운 목소리로 소리쳤다.

"붉은 칼날, 전원 차지!"

"차지!"

"차지!"

릴의 명령이 떨어지자 기다렸다는 듯이 방패를 들고 차지를 시전하며 릴이 선두에서 이끄는 방향으로 달려나갔다. 20명의 인원이 갑자기 차지를 시전하며 앞으로 돌격하자 순간적으로 적이 당황하면서 주춤거렸고, 그들은 그것을 놓치지 않았다.

"스트라이크!"

"스트라이크!"

20명의 인원이 릴을 필두로 일제히 한 가지 스킬만을 이용해 중앙을 향해 무작정 나아가고 있었다. 순간적인 돌파력은 있었지만 곧 적이 뒤를 메꾸며 막아버리는 바람에 다시 되돌아갈 수는 없었지만 그들은 신경 쓰지 않았다.

"큭, 에드레일 부대! 차지로 저들을 막아라!"

지위를 가진 유저가 그렇게 말하자 대체로 푸른빛을 띠는 하얀 방패를 가진 유저들이 모여들더니 그들의 앞길을 막고 일제히 차지를 시전했고, 그 모습을 보며 릴 또한 붉은 칼날 부대 전원에게 다시 한 번 차지를 시전하게 했다.

쾅—!

쿠우웅!

스킬이 가미된 방패끼리 부딪치며 마치 바위가 부딪치는 듯한 소음을 만들어냈다. 서로 밀리지 않으려고 이를 악물며 버티는 와중에 릴이 소리쳤다.

"투여!"

그 말이 들리자 붉은 칼날 부대의 유저들이 일제히 뒤로 물러나며 각자의 가방에 있는 병을 하나씩 땅에 던졌다.

쨍그랑, 챙!

밑이 대체로 푹신한 풀임에도 불구하고 저렇게 쉽게 깨지는 것을 보니 아마 일부러 약한 병을 선택한 것이 틀림없었다. 그들이 던진 정체를 알 수 없는 병이 깨지자 노랗고 점성이 있는 액체나 독한 냄새가 나는 투명한 액체가 땅에 스며들었다.

"후퇴! 뒤로 물러나!"

병들이 모조리 깨지는 것을 확인한 릴이 소리 질렀다. 그러나 이미 뒤는 마르스 길드의 전사들에 의해 막혀 있었다. 그걸 본 릴의 눈매가 살짝 일그러지는가 싶더니 어쩔 수 없다는 듯 한숨을 쉬었다.

'쳇, 이렇게 되면 우리까지 위험한데.'

일단 나름대로 벗어나기 위해 발버둥 쳐서 병을 깨뜨린 지역에서 조금 벗어났지만 위험했다. 결국 20명의 인원이 버티기도 힘든 상황이라 그녀는 신호를 보냈다.

"마법사 부대, 부탁한다!"

그렇게 중얼거린 그녀는 그녀를 향해 날아오는 칼을 고개

돌려 피하며 가방에서 작은 구슬을 꺼내더니 바닥을 향해 던졌다. 그러자 그 구슬이 깨짐과 동시에 연기가 나기 시작했다.

"여, 연막탄?!"

"여기에 그런 것도 있었어?"

"콜록, 콜록!"

당황한 목소리가 이곳저곳에서 들리자 릴은 어깨를 으쓱거렸다. 사실 자신도 연막탄이 있다는 것을 스노가 아니었다면 몰랐을 것이리라. 비싼 거라고 하면서 두 개밖에 못 구했다고 해서 하나는 자신이 신호용으로 가지고 있기로 하고 터뜨린 것이다.

'신호 겸 도망칠 찬스 겸이지만.'

그녀는 침착하게 연기 때문에 당황하고 있는 그들 사이를 피하며 최대한 아군이 있던 곳으로 향했다. 다른 부대원들이 어떨지는 잘 모르겠지만 그들에게도 이미 이 작전을 말해뒀으니 괜찮을 거라고 생각하며 발을 빨리 했다.

"체른님, 신호가 왔습니다."

"예… 생각보다 더 깊게 들어갔네요."

옆에 있던 마법사가 말하자 체른도 고개를 끄덕이며 연기가 이는 곳을 바라보았다.

272 Name Miss

"사정거리가 간신히 맞네요."

"이렇게 전방에서 마법 쓰라고 하는 것은 참아주세요, 체른님."

"하하, 사정이 되면요."

체른은 그렇게 웃으며 마법사 부대인 '마법 신화' 부대를 살펴보았다. 하나같이 긴장한 표정으로 연신 주변을 살피고 있었다. 그럴 수밖에 없는 것이 여기는 전장의 전방에 속한 곳으로, 마법사들이 있을 만한 곳이 아니었기 때문이다. 주변에 두껍게 에워싸고 있는 전사들 덕분에 상대편에서는 마법사가 여기까지 나왔다는 것은 눈치 채지 못하고 있을 테지만. 마법사들은 자신들보다 약간 뒤에서 열심히 화살을 날리고 있는 궁수들의 모습을 힐끗 쳐다보다가 한숨을 내쉬었다.

"자, 준비하세요."

체른이 담담한 어조로 말하자 마법사들이 전방을 주시했다. 아까 온 궁수가 어느 지역에 병을 깨뜨렸는지 말해준 덕분에 헤메지 않고 한 번에 마법을 시전할 수 있었다.

"날리세요! 파이어 볼!"

"파이어 볼!"

"파이어 볼!"

마법사들이 일제히 파이어 볼을 외치자 붉은 구가 날아가는 모습이 하늘을 메웠다. 그 모습을 본 아군이나 적군이나 순간적으로 놀라 주춤한 것 같았지만, 파이어 볼은 그런 그들을 매정히 지나며 한군데에 일제히 떨어졌다.

그리고 파이어 볼의 위력이라고는 하기 힘들 정도로 강한 불꽃이 일어났다.

'설마했지만, 역시 알코올이랑 기름이었나?'

나이트 부대를 지휘하고 있던 세이나는 그 모습을 보며 인상을 찡그렸다. 무투 대회에서 자신에게 이긴 릴이 무턱대고 중앙을 침범하는 모습이 의외였긴 하지만 무슨 일을 벌일 거라고는 생각하지 못했다. 20명 정도의 전사들을 지휘하며 돌파해 나가는 모습을 보고 자살 부대 비슷한 공격조라고 생각했을 뿐.

그런데 알고 봤더니 마법의 위력을 크게 만드는 것을 목적으로 기름이랑 알코올을 뿌리기 위해 파고들었을 줄이야. 인상을 찡그린 그녀는 일단 피해를 줄이기 위해 소리쳤다.

"물러나라! 어차피 불 때문에 그곳을 공격하지 못하니까 뒤로 물러나!"

그녀의 외침을 들은 유저들이 갑작스럽게 치솟은 불길에 당황한 표정을 지으면서도 물러났다. 그러나 이미 불길에 휩싸인 유저들이 꽤나 많았다. 아마 그 주위에 있던 유저들이 피하지 못하고 그대로 파이어 볼과 그 효과에 휩쓸린 것 같았다.

'칫! 잠깐, 마법이라면 이 근처에 마법사가 있다는 거 아니야?'

거기에 생각이 미친 그녀는 크게 소리쳤다.

"마법사! 상대편 전방에 마법사가 있다! 전사들은 일단 놔두고 마법사들을 찾아 죽여!"

"저쪽에 마법사들이 전사의 호위를 받으며 몰려 있어요!"

세이나의 말에 이어 누군가가 소리치자 그 방향을 향해 눈이 쏠렸다. 과연, 유난히 전사들이 두텁게 버티고 있는 곳 뒤에 마법사 특유의 망토를 쓴 존재들이 보였다. 전사에게 가려져 눈치 채지 못했던 것이다.

마법사가 어디 있는지 보이자마자 마르스 길드의 유저들이 와아아, 소리치며 그곳을 향해 달려들었다. 마법사들이 그 모습에 전사들을 벽으로 두고 마법을 시전해 공격했지만 전사들을 막을 수는 없었다.

"큭, 뒤로 빠집니다! 더 이상은 짐만 돼요!"

체른은 그렇게 외치며 뒤돌아 뛰었고 마법사들이 그의 뒤를 따랐다. 어차피 이런 메마른 초원에서 기름과 알코올을 뿌리고 그 위에 파이어 볼을 날렸으니 절대로 손쉽게 진압되지 않을 거라고 자신할 수 있었다. 달리는 와중에도 힐끗 뒤를 보니 불길은 점점 커지고 있었고 그 불길에 의해 중앙의 싸움이 넓게 퍼지고 있었다.

'모여 있는 것보다는 차라리 흩어져 있는 것이 적은 수가 상대하기 쉽지.'

그렇게 생각한 체른은 희미한 미소를 지으며 발을 놀렸다.

그런 체른의 뒷모습을 보던 릴은 고개를 돌려 여기저기 흩어져 전투를 벌이고 있는 전장을 보았다. 싸움이 일어나는 중앙에—마르스 길드에 가까운 쪽으로—불을 질러 버리자 유저들이 흩어진 것이다.

'좋아, 이제 하나씩 상대하면?!'

릴은 귓가에 들리는 날카로운 파공성에 재빨리 고개를 숙였다.

쇄애액!

바람을 가르는 한 자루의 검이 그녀의 머리카락을 몇 가닥 자르며 지나갔다. 조금만 늦었어도 일격에 로그아웃될 만한 치명적인 공격이다. 바닥을 박차며 몇 걸음 물러나 공격했던 유저를 바라보았다.

"너는 세이나?"

"오랜만이지, 릴님? 그때의 복수를 해주마!"

"흥, 웃기는 소리!"

빈정거리듯 대답하고서 달려드는 세이나의 모습에 릴이 코웃음을 흘리며 검을 맞부딪쳤다.

챙, 챙!

쉴 새 없이 부딪치며 쇳소리를 내는 모습에 주변에 싸우던 유저들의 시선이 집중되었지만 그 둘은 신경 쓰지 않고 맞부딪쳤다. 둘 다 여기까지 오면서 스킬을 많이 써서 마나가 바닥났는지 스킬 공격은 하지 못하고 있었다.

그때 세이나가 발로 강하게 바닥을 차올렸다.

"읏!"

그러자 풀뿌리와 모래가 릴의 얼굴에 뿌려졌고 반사적으로 릴이 몇 걸음 물러났다. 그 모습을 보던 세이나가 싸늘한 비웃음을 흘리며 검을 치켜들었다.

"죽어!"

'칫……!'

눈에 들어간 흙 때문에 제대로 보이지 않는 상태에서 세이나의 공격을 막을 수 있을 리가 없었다. 릴이 검을 세게 쥐며 공격을 당할 때 마지막으로 검을 날리기 위해 준비하고 있는데 시간이 흘러도 공격이 없었다. 의아함을 느끼며 주위를 경계하면서도 한 손으로 눈을 비비고 앞을 쳐다보자 가슴, 그것도 심장 쪽에 화살이 박힌 채 회색으로 천천히 변하고 있는 세이나의 모습이 시선에 들어왔다.

그 모습에 무의식적으로 뒤를 돌아 궁수들이 있는 쪽을 쳐다보자 스이렌이 자신을 보고 있는 것이 보였다. 그리고 무표정한 얼굴을 한 채 작게 브이 사인을 그리고 있다는 것도.

릴은 잠시 스이렌의 모습에 씨익 웃다가 곧 자신을 공격하는 전사에게 검을 날렸다.

안시리움은 그런 그들의 모습을 전체적으로 훑어보면서 길드의 목소리로 틈틈이 적의 틈을 말하며 지휘했다. 대체적으로 자신의 지휘에 따르며 공격하는 모습에 안시리움은 안도하며 전장을 바라보았다.

여기저기 흩어져 산발적으로 싸우는 데다가 불길로 인해 생긴 연기가 그 근처를 어둡게 만들어 잘 확인할 수 없었지만 대강 전사의 숫자가 비슷해지거나 네메시스 길드가 유리해지는 것 같았다. 하지만……

'궁수들과 마법사들이…….'

푸른 화살 부대가 저격을 한 것처럼 상대 길드도 저격 부대가 따로 있었는지 마법사 몇 명과 궁수 몇 명이 죽은 상태였다. 한 명 차이에 승패가 갈리는 만큼 무시할 피해는 되지 못했다.

안시리움은 잠시 검을 굳게 잡으며 자신도 나가 싸울까 했지만 역시 지금처럼 약간 뒤쪽에 빠져 지휘하는 것이 더 나을 것 같다.

'후우, 천상 스노 쪽에 기대를 해야 하나?

안시리움은 고개를 살짝 저으며, 지금쯤 일웬 숲에 있을 검은 단검 부대를 생각했다.

"아직 멀었어요?"

"아뇨. 이 근처라고 게시글에 써져 있는 것을 봤으니까 이제 슬슬 보일 거예요. 그러니까 조심해 주세요."

작게 고개를 끄덕이는 모습에 나는 주위를 예민하게 살피며 한 발자국씩 걸었다. 지금 우리가 전장에 따로 떨어져 나와 이러고 있는 이유는 간단했다. 전장에서는 도적이 그다지 쓸모없기 때문이다. 물론 맞지 않고 급소만 노리며 싸우면 그런 혼전에서도 어느 정도 도움은 되겠지만, 잘못해서 전사 검 두세 방 맞으면 바로 로그아웃당할 것이기에 쉽게 끼지 못한다.

그래도 33명이나 되는 인원을 썩혀둘 수는 없는 노릇.

그래서 체른이 제안한 것이 도적의 특기를 살리라는 말이었는데, 말이 도적의 특기였지 뒤통수치고 오라는 말과 다름없었다. 싸우고 있는 마르시덴 초원을 일웬 숲을 지나며 길게 돌아가면서 마르스 길드의 뒤통수를 친다.

뭐, 괜찮은 계획이다. 뒤쪽에는 마법사와 궁수들이 있을 테니 쉽게 상대할 수 있을 것이다. 그들을 지키고 있는 전사 몇 명이랑, 우리처럼 뒤통수치기엔 숫자가 적고 전장에서 싸우기에는 너무 위험 부담이 큰 그쪽 도적 몇 명이랑.

그 정도 숫자라면 우리가 이기겠지, 우후후. 무엇보다 암살은 어쌔신의 특기 아니던가! 은신한 뒤 슬그머니 다가가 일제히 목을 따버리면, 후후.

나는 입꼬리를 말아 올리며 음침하게 웃었다. 물론 소리를 내지는 않은 상태였다. 일웬 숲을 경계하고 있을 유저에게 들켰다가는 죽도 밥도 안 되니까. 발걸음을 옮기던 나는 문득 멈칫했다.

그러자 나를 따라오던 자들 전부가 멈춘 채 의아한 눈빛으로 날 보다가 곧 그들도 살짝 긴장한 목소리로 물었다.

"도착했군요."

"예. 지금부터 은신하고 접근합니다. 암살로 죄다 죽여 버리세요."

내 말에 몇몇 유저가 씨익 웃는 것이 망토 아래로 슬그머니 비춰졌다. 나는 그 모습에 마찬가지로 씨익 웃다가 은신을 시전했다.

"은신."

"은신."

낮게 중얼거리자 몸이 희미해졌다. 그리고 발소리를 죽여가며 그 상태로 조심스럽게 움직이기 시작했다.

마르스 길드 유저들의 후방이 있는 쪽은 생각보다 더 경계가 부실했다. 궁수들은 마법사들보다 약간 앞에서 저격을 하는 듯 보였고, 마법사들은 간간이 장거리의 마법을 시전해서 날리고 있었다. 그들을 보호하고 있는 전사도 몇 안 됐고. 이거 참 생각보다 더 쉽겠는데? 우리들은 뒤를 그대로 드러내 놓고 있는 마법사들을 보며 히죽거렸다.

마법사들은 서로 대화를 하거나 가끔 마법을 시전하는 것으로 평화롭게 지내고 있었다. 지금까지는 말이지. 은신을 한 상태에서 서로에게 눈짓을 주며 각자 한 명씩 목표로 잡았다. 그리고 날 시작으로 모습을 드러냈다.

"기습!"

푸욱!

"크윽! 무슨……."

"기습!"

"컥!"

이미 친절하게 독까지 발라진 단검이 목의 급소를 그대로 찔렀다. 스킬까지 시전하며 찔러서 그런지 한 방에 회색으로 변하거나 겨우 몇 마디를 남기며 사라졌다.

"뭐야?!"

"후방에 적 출몰! 전사들 불… 컥!"

순간적으로 나타나 피해를 입히는 우리들 때문인지 마법사들은 크게 당황하여 우리를 보고만 있거나, 가끔 상황 판단이 빠른 마법사가 소리쳐서 전사들을 부르려고 했지만 그런 마법사를 척살 1위로 놓고 죽여서 그런지 주춤거렸다.

그래도 주위에 있던 전사 유저들은 폼으로 있는 것이 아닌지 재빨리 우리에게 다가와 검을 휘둘렀다. 그러나 4명의 전사 가지고는 우리를 막을 수 없었다. 대충 눈짓으로 서로 상의하던 도적들은 전사들에게 두세 명씩 붙어 상대했다.

그때 상대편에 있던 도적 차림의 유저가 재빨리 어딘가로 전력 질주를 써서 사라지는 것이 보였다. 보아하니 도망치는 것이거나 아군을 불러오려는 것 같았다.

제길, 여기서 전장까지 얼마 안 떨어져 있다. 만약 아군을 불러오는 거면, 전사들을 불러오면 골치가 아픈데……. 거기까지 생각이 미친 나는 인상을 찡그리며 소리쳤다.

"속전속결! 빨리 죽이고 빠집시다!"

"예입! 절개!"

장난스럽게 대답하는 누군가의 목소리를 들으며 나도 단검을 바로 세워 목표물을 노렸다. 마법사들도 바보가 아니어서 캐스팅 없이 날리는 것이 가능한 1클래스 마법을 날리며 반항하고 있었다. 아니면 실드를 치며 아예 우리들과 차단하고 있던지.

나는 제일 가까이에 있는 마법사 한 명에게 접근했다.

"그… 젠장! 매직 미사일!"

마법사는 뭐라고 중얼거리며 주문을 외려다 빠르게 접근하는 날 보더니 욕을 내뱉고서는 매직 미사일을 날렸다. 하지만 매직 미사일 정도는 집중하면 충분히 피할 수 있다. 꽤나 빠른 속도로 날아오는 매직 미사일을 옆으로 몸을 틀어 피하는 것으로 간단히 해결한 나는 다시 마법을 날리려고 하는 마법사와의 거리를 순식간에 좁혔다.

"실… 컥!"

실드를 시전하려고 했는지 미처 끝내지 못한 시동어가 들렸다. 나는 어깨를 으쓱이며 마법사의 심장에 박힌 검을 빼냈다.

"스노님! 후퇴! 전사들이 오고 있어요!"

그때 한 도적이 다급히 말하며 한쪽을 가리켰고 약 10명이 조금 넘는 전사들이 이쪽으로 오고 있는 것이 보였다. 쳇, 벌써 왔나? 얼마 못 죽인 것은 아니구나. 여기 있던 마법사들이랑 궁수가 꽤나 바닥에 누워 있는 것을 보니까 한 2, 30명 죽인 것 같네.

이 정도면 뒤통수치기를 훌륭히 해냈다고 생각하며 크게 소리쳤다.

"일웬 숲으로 빠져요! 전력 질주 써서 그대로 달리는 겁니다! 전력 질주!"

그렇게 외친 나는 나 스스로도 전력 질주를 시전하여 일웬 숲으로 향했다.

"개자식들, 거기 안 서?!"

"가면 죽는다!"

"당장 멈춰 서!"

'니들 같으면 서겠냐?'

도망치는 우리를 보며 외치는 전사들의 말에 속으로 코웃음을 치며 일웬 숲으로 들어갔다. 지난 하루 동안 열심히 일웬 숲에 가서 연습한 것이 숲 속에서 전력 질주를 자유롭게 쓰는 거다. 현재 약간 불안하긴 하지만 숲에서 나무에 부딪치진 않을 정도로 전력 질주에 익숙해졌다.

가끔 나무 두세 그루가 연속해서 가로막고 있다면 피하지 못하고 부딪쳐서 체력이 10~20%는 깎이게 되겠지만 그 정도야 어쩔 수 없겠지. 나도 몇 번 전력 질주를 시전하고 그 속도를 주체할 수 없어서 나무와 정통으로 부딪친 적이 꽤 됐기에. 그때의 고통을 상기하며 잠시 몸을 부르르 떨었지만 그러는 와중에도 앞을 잘 주시하며 달렸다. 전사들이 쫓아오는 듯 보였지만 전력 질주로 달린 지 2분 정도 흐르자 보이지 않았다. 슬쩍 뒤를 돌아봐도 전사들의 기척이 느껴지지 않자 나는 함께 달려가는 도적들을 향해 소리쳤다.

"스톱! 멈춰요!"

그러자 바닥에 발을 강하게 박으며 멈추는 사람, 나무와 부딪치며 멈추는 사람, 혹은 옆에 사람을 잡고 멈추는 사람, 혹은 멈추려고 했다가 실패해 저 멀리까지 갔다가 터벅터벅 되돌아오는 사람 등 꽤 소란스러웠지만 일단 전부 멈추기는 했다.

그런 그들의 모습에 피식 웃은 나는 모여지는 시선에 목소리를 가다듬고 말했다.

"흠흠, 인원 체크하겠습니다. 에, 모두 29명이네요."

나는 약간 어두운 표정으로 인원을 세다가 말을 흐렸다. 네 명이 죽은 것이다. 물론, 정말 아무 피해 없이 죽일 수 있을 거라고는 생각 안 했지만 막상 죽은 사람의 자리가 느껴지니까 마음이 심란하다.

다른 사람들도 마찬가지인지 분위기가 우울하게 변했다. 쩝! 그래, 네 명밖에 안 죽은 것이 어디야? 고개를 획획 저은 나는 가능한 긍정적으로 생각하기 위해 일부러 밝은 목소리로 말했다.

"자, 죽은 사람은 어쩔 수 없으니 이제 최대한 빨리 저희 길드 시작 지점으로 귀환들 하세요."

"같이 안 가는 건가요?"

내 말에 누군가 고개를 갸웃거리며 물었다. 음, 눈치가 빠르군. '귀환합시다'와 '귀환들 하세요'의 차이를 알아채다니. 아무 대답 하지 않고 머리만 긁적이고 있자 한 도적이 딱딱한 목소리로 말했다.

"스노님, 뭘 하려는 거죠?"

"음… 개인적인 원한을 갚으러 간다고 해야 되겠죠? 아, 길드장님께는 허락 맡았으니까 걱정 마세요."

"형 혼자 가려고? 같이 가줄까?"

카이천은 내가 누구에게 가려는지 눈치 챘는지 약간 걱정 깃든 목소리로 내게 물었고 나는 고개를 저었다. 마음은 고맙지만 괜히 두 명이 가서 둘 다 죽을 필요가 있겠어? 차라리 나 혼자 가서 죽는 것이 낫지.

그러자 실망한 기색을 보이면서도 카이천은 순순히 물러났다. 나는 그런 그를 보며 동생 하나는 잘 뒀군이라고 생각하며 기분 좋게 웃었다. 어째 친동생보다 더 나은 것 같다면 착각이려나.

"그럼 부대장인 카이천을 따라가 주세요. 그럼 이만……."

살짝 고개를 숙여 인사하고 다시 뒤를 돌았을 때 누군가가 내 어깨를 잡았다. 의아한 표정으로 뒤를 돌자 이 차림은 뎀이었던가? 얼굴로 기억을 못하니 힘들군. 그나저나 왜 잡았지?

"저도 같이 갔으면 합니다. 마르스 길드에 개인적 원한이 있는 것은 스노님뿐이 아니거든요."

"에, 누구한테 원한이 있는지?"

"마르스 길드의 부길드장에게."

나는 길드장에게 원한이 있고 이쪽은 부길드장에게인가?

마르스 길드, 원한을 꽤 많이 뿌리고 다니는 타입인가 보군. 잠시 고민하던 나는 괜찮다는 생각에 고개를 끄덕였다. 똑같이 원한이 있는 사이에 박대할 수는 없지. 그리고 저런 사람은 오지 말라고 해도 따로 행동할 것 같기도 하니까 차라리 같이 가는 것이 낫다.

"감사합니다."

순순히 고개를 끄덕이자 감사하다는 말을 던진 뎀은 슬쩍 내 옆에 섰다. 그런 뎀을 힐끗 본 나는 잠깐 뎀과 나를 보고 있는 유저들을 보며 가볍게 손을 흔든 뒤 원래 갔었던 길로 되돌아갔다.

혹시나 우릴 뒤쫓던 전사들이 아직도 쫓아오고 있을지도 모른다는 생각이 들어 긴장하면서 갔지만 우리를 시야에서 놓치자 그냥 돌아가 버린 것 같았다.

"그런데 부길드장한테 원한이 있다고 했었죠? 괜찮다면 뭐 때문에 그러는지 알려주실 수 있나요?"

"예. 별건 아닙니다. 그 자식한테 연속으로 5번 죽은 것뿐이니까요."

연속으로 5번을 죽었다고? 나는 잠깐 뎀을 쳐다보다 고개를 주억거렸다. 확실히 원한이 생길 만하군. 많이 봐줘서 5번. 죽어서 레벨 1씩만 떨어졌었다고 해도 5레벨 하락에, 무려 5일간 접속불가라는 소리 아닌가? 5번이나 죽은 사람치고는 레벨이 113이었나? 꽤 높은 편인데 말이지.

뭐, 그만큼 이를 악물고 올렸다고 생각하면 되려나? 그렇게 생각하는데 이번에는 뎀이 내게 물었다.

"그럼 스노님은 왜 길드장에게?"

잠깐 말을 해도 되나 안 되나 고민했다가 뎀도 말했으니 그냥 말하기로 했다.

"아아, 그 새끼 때문에 한때 어떤 게임에서 유저 전체한테 쫓긴 적이 있거든요. 나중에 결국 그 게임 접고 이거 시작했는데 여기서도 만나다니. 이런 걸 보고 악연이라고 하겠죠? 후후후. 아니면 하늘이 복수하라고 내게 내려준 기회거나."

"게임까지 접게 되다니 장난 아니겠군요. 반드시 그 자식의 목을 따길 빕니다."

"예. 뎀님도 꼭 그 새끼 목을 따시길."

원한이 있는 사람들끼리는 통하는 건지 기하급수적으로 친밀감이 상승하는 것을 느끼며 입을 열었다.

"근데 그 부길드장이 어딨는지 아시나요?"

"아니요. 아무래도 길드장 근처에 있지 않을까 해서 스노님 따라가는 중인데. 스노님은 길드장이 어디 있는지 알아요?"

"예. 대강 짐작 가는 곳은 있어서요. 음… 부길드장 이름이 뭔가요?"

"크레딘입니다."

"아, 크레딘이라면 크라드랑 거의 항상 붙어 다니는 놈이니까 같이 있을 거예요."

"그런가요? 그럼 스노님이랑 가면 되겠군요. 후후."

낮게 웃는 그 모습에 어깨를 으쓱했다가 물었다.

"근데 크레딘은 어떻게 잡을 건가요? 전 나름대로 준비한 것이 있습니다만……."

"아, 저도 이때를 위해 준비한 것이 있습니다. 50골드짜리 독을. 한 방만 스쳐도 중독될 테고, 이 독 해독할 수 있는 사제도 별로 없으니 조금만 상처 입혀도 그놈은 반드시 죽을 겁니다."

50골드짜리 독? 어지간한 스킬 북보다 더 비싸군. 그리고 언제 올지 모를 복수의 때를 위해서 50골드를 준비하는 성격이라면……. 이 사람이랑 원수지면 정말 골치 아프겠는데?

"뭐, 그렇다면 다행이네요. 이왕 복수하러 가는 거 꼭 성공해야 되니까요. 문제는 크라드랑 크레딘이 있는 곳까지 무사히 갈 수 있느냐인데… 은신 써서 가야 되겠죠? 시간이 꽤 걸리겠지만."

"어쩔 수 없죠. 그래도 그렇게 해서 죽일 수 있다면 가는데 몇 시간이 걸린다고 해도 갈 겁니다."

무서운 자식. 나도 크라드 녀석을 반드시 죽이고 싶지만,

죽이러 가는 데 은신 상태에서 몇 시간이 걸린다고 하면 다음 번 기회로 미루겠다. 하긴, 어차피 정말 몇 시간이 걸리면 길드전 끝나니까 상관없으려나.

"뎀님, 만약 실패하면 마르스 길드 본부가 있는 곳에 숨어서 암살을 시도할까요?"

"도시에서 P.K는 위험 부담이 커서 그다지 하고 싶지 않지만, 실패하면 같이 하도록 하죠."

"감사… 아! 여기서부터는 은신을 쓰는 것이 좋겠네요. 은신."

"은신."

이쯤에서 마르스 길드원들이 있는 곳이 가깝다는 것을 기억해 낸 나는 은신을 시전했고 뎀도 낮은 목소리로 은신을 시전했다. 아마 쳐들어간 지 얼마 안 돼 일웬 숲에 대한 경비가 상당할 테지만… 훗. 나는 입꼬리를 말아 올리며 눈을 빛냈다. 그리고 그 상태로 한 발자국씩 앞으로 나아가기 시작했다.

[왼쪽에 적 전사가 없습니다! 그쪽으로 가세요! 사제님들 죽지 않게 조심하시고요!]

길드의 목소리로 간단한 지휘를 내린 크라드는 곧 인상을 찡그렸다.

'젠장, 전사가 별로 없어서 쉽게 봤더니 꽤 하잖아?'

전장에서 약간 떨어진 곳에서 전체적인 전투를 살피던 그는 어느 한곳에서 시선을 멈추고 인상을 더욱 일그러뜨렸다. 시선이 머문 곳은 바로 기름과 알코올을 뿌려서 불이 잘 붙게 만든 다음 파이어 볼을 날려 활활 타오르고 있는 곳이었다.

'미친놈들, 초원에 불을 지르다니.'

초원에 불이 붙으면 어지간해서는 끌 수 없다. 비라도 오면 모를까, 초원은 기본적으로 메마른 풀들이 자라기 때문에 한번 불이 붙으면 끝없이 타오르는 것이다. 그렇기 때문에 이쪽은 화공을 사용할 생각은 하질 못했던 건데 저쪽은 초원이 전부 불타는 것은 상관없는 건가? 아쉬드르의 필드 복구는 꽤나 느리게 이루어지기 때문에 그 복구되지 않는 동안은 길드전에서 이긴다고 해도 욕을 장난 아니게 먹을 텐데!

그것을 제외하고도 도시 근처에서 아무리 길드전이라고 해도 인위적인 방화를 저지르면 범죄로 감옥에 갇히고 벌금도 물어내야 할 텐데, 그 패널티들을 모조리 감수하면서까지 이길 생각인가?

'차라리 그냥 지고 말 것이지.'

그냥 약간 싸우는 척만 하다가 항복하면 얼마나 깔끔한가. 지는 편이 오히려 저쪽이 손해를 덜 볼 텐데. 이럴 줄 알았다면 길드전을 신청하지 않는 건데 실수했다. 마르스 길드가 강하다는 것을 확실히 알려주어 인지도를 높이고 몇몇 길드원들의 나쁜 평판을 돌리려고 했는데 이렇게 막상막하를 이루다니.

'거기에 도적들이 후방을 쳐서 마법사들과 궁수들의 피해가 컸어.'

마르스에서는 도적들을 따로 모아서 조를 만들고 수뇌부 암살용으로 일단 준비해 두긴 했지만 이 정도 싸움에서 그렇게까지 할 필요는 없을 것 같아 그냥 마법사들과 궁수들과 함께 두었다. 그런데 정통으로 뒤통수를 맞아버렸다. 만약 거기에 있던 도적 한 명이 전력 질주로 달려와 상황을 알리고 전사들을 빼가지 않았다면 상황이 더 악화될 뻔했다.

후방까지 신경 쓸 틈이 없어서 관심을 꺼둔 것이 화근이었다.

'그 정도 숫자의 도적들이 있다니 전부 다 레벨 100이 넘는 것 같은데. 도대체 어디서 튀어나온 거지? 거기에 하필이면 우리 길드가 아닌 네메시스 길드에 가입하고. 그 스노란 놈 때문인가?'

이제껏 레벨 100이 넘는 도적 유저는 6명 정도 본 것이 다였던 그로서는—그것도 그 4명은 가입한 길드원이었고, 나머지 두 명은 무투 대회에서 본 것이 다였다—갑자기 30명이 넘는 도적들이 후방을 쳤다는 사실에 솔직히 농담이냐고 물을 뻔했다.

레벨 100이 넘는 30명의 도적들. 아마도 아쉬드르에 있는 몇 안 되는 도적 유저들 대부분이 가입했다고 보는 것이 좋았다. 그리고 마르스가 아닌 네메시스에 가입한 것은 도적 유저들 중에서 최고수라고 꼽히는 스노 때문일 가능성이 컸고.

아무래도 같은 직업을 가진 유저들로서 자신보다 강하고 유명한 도적이 있는 곳이 더 끌리는 것은 당연했다. 마르스에서도 스노를 가입 대상 목록에서 상위권에 놓았다가 권유하기 직전 네메시스에 가입해 버려서 제외했지만.

'젠장, 길드전이 끝나면 도적들 좀 영입해야 되겠군. 있을지는 모르겠지만……'

"제길! 크레딘, 붉은 갈기 부대는 잘 지휘하고 있는 거야?"

생각을 멈춘 크라드는 투덜거리며 옆에서 뭐라고 중얼거리고 있는 크레딘에게 물었다. 그러자 크레딘이 짜증스러운 어조로 답했다.

"하고 있다고! 형 대신 다른 부대 지휘까지 잘~! 바쁘니까 부르지 마!"

그 말에 순간 머쓱한 표정을 지었다. 확실히 지휘를 잘 못하는 그 대신 부길드장인 크레딘이 부대 총지휘를 하고 있던 것이다.

'하고 있으면 하고 있는 거지, 틱틱거리기는… 쳇.'

나중에 길드전이 끝나고 나면 가볍게 면담을 가져야겠다고 생각하며 그는 검을 들었다.

"이왕 지휘하는 거 총지휘까지 해라. 권한 줬으니까. 보고만 있으니까 아무래도 안 되겠다."

"진짜 형! 나 정말 바쁘다니까? 그런데 그거까지 떠넘기면 어떻게?"

"야, 네메시스 길드장 싸우는 거 안 보이냐? 나도 길드장으로서 공 좀 세워야지."

"네메시스 길드장이야 전사 수가 부족해서 같이 싸우는 거고! 우리는 아직 전사 수 충분하잖아!"

"시끄럽게 굴지 마. 자칫하면 우리가 밀리게 생겼다고. 후방 당한 거 안 보여? 상대편 전사들 좀 죽였다고 해도 이 상태로 계속 있다가는 질지도 모른단 말이야."

"괜찮다고요. 우리가 전사 쪽 고위 레벨은 이미 먼저 쓸어서 전사들 수준이 높아. 보면 막상막하 같아도 우리가 2, 30명, 못해도 10명 정도는 더 많으니까. 저 성가신 마법사나 궁수가 방해하지 않으면 더 차이났겠지만."

"그렇다면 다행이고. 첫 길드전을 지는 건 사양이니까. 네 말이 그렇다면 그냥 여기 있지. 쳇, 나도 싸우고 싶었는데 어쩔 수 없나."

그렇게 말하며 크라드가 입맛을 다시는데 문득 이상한 느낌이 들어 고개를 갸웃거렸다.

'뭐지?'

뭔가 묘한 느낌, 그것도 상당히 불쾌한 쪽에 가까운 느낌이었다. 인상을 찡그린 그는 검을 들어 올렸다. 그런 그를 의아한 시선으로 올려다보는 크레딘을 힐끗 본 크라드가 여전히 얼굴을 펴지 않으며 말했다.

"어쩐지 느낌이 안 좋은걸. 넌 안 그래?"

"저는 별로……."

크레딘의 말에 크라드가 망설이다가 검을 늘어뜨렸다.

'내가 예민했나?'

그러나 그것이 너무 이른 판단이었다. 그런 크라드의 모습에 나는 히죽 웃으며 낮게 소리쳤다.

"기습!"

"크윽?!"

그러나 길드장이라는 지위는 괜히 맡은 것이 아닌지 순간적으로 몸을 비틀어서 그의 팔을 스쳤을 뿐이다. 쳇, 아까워라.

"형!"

그 모습에 놀라 소리치는 와중에도 몸은 반사적으로 검을 뽑는 크레딘의 모습에 싱긋 웃었다.

"나한테 신경 쓸 때가 아닐 텐데."

"뭐?"

반문하는 그를 힐끔 본 나는 포션을 상처에 뿌리며 거리를 벌린 크라드에게 다시 시선을 돌리며 말했다.

"네가 신경 쓸 사람은 따로 있으니까."

"기습―!"

"흡?!"

내 말이 끝나자마자 크레딘의 뒤쪽에서 검은 인영이 나타나더니 날카로운 단검을 크레딘에게 휘둘렀다. 그러나 크레딘 역시 만만찮은 실력인지 뒤에 누군가가 나타났다는 것을 느끼자마자 옆으로 몸을 날려 뎀의 단검은 크레딘의 옆구리를 살짝 스쳤을 뿐이다.

옆으로 몸을 날리고 순식간에 검을 빼 들어 공격하려다가 당혹스러운 목소리로 내뱉었다.

"뭐, 뭐야? 독?"

스치기만 해도 중독되어 죽는다는 50골드짜리 독. 아까 옆구리를 스쳤던 것이 운 좋게 피부에 상처를 입었나 보다. 이제 어떻게 해서든 저 녀석이 죽는다는 것에 확신이 선 뎀에게서 만족스러운 웃음소리가 들렸다.

"이, 이 자식! 내가 죽어도 너랑 같이 죽는다!"

잘은 모르겠지만 독이 상당히 강한지 미련없이 해독을 포기한 크레딘이 두 눈에 불을 켜며 검을 들었다. 앗, 너 죽고 나 죽자인가? 그러나 그 행동에 당황할 거라고 생각했던 뎀은 오히려 코웃음을 치며 단검을 세웠다.

"그래, 독 때문에 죽기 전에 내가 목을 따주마!"

어지간히 맺힌 것이 많았나 보군. 들려오는 목소리에 삐질 땀을 흘리며 나를 매섭게 쳐다보고 있는 크라드를 바라보았다.

크라드는 묵묵히 상처에 포션을 부었고 지금은 그 포션을 살짝 마시고는 빈 포션 병을 들고 만지작거리며 날 보고 있었다, 공격당하는 즉시 반격할 거라는 예상을 깨고.

다시 내가 공격하기에는 위험 부담이 컸다. 결국 나도 단검만 만지작거리며 크라드를 주시하거나 가끔 힐끔거리며 뎀과 크레딘이 싸우는 모습을 보는 것이 다였다. 큭, 마음 같아서는 그대로 심장에 단검을 박아 넣고 싶지만……. 그때 미묘한 침묵을 깨며 크라드가 말을 걸었다.

"흠… 네가 스노냐?"

그 물음에 나는 갑자기 왜 그런 질문을 하는지 궁금했지만 일단 맞다는 의미로 고개를 끄덕였다.

"그래? 단도직입적으로 말하지. 우리 길드에 들어올 생각 없나?"

뭐? 길드에 들어올 생각이 없냐고? 하! 기가 막혀서 쳐다보고 있자 그는 그것을 눈치 챘는지 어깨를 으쓱했다.

"생각없나 보군. 아쉬운데?"

"웃기네, 네놈과 같은 길드는 다신 안 들어가. 길드장을 시켜준다고 해도!"

"날 아나?"

"내가 널 모를 리가 있을 것 같나, 크라드!"

"내 기억에 스노란 유저에게 피해 끼친 적은 없으니 아틀란티스에서 만났었나?"

스스로도 찔리는 것이 있는지 어설픈 미소를 지은 그는 그렇게 말하고는 천천히 검을 바로 세웠다.

"보아하니 나한테 원한이 있는 것 같은데… 솔직히 원한 가진 놈들이 한둘이어야 기억하지. 어쨌든 날 죽이는 것이 목적 같은데, 실수한 거다. 랭킹 3위는 괜히 됐었던 것이 아니야."

"하, 그러시겠지. 길드장이 동생이랍시고 줄창 밀어줬으니. 길드 아이템도 몰래 빼돌려서 줬다면서? 그리고 그건 아틀란티스에서의 얘기지 너는 지금은 아쉬드르에서 약간 고렙인 전사일 뿐이야!"

내 말에 표정을 차갑게 굳힌 그는 냉소적인 미소를 지었다.

"과연 그런지는 직접 알아봐라! 차지—!"

크라드는 갑자기 검을 세우더니 스킬을 시전하여 달려들었다. 돌진하는 그 모습에 재빨리 옆으로 피한 나는 허벅지의 단검 두 자루를 뽑으며 옆에 생긴 빈틈을 향해 던졌다.

"환영!"

"흐읍!"

두 자루의 단검이 순식간에 늘어나 여섯 자루가 되어 날아갔다. 날아오는 단검을 보며 몸을 급히 뒤틀어 날아오는 쪽을 향해 자세를 잡더니 한쪽 다리에 힘을 주어 박차왔다. 피할 생각은 하지 않고 도리어 이쪽으로 오는 모습에 당황한 나는 한순간 머뭇거렸다.

그러자 눈을 반짝이더니 자신을 맞추려 날아오는 단검을 무시한 채 검을 치켜세우며 다가왔고 결국 단검이 자신의 옆구리와 어깨에 박혔음에도 불구하고 멈추지 않은 채 접근하더니 스킬을 시전했다.

"블로우!"

"……!"

저걸 정통으로 맞으면 로그아웃당한다! 내게 향해지는 주황빛을 띤 기운을 보며 다급히 소리쳤다.

"실드!"

부우웅— 캉!

반투명한 녹색빛의 실드가 간신히 주황빛 기운이 서린 검을 막았다. 뒤이어 날아오는 보이지 않는 바람의 칼날들도. 실드를 쳐 막아내자 살짝 인상을 찌푸린 그는 재차 공격하기 위해 검을 회전시키며 다시 파고들었지만 이미 나는 그와의 거리를 벌린 상태다.

'크… 만만치 않군. 환영을 무시하고 그대로 달려들 줄이야. 젠장, 실드는 이렇게 쓸 것이 아니었는데…….'

계획이 어긋나는 것을 느끼며 인상을 찡그렸다. 역시 단순히 아틀란티스에서 랭킹 3위였기에라는 이유로 길드장이 된 것은 아닌가 보다. 벌린 거리를 좁히기 위해 검을 들며 차가운 눈빛으로 바라보는 크라드의 모습에 오기가 생긴 나는 가방에서 비도용 단검을 꺼내 쥐었다. 투척용 단검과 비도용 단검의 다른 점은 특별히 없다. 그저 이름과 모습만 약간 달랐는데 비도용 단검은 투척용 단검보다 더 얇고 작았다. 그러니 가방에 어제 산 10자루가 몽땅 들어가는 거지만.

휘이익!

나는 그 단검을 손에 잡히는 대로 크라드에게 던졌다. 처음에는 이번에도 무시하고 가까이 돌진할까 싶었지만 피하는 거나 검으로 쳐내 막는 것을 보니 아까 옆구리와 어깨에 박힌 충격이 상당했나 보다. 그렇게 8번째 단검까지 그에게 던졌을까, 그가 소리쳤다.

"작작 좀 하시지! 크로스!"

하얀 빛을 머금은 십자 형태의 기운이 내게로 쏘아져 왔고 나는 그것을 피하기 위해 잠시 단검을 날리지 못했다. 그 사이 크라드가 땅을 박차며 내게 달려오며 검을 비스듬히 들어

올렸다. 그리고 그대로 내려치는 검에 손에 들린 두 자루의 단검을 교차시켜 검을 막아냈다. 막아냈지만 힘의 차이 때문에 뒤로 주춤주춤 뒷걸음질치다가 크라드가 복부를 있는 힘껏 차자 아예 뒤로 날아가 버렸다. 날아간 나는 그대로 몇 바퀴를 바닥에 굴렀지만 고통을 호소할 새 없이 벌떡 일어났다.

지금은 전투 도중인데 아프다고 누워 있다가는 상대의 공격에 당할 뿐이다. 역시나 크라드는 다시금 공격을 위해 달려오고 있었다.

'역시 정면 승부는 무리였나.'

애초에 은신을 이용한 기습에 죽지 않았을 때 내가 직접 크라드의 목을 따는 것은 포기했어야 옳았다.

'어쩔 수 없지.'

이 상황에서 고집 부려봤자 약간의 시간을 더 끌 수 있을 뿐이다. 가능한 내가 직접 손맛을 느끼며 죽이고 싶었지만. 나는 입꼬리를 말아 올리며 사납게 달려오고 있는 크라드를 향해 손을 뻗었다.

"웹, 웹, 웹!"

그러자 무려 세 개의 큰 거미줄 그물이 크라드를 향해 펼쳐졌다. 내가 웹을 한 번만 외쳐서 거미줄 그물을 하나만 만들어냈다면 피할 수 있을지도 모른다. 하지만 이렇게 세 개의 거미줄 그물을 피할 수 있을까?

"크윽, 젠장!"

역시나 나름대로 피하려고 급히 멈춰 서며 몸을 틀었지만 이미 늦었다. 그 빠르던 미나츠도 잡았던 웹인데 피할 수 있을 리가 없다.

"칫. 하지만 이 상태라면 너도 날 공격할 수 없을 텐데?"

거미줄을 벗어나려고 발버둥 쳤지만 아라크네의 거미줄을 그가 감당할 수 있을 리가 만무했다. 그러고 보면 이거 약간 사기 아이템이라고 해도 될지도. 어쨌든 그렇게 감당할 수 없다는 것을 스스로 깨달은 후 그가 날카로운 목소리로 내게 말했다.

확실히 내가 가까이 다가갔다가는 나 또한 거미줄의 점성 때문에 꼼짝 못하게 될 가능성이 컸다. 그렇다고 단검을 날려 죽이기에는 상대가 너무 강하고. 하지만 말이지, 내가 그 정도도 생각 안 할 거라고 생각했나?

히죽 웃은 나는 그에게 가까이 다가갔다가 거미줄이 있는 부근에서 멈추어 섰다. 크라드와의 거리는 약 3m. 다행이군.

"후후후. 크라드, 내가 얼마나 준비했는데. 되도록이면 직접 죽이고 싶어서 은신을 쓰고 기습해서 상대했지만 역시 도적이어서 그런가, 전사를 상대하기 힘들더라고. 그래서 준비했던 것을 쓰기로 했지."

일부러 약 올리듯 느릿한 어조로 말한 나는 가방에서 종이

한 장을 꺼냈다. 그 종이는 손바닥보다 길고 얇은 크기였는데, 특이하게도 기묘한 문양이 잔뜩 그려져 있었다. 그 종이를 보는 크라드의 눈에 의문이 생길 무렵, 나는 상큼하게 웃으며 그 종이를 찢었다.

찌이익!

"80골드짜리 스크롤이다, 짜샤."

무려 내가 차고 있는 아이템 중 제한이 붙지 않은 거의 모든 아이템을 은행에 담보로 하고 빌린 돈으로 산 스크롤. 뎀이 50골드짜리 독을 준비했다면, 나는 마법사 길드에 가서 80골드짜리 스크롤을 준비했다.

스크롤이 찢어지자 화려한 푸른 전류로 이루어진 긴 창 모양의 마법이 나타났다. 그 모습을 본 나는 타깃을 지정하며 입을 열었다.

"라이트닝 스피어."

파지지직—!

마법의 이름을 말하자 라이트닝 스피어가 빠른 속도로 크라드를 향해 날아갔고, 정확히 가슴 부분에 맞았다.

"스크롤이라니… 말도 안… 아아악!"

순간 고통 어린 크라드의 목소리가 들리며 전신에 스파크가 일어났다. 전사의 몸을 보호하기 위해 입는 판금 갑옷이 라이트닝 스피어의 위력치를 가중시켜 줬고, 그의 칼 또한 한 못했다. 고통에 몸을 부들거리는 크라드의 몸이 어느 순간 딱 정지하는 것을 보고 나는 중얼거렸다.

"잘 가라, 크라드."

내 말에 기다렸다는 듯이 크라드의 모습이 회색으로 변했고, 동시에 귀에 한줄기 메시지가 들렸다.

─네메시스 길드의 검은 도적 스노님께서 마르스 길드의 길드장 크라드를 죽이셨습니다!

아아, 특정 지위에 있는 사람이 죽으면 이렇게 공지 형식으로 알려지는 건가? 어쩐지 내가 크라드를 죽인 것을 축하해 주는 듯한 느낌에 히죽 웃은 나는 주변을 간단히 훑어보며 적이 올까 경계했다가 아직도 싸우고 있는 뎀과 크레딘을 보았다.

크레딘의 움직임은 독 때문인지 꽤나 느렸고 그렇기에 뎀은 그런 그의 공격을 가볍게 피하며 상처 입히고 있었다. 문득 그렇게 그들을 바라보고 있는데 순간 뎀의 망토를 쓴 얼굴이 내게 향했고 나는 보이지 않았음에도 불구하고 뎀과 눈이 마주쳤다는 생각을 했다.

그리고 그의 입가가 올라가는 모습이 내 눈에 보였다.

뎀은 뭐라고 크레딘에게 속닥거리는가 싶더니─그 속닥거림을 들은 크레딘의 얼굴이 험악하게 구겨졌다─그의 뒤에 이동한 뒤 어쩐지 기쁨을 감출 수 없는 목소리로 말했다.

"절개!"

"크윽!"

결국 뎀의 단검이 크레딘의 목뒤에 박혔고, 크레딘의 몸이 무너져 내리며 회색으로 변했다.

―네메시스 길드의 뎀님께서 마르스 길드의 부길드장 크레딘을 죽이셨습니다!

그 말이 들리기가 무섭게 뎀이 단검을 허벅지의 단검집에 넣으며 내게 다가왔다.

"축하해요. 저보다 먼저 죽이셨네요?"

"푸후후. 네. 그쪽도 축하해요."

내 말에 피식 웃는 그를 본 나는 다시 입을 열었다.

"복수하니까 기분이 어때요?"

"아아, 저는 앞으로 4번 더 남았지만 어쨌든 지금 기분은 참 좋네요. 스노님은요?"

복수를 마친 기분이라. 나는 씨익 입꼬리를 올렸다.

"최고예요."

Name Miss

에필로그

그날 마르스 길드와 네메시스 길드의 길드전은 끝났다. 길드장과 부길드장이 죽었다는 것에 사기가 급속도로 감소한 마르스 길드가 결국 패배한 것이다. 서로 살아남은 유저의 숫자는 마르스 길드가 139명, 네메시스가 211명으로 50명 이상의 차이를 내며 승리한 것이다. 그리고 그 결과로 인해 한동안 네메시스 길드 본부 근처가 매우 붐볐음은 물론이고 가입 희망자가 급격히 증가했다. 하지만 그래 봤자 세 달이 지나서 길드 총 가입 가능 인원이 천 명으로 는 다음에야 가능하지만.

마르스 길드는 나를 포함한 몇몇 이들에게 무척이나 안타깝게도 길드전에서 패배했음에도 불구하고 명성은 그다지 떨어지지 않았다. 아무래도 첫 길드전이고 서로 그다지 고수라고 볼 수 있는 상황이 아니라서 그런 것 같았다. 그치만 마르스 길드가 별 피해를 입지 않았다고 해도, 마르스 길드와 네메시스 길드의 사이는 무척이나 나빴다. 도시에서 길드전에서 죽임을 당했던 유저가 자신을 죽였던 유저에게 흥분해 달려들어 싸움이 일어나는 것과 사냥터에서 괜히 실수인 척 스틸하는 것은 기본이었다고 할까. 하긴 서로 길드 수뇌부들끼리 사이가 극악으로 나쁘다 보니 자연스럽게 밑의 길드원들도 사이가 나빠진 것 같았다.

마르스 길드장이 다시 복수전을 하기 위해 길드전을 준비 중이라는 소문이 언뜻 들렸지만 네메시스 길드 수뇌부 중에서 신경 쓰는 사람은 아무도 없었다. 제각기 바빴기 때문이다. 그중에서도 나는…

"예에? 뭐라고요?"

나는 잘못 들었기를 바라는 표정으로 모드리네를 쳐다보았다. 그러나 그녀는 습관적으로 머리를 뒤로 쓸어 넘기며 씨익 웃고는 다시 한 번 친절히 말해주었다.

"어둠 속에서 꽃이 피는 곳으로 가라고. 네가 우리들 흉내를 냈을 때 말하던 곳이었잖아? 잊어버렸나 보지?"

"그, 그걸 어떻게!"

당황하는 내 목소리에 재미있다는 듯 웃은 그녀는 손가락을 까딱거렸다.

"우리가 누군지 잊었어? 그렇게 방랑자들을 선동한 사람 정체를 우리가 조사하지 않았을 거라 생각했나 봐?"

"하, 하지만 지금까지 아무 말도 하지 않았는데……."

"그거야 지금 널 그곳에 보낼 수는 없으니까 그런 거지. 너 그곳이 어디에 붙어 있는지 모르지? 우리가 얼마나 당황했는지 알아? 가입한 지 얼마 되지도 않은 방랑자가 도적 길드 본부의 위치를 말하는 은어를 말하는 바람에. 혹시나 했지만 역시나 추측대로 찍어 맞힌 거였다니, 좀 억울한데?"

"도, 도적 길드 본부요?"

"그래. 사실 좀 더 나중에 말하고 그곳으로 널 보내려고 했는데 위에서 명령이 내려왔지 뭐니? 널 본부로 보내달라네? 위에서 시키는데 내가 어쩌겠어, 널 보내야지. 후후. 참고로 이것도 시프 수련생이 겪는 시련 중 하나라고 생각하는 것이 좋아. 네 스스로의 힘으로 어둠 속에서 꽃이 피는 곳이란 말만 듣고 도적 길드 본부를 찾아가야 되거든. 기한은… 아, 다섯 달 안에라네? 시프 수련생인 이상 반드시 해야 하는 거 알지?"

―수도 도적 길드의 장 모드리네의 퀘스트 [어둠 속에서

꽃이 피는 곳을 찾아가라가 강제 수락되었습니다.

―시간 제한:다섯 달.

"에엑, 잠깐만요!"

기겁해서 소리쳤지만 이미 퀘스트는 강제로 수락되었다. 그런 날 본 모드리네가 싱긋 웃었다.

"제한 시간 안에 도착하지 못하면 도적 길드에서 강제 봉사 기간 1년이 준비하고 있으니까 그렇게 알고 열심히 하도록."

도적 길드에서의 강제 봉사 기간 1년이라고? 실패했다가는 1년 동안 게임에서 봉사를―어떤 봉사인지 감이 잡힌다만―하며 지내야 한다니!

나는 이를 악물었다. 현실에서 채워야 하는 기본 봉사 8시간도 하기 싫어 죽겠는데 1년이라고? 웃기는 소리! 도적 길드 본부… 까짓것 찾아가 준다!

모드리네에게 강제로 쫓겨나 도적 길드 밖으로 나온 나는 푸른 하늘을 올려다보며 의지를 불태웠다.

그렇게, 나의 게임은 계속되고 있었다.

『네임미스』[완결]

작가 후기

네임미스가 완결되었습니다. 첫 작이 완결되니 기분이 참 묘하네요.

기쁘기도 하지만 가슴 한편으로는 드디어 끝났구나라는 아쉬움이 들기도 합니다. 지금 생각해 보면 네임미스를 쓰면서 참 많은 사람들의 도움을 받았습니다. 네임미스를 쓰는 동안 열렬히 응원해 주신 엄마, 아빠. 그리고 긴 원고를 읽고 태클을 걸어주면서 많은 조언을 해주었던 오빠, 축하한다고 힘내라고 말해주던 친구들, 첫 작품이라서 어색하고 실수 많은 저를 많이 도와주셨던 청어람의 김동화 편집자님과 김규진 대리님. 그분들께 정말 고마운 감정을 느낍니다.

특히 제가 마감일을 어기기도 하고 이것저것 실수도 많이 했는데도 화 내지 않고 편하게 글을 쓸 수 있게 도와준 김동화 편집자님, 네임미스를 작업하는 동안 정말 고마웠어요. 많이 죄송하기도 했구요. 이렇게라도 감사의 인사를 드립니다. ^^

네임미스가 완결날 때까지 부족한 글을 읽어주신 독자님들에게도 감사 인사드립니다. 앞으로 더욱 노력해서 더욱 발전된 좋은 글을 쓰도록 하겠습니다.

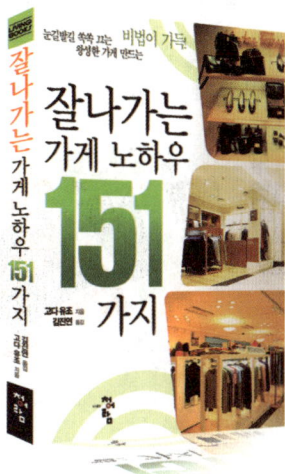

눈길발길 쏙쏙 끄는 **비법이 가득!**
왕성한 가게 만드는

잘나가는
가게 노하우
151 가지

고다 유조 지음
김진연 옮김
가격 9,800원

물건이 팔리지 않는 시대!
왕성한 가게 만드는 비법이 가득!

가게 안에 웅덩이를 만들어라
조명만 조금 바꿔도 매출이 팍 늘어난다
보기 쉽고, 집기 쉬운 가게 배치는 '경기장 형'이 최고 등등
가게에 실제로 적용했을 때 매출이 오른 노하우만 알차게 수록
외관, 입구, 배치, 내장, 조명, 디스플레이에서 사원교육까지

도움이 되는 '발견'이 가득가득.
당신 가게를 회생시키기 위한 소중한 책!

유행이 아닌 자유추구 -
WWW. chungeoram.com

입소문을 통해 아는 분은 다 알고 계십니다!
올 한해 공인중개사 최고의 화제작!

1~2권 합본 | 이용훈 지음
3~4권 합본 | 이용훈 지음
5~6권 합본 | 이용훈 지음
용어 해설 | 이용훈 지음

수험생 기본 필독서
만화 공인중개사

제목 : 만화공인중개사 쓰신 분에게 감사드립니다.

학원을 두 달 다녔어요 근데 과연 그 숫자 외우기 그런 게 몇 문제나 나올까 생각을 했어요
아니라는 생각이 드네요 학원강의를 뒤로하고 서점을 갔어요 내 머리에 가장 이해될 수 있는
책이 없나 하구요 거기서 만화를 발견했어요 무조건 세 번 봤어요 3개월 걸렸어요 문제집을 보라고
했는데 그건 시행을 못했어요 근데 합격을 했네요.
어떻게 감사의 말을 해야 될지……
도서관에서 만화책 들고 다니니까 사람들이 비웃더라구요 만화책으로 공인중개사를 공부한다고
미친 사람처럼 보더라구요 근데 그거 다 감수하고 했던 내가 자랑스럽습니다.
어떻게 감사의 말을 해야 할지… 정말 감사합니다.
부디 행복하세요 제 나이 41살에 좋은 스승을 만난 것 같습니다.
엎드려 감사드립니다.

이명박

기도하는 리더십
이명박의 *삶과 신앙* 이야기

젊은이들에게 성공 신화의 주역으로 주목받고 있는

이명박!
과연 그 이유를 어디서 찾을 것인가.
그것은 기도하는 삶이었다!

이명박 기도하는 리더십 | 이채윤 지음 280쪽 | 9,900원

기도하는 삶이
지금의 이명박을 만들었다!

leadership

『이명박 기도하는 리더십』은 이명박의 탄생과 신앙, 그리고 그간의 업적을 한눈에 볼 수 있는 책이다. 한편으로는 신앙 간증서라고 말할 수도 있겠지만, 이명박의 삶은 신앙과 떨어뜨려 놓고는 생각할 수 없는 관계에 있다.
이 책, 『이명박 기도하는 리더십』은 대한민국 성장의 역사, 그 주역이었던 이의 삶을 통하여 이 시대의 젊은이들에게 부족한 정신들을 일깨워 줄 수 있을 것이며, 앞으로 더욱 큰 신화를 만들고 추진해 갈 이명박의 비전을 알고자 하는 이들에게 적합한 서적일 것이다.